因为，我爱你

付双 著

河北大学出版社

图书在版编目（CIP）数据

因为，我爱你 / 付双著 . -- 保定 : 河北大学出版社 , 2016.11

ISBN 978-7-5666-1085-0

Ⅰ . ①因… Ⅱ . ①付… Ⅲ . ①长篇小说－中国－当代 Ⅳ . ① I247.5

中国版本图书馆 CIP 数据核字 (2016) 第 277404 号

因为，我爱你

YINWEI WO AI NI

责任编辑：杨显硕

李 达

封面设计：张彦琪

责任印制：靳云飞

出版：河北大学出版社（保定市五四东路 180 号）

经销：全国新华书店

印制：保定市北方胶印有限公司

开本：1/16（170mm×240mm）

字数：390 千字

印张：21

版次：2016 年 11 月第 1 版

印次：2016 年 11 月第 1 次印刷

书号：ISBN 978-7-5666-1085-0

定价：36.00 元

目　录

A　兵败首尔

01

又见一年毕业季

张亦嘉，一个芭蕾舞系的漂亮女生，专业过人，长相甜美，拥有一张迷人的笑脸，笑起来就像是得到了全世界的关爱。

但幸运宠儿也会有自己的苦恼。

骨龄预测她长大后的身高是一米六七，至少也会超过一米六五，但直到附中生涯结束，她依然是一个身高只有一米六一，看上去瘦小待发育的“白天鹅”。

对她照顾有加的李老师也会叹气地说：“如果你再不长个儿，怕是对未来的舞蹈生涯有影响，太可惜了。”

“什么？不让我跳舞了吗？我真的跳不了吗？”张亦嘉眨着两只大眼睛紧张地问着。

“嘉嘉，考虑过转行吗？不能白白浪费这么好的底子，现在艺校都招生呢。”

“可是我只想跳舞。”

每年开春都是艺术类院校的入学考试季，北京舞蹈学院、中央戏剧学院，全国几乎所有的艺术院校都会在北京招考。舞蹈专业的孩子可选择的方向很多，除了走专业的舞蹈之路，在表演类专业的招考上也有着绝对的优势。

如花的张亦嘉已经赢得了几所艺术类院校表演专业的通行证，可她并不打算去做一名影视剧演员，当未来的影视明星，她单纯地以为从小离家每天“二十一滴汗”训练出来的芭蕾舞系的学生，不能考入顶级的专业舞蹈院校，反而转身去镜头前当演员，对不起伟大的舞蹈学业！

可在舞院考试的最后一试中，因四肢不够修长，造型不够延展，导致她最终败北。这简直就是最酸涩最尴尬的打击，让春天都变得惆怅了。

身边很多朋友都来安慰她："你不是考上别的了吗？当演员当明星不是更好？"

张亦嘉只会哭，什么都说不出来。

02

星探总有点猥琐大叔的意思

毕业大戏是孩子们各奔东西前的最后一次集体演出了，他们尽情地在舞台上绽放着自己，用最好的表演告慰这七年的努力。

华丽的舞台。

精彩的谢幕。

突然有个男人跑过来找到张亦嘉，说他是经纪人，希望她能去韩国发展，希望尽快签下她。那个男人手里拿着演出的册子，还有很多学生的资料，张亦嘉照片上被打了一个大大星花，写了很多韩国字。

"韩国？我没想过，而且我才十六岁，我才不要当明星。"

张亦嘉拒绝了他，她根本没有什么经纪人、什么韩国明星的概念。

刚刚幻梦般的舞台现在一片漆黑、空旷和黯淡，好像黑暗在一点点逼着他们离开，让他们不敢再留恋。从大剧院出来时，天色很晚，街道上人很少，周围只留下了夏天里特有的味道。经纪人再次出现在张亦嘉面前，他一直都没有放弃。他锁定了他眼里最看好的女孩，一直都在等她，再次争取把她带到韩国当预备明星。

“你在韩国会变成世界级大明星的。”那个男人说这话的时候一脸的骄傲。“你，非常漂亮，不当明星，太可惜了。我们可以给你最好的发展，最好的！”经纪人哥哥大声地说着韩国味道的中国话，越来越激动，就像在谈一单百万美金的生意那样心潮澎湃。

张亦嘉平静地看着这个激动的男人。作为交流生她早就登上过世界很多个国家的舞台，世界对她来说，没有地域概念，对于芭蕾舞演员，舞台就是全世界。

经纪人哥哥一直啧啧可惜着，留下了他的名片，让她如果有一天想成为世界级明星，找他。

毕业后的张亦嘉，效力于香港芭蕾舞团。

那个时候她以为自己还能再长高一点点。

那个时候她的爸爸、妈妈不断去香港看她。

那个时候她只知道好好排练，好好登台。

03

李子凡的训练日记

今天又一个人偷偷跑去打篮球，呵呵，汉江边上的风还是有些冷的。

我想加州的海滩了。

那里的阳光那么明朗，希望我尽快走出这样阴暗的鬼天气。

我也许天生不能过农奴一样被支配的生活，这里也许真的不适合我。

但是，我如果现在回美国，是不是证明自己是一个没有毅力的人？

我不想让爸爸、妈妈失望，我不想让姐姐说没关系，我想让他们说，李子凡，You are my pride。（你是我的骄傲。）

这个一直还保持着手写日记习惯的男孩子一手收起日记簿，一手抓着篮球拍了两下，一同放进车筐。修长的大腿随意一跨，他骑上了那辆高配置的自行车。那明明是一个面容姣好、身材超棒的美男子，现在远远看上去却像是一个驼背的老头儿，带着点酸涩孤苦的味道，慢悠悠地消失在夜色中。

回到宿舍，大家都睡了，李子凡快速冲了一个澡，看着浴室镜子里的自己："长得这么帅啊。"对着镜子摆出了很多表情，但很快他低下了头，叹了一口气，再次抬起眼睛，看着镜子里的自己："长得这么帅，又有什么用？"这样的问题他每天都反复问着自己，没有答案。

他叫李子凡，美籍华裔，一生最爱是篮球，从校际比赛打到州际比赛，万人羡慕的NBA球员资格近在咫尺时，他却意外受伤，终结了他做一名专业篮球运动员的梦想。之后，他成了娱乐公司在北美地区的入选生，从此远赴韩国，现以练习生的身份服务于韩国某家大型娱乐公司。

曾经阳光硬朗的篮球预备明星和略带些脂粉气的偶像"欧巴"（韩语"哥哥"的发音）联系不上，但李子凡现在就在努力做着这些，每天都是超强度的训练。

练习生永远都不会知道自己的明天在哪里，哪怕是五年还是七年的努力，也许都换不回来正式的出道。就算人再帅，再努力，时间再长，也不一定就有结果。

他坚持着苦苦训练，但出道时机，遥遥无期。

04

妈，我想你

杨骁是在一次中国全国范围的 Rap 选秀节目中被韩国公司发现的，一个青涩的刚满十八岁的男孩，用他特有的青岛口音别有一番滋味地演绎了《双节棍》，配合着一身中国功夫的表演，惊艳全场。韩国的经纪人马上找到了他，要帮助他实现走演艺之路的梦想，打造他成为全世界最帅的动作明星。

他很快签约，远赴韩国。

毕竟第一次一个人出门在外，会有无尽的苦恼和孤独，每天给妈妈打电话杨骁都会流眼泪："妈，我想你。"就这一句话，他说一个晚上，挂了电话就接着哭，哭完了接着打。

"不行就回来吧。"杨骁的妈妈心疼地说着。

可是他又不。

杨骁从小有些娇生惯养，加上初到韩国水土不服，偶尔脾气不好喜欢摔东西，身边的韩国哥哥们就不干了，不允许他这样嚣张。他们私下打过架，每一次都是看上去有些柔弱的杨骁赢。

他们碰了碰拳头，讲和的条件是，杨骁不能再当着他们的面儿摔东西，他们也不再欺负他，和平共处，不然他们觉得没面儿。

没过多久，杨骁也不再摔东西了，因为每天体力都会被训练耗光，每天都只剩下一点点力气留在晚上想妈妈。

05 ➹

香港再见，你好首尔

五年的合同，一晃就只有半年了。

世界巡演的旅途上，张亦嘉自己独舞，没有任何自卑感，只要一回到身边的队伍里，哪个女孩子都比自己高，心情还是会沉重。

韩国是这次巡演的最后一站，结束后就要面临续约与否的问题。张亦嘉心里越来越急躁，看着首尔艺术中心，她常常会发呆很久，总怕这里就是她舞蹈生涯的终点。

姐妹们逛明洞，逛东大街，逛免税店，买着数以麻袋计算的化妆品时，只有张亦嘉钟情韩国健康馆，买了高丽参，抱着热烈的期待幻想着：能让我再长高一点点吗？

“请问，你是张亦嘉？”一个礼貌的声音在耳畔回荡。

是谁还能在这里认出她？一个戴着眼镜，穿着夹克，围着厚厚围巾的男人。

“嗯，你找我？”她小声地问道。

“对，你是张亦嘉吗？”那男人更上前一步。

“我是张亦嘉。”她肯定地点着头。

“你好，你还记得我吗？”那个人口音硬硬地说着非常不利索的中国话，“我是经纪人，我以前找过你，在北京，漂亮的张亦嘉，还是很漂亮。”

“哦，你是那个经纪人哥哥。”张亦嘉对他露出了笑容，看上去美极了。

“是我，你来韩国发展了吗？”那个男人睁大眼睛急切地问着，

“我还是希望你来我们公司，给你更大的舞台。我总觉得跳舞，太小题大做，不是，是大材小用了。唉，我的中文还是那么不好，见笑了。”那个大男人说着，露出来羞涩的表情。

“你说得很好啊，还会用成语呢。”

“我现在很少在中国了，我在韩国做经纪人，所以我希望你能来，证明你是棒棒的张亦嘉。”他从未改变过他满满的真诚，“你赶快和我回公司，我们好好谈谈。”

经纪人哥哥一脸虔诚不容拒绝，在路上他用韩语讲了一会儿电话，看上去很急切。

“你看，我不是骗子，这就是我们公司了。”

一进门，令人眼花缭乱的海报和灯光，就把张亦嘉搞懵了，好像这里到处都金光闪闪一样。偶尔会看到衣着靓丽，脚踩高跟鞋，扭来扭去的女郎，她们见了经纪人哥哥也会弯腰鞠躬。

经纪人哥哥很快组织了几个像评委一样的人观摩了张亦嘉的才艺表现，并要求她现场边看边模仿几段韩国女团组合的舞蹈。

张亦嘉的表现令评委们鼓掌叫好。

当然了，专业的舞蹈演员若不行，还有谁能行？

经纪人哥哥语重心长地和她说：“我们真心希望签下你，虽然不是每一个练习生都能出道，但是张亦嘉啊，你的能力足够让你出道，为什么要放弃全世界的女孩子都期待的梦想呢？而且这里有很多中国人，我们最近还签了两个中国男孩，你不会孤单的，你还有什么问题吗？”

她犹豫再三，最后还是提出了有没有身高限制的软肋问题。

“你可以的。我们还有很多不够一米六的练习生也出道了，有高跟鞋呢。”

张亦嘉回了酒店，考虑着是否去做听上去那么简单就能成就的金光闪闪的“世界大明星”。

留给她思考的时间越来越短，合同更换的时期就要到来了。

香港，再见。

首尔，你好。

公司如获至宝，开始有针对性地打造她。舞蹈老师是一个男人，跳起舞来那S形的曲线真的很Sexy（性感），反倒让张亦嘉有点不好意思，更别说自己去那样性感。老师很生气，一边拍巴掌，一边吼着："Sexy！Sexy！Fighting（加油）！"

"扭臀，蹲，颤抖，撅屁屁，起"这样的系列动作，完全颠覆了她对舞蹈的概念。特别是那些大腿动不动就劈开的动作，那些抖动、那些旋绕，真的会让人有些难为情，做起来会害羞，就算底子再强，换一种跳法，她还是有些不习惯。

可能K-POP舞系中偏偏就有这么一种风格，就是这个样子。没办法，美臀和大腿联盟的视觉时代，就得这么来。

既然选择了这条路，那么就这样走下去吧。就算是舞系不同，但她凭多年的舞蹈造诣，快速从C班升到了A班，惹得很多比她去得还要早的练习生醋意连连。张亦嘉顾不上旁人的羡慕，生活里只有对着镜子训练，现在的她就是一个跳舞机器。

06 ✈
你们看不到的苦

韩国人骨子里很崇尚自己的大韩民国。

这并不是说他们明显排外，或者不友好，他们的礼貌指数相当高，尊敬老人和长辈，人人彬彬有礼。可哪里都有寻衅滋事的"小朋友"。中国有小流氓，韩国同样有小地痞，特别是在一个特定的环境里，个别孩子身上总有本地小霸王的劲儿头，他们会带着不够善良的气息步步逼近外来的练习生，特别是中国来的练习生——数量最大的外来竞争对手。他们认为中国的练习生又脏又低级，还要跑到韩国当明星，日后成功了，一切也都是他们大韩民国给的机会，是大韩民国把残渣变成了美貌的模样。

中国练习生吃的苦，是国内同龄孩子们体会不到的。同样都是花样年华的孩子，韩国娱乐公司里的中国练习生没日没夜拼命练习，是为了争出来个脸面，争出来个尊严。

李子凡、杨骁、张亦嘉在这里越是见得多，越是觉得心惊胆战；越是心惊胆战，就越是只想把训练做好。半年的时间一晃而过，几个人偶有碰面，也分不清楚谁是谁，这里只有练习，练习，练习。

07

李子凡的训练日记

公司说可能有要出道的团体了。

最近考核得很频繁，但是不给我们任何通知。

如果我能作为备选出道，我就决定此生永远都不抽烟，不沾染任何恶习。

如果今年还没有出道，我真的想抽上一支烟，就是抽一支，没有为什么。

坚持，好辛苦。

李子凡合上了那厚厚的黑色日记本，把头深深地扎进了枕头里。新分在一起的杨骁跑过来问他：“哥，陪我洗澡吧？”

“累。”

“哥，你还没洗呢。”

“累。”

“哥，你帮我搓背，来吧。”

“真麻烦。”李子凡不耐烦地起身，皱着眉头走进了浴室。

“哥，我们一起洗。”

“没关系，我先给你搓背，你洗完了我再洗。”

“哥，一起吧，我也帮你搓，这样快，来吧。我帮你脱，赶紧洗，洗了好睡觉，我也困，这比我在中国练武术还累。困死我了，哥，快点。”杨骁说着就帮李子凡脱下了上衣。

训练强度很大的一天下来，再活力四射的男孩子们也会懈怠得像是软泥一样。

08

血腥的浴室

公司确实要推出新人，女团。

生死一搏，所有女生进入疯狂练习状态。公司最终敲定七人名单，里面的确有才去韩国半年就能出道的张亦嘉，这样的消息简直惊炸天，很多人纷纷挤在门外打探着哪个是来自中国的明星练习生张亦嘉，或羡慕，或嫉妒。

七人组合里张亦嘉又太过显眼，一张俊俏的脸尤为突出，精致的五官散发着自然的气息。千万别笑，一笑，那真诚甜美的娇态，能融化一切。

不是说其他六个女生不好看，都很好看，只是谁都不太清楚她们六个人原本的面貌，经过开眼角、削腮、垫鼻等系列手术，现在长得越来越像。

李子凡和杨骁的身高，让他们的目光毫不费力地越过眼前的人群，看到拥有诸多天生优势且让人无法超越的张亦嘉，他们暗暗赞叹着这个来自中国的女孩子。

“哥，很正哦。”

“还可以。”

“就是太矮了。”

李子凡没回答，他一直带着微笑看着她。

公司突然宣布，预备出道的女团是五人组。先进行集中训练，最后再安排淘汰赛。资格赛就一次，留下来的“生”，留不下来的只有“死”。

谁都不知道天天站在自己旁边的人是敌还是友，谁又会把谁挤下去。从来没有人说竞争是完美的，晋级也都是明争暗斗下的战利品。也许平时称兄道弟的人，淘汰赛时就会下黑手。

这次张亦嘉算摊上大事儿了，她成了被公认的五分之一，看上去完全就是六个人的敌人。就在淘汰赛的前一天，张亦嘉被轮到最后一个洗澡，水突然停了，满身泡泡的她大声问着，没有人应答，等了很久，她想出来拿毛巾，迈出的一步还没有站稳，啪！

那地很滑，非常滑，特别特别的滑。滑到她出来时根本站不住，滑到她根本不知道是怎么扭转地磕在了马桶和浴缸旁边，滑到她腿和脚缠绕在一起，几套动作一气呵成，进行得特别快。

骨头的疼痛就像利刺一样扎在自己的身体内，疼到额头全是汗，疼到连声音都要发不出，可能一瞬间她疼到意识都没有了。

血带着温度从额头上流淌了下来，嘴里也有一些突突往外冒，血特有的腥味瞬间弥漫在了浴室里，嘴里有一颗牙，硬硬的，小小的，她想用舌头舔出来，但是整个口腔都是麻麻的，使劲儿啐一口出来，一口鲜红的血。

她赤裸地贴在那沾满血的地面上，奋力地用两个胳膊支在冰冷的地板上挪动身体，忍着难以忍受的疼痛拍着浴室的门大声叫着，但一直都没有人过来救她。

很久很久之后，那些女孩子在血里看到了如此惨相的张亦嘉，她们慌张了，一直都在说着："怎么办？怎么办？流血了！流血了！怎么办？怎么办？"

一直等到经纪人哥哥过来了，张亦嘉才被快速送到了医院。

他责怪她为什么不小心："第二天就要预选了，这不是自断前程吗？"

张亦嘉根本就没心思理他，摔得那么那么惨，哪里顾得上什么选拔，她只是不想那么疼痛而已。

"张亦嘉，你骨折了，你知道吗？怎么能出这样的意外，培养了你那么久，突然不行了，还是在马上就要出道的时候。"

"不要责怪我了，你去问问其他人吧，她们对我做了什么！她们到底在浴室的地上弄了什么！"

"我去过了，但是什么都看不出来，一切都是正常的。"经纪人哥哥早就知道是什么意思，他在公司这么久，了解的内幕可能更多，但是谁会去调查这些早已既定的事实？责怪谁呢？那几个未来的大明星？

"我是被暗害的！"张亦嘉急了。

"只能怪你不小心！先休息吧，记得还我钱。"费用是经纪人哥哥帮着垫的，张亦嘉在首尔没有医保，自费非常贵，公司是不管的。

宿舍空了，那些人走了，她们从此会踏上星光大道。曾经被万人看好的张亦嘉，天天看着石膏腿和变黑的脚趾，好像全身的血液都停滞了，原本彩色的生活都成了灰色。对她来说，这是毁灭性打击，因为一双腿、一对脚对舞蹈演员来说意义比生命还重大。

09

莫名的胃口大开

公司点了几个男孩子，挑了近几年新歌榜上第一位的男团舞蹈让他们跳了整整一天。几个孩子一直忙着跳舞没有歇息，到了晚上才有时间猜测公司下一步的方案。

他们早已疲惫，但每个人谈到未来，都面带灿烂的笑容。几个人还没有盘算好是怎么样的组合，公司当天就解散了他们。第二天又会有新的一波男生重复今天的动作。大家就像是被放了氢气的气球，刚刚还冉冉升起，向往更高远的天空，此刻就落到了地上，成了空扁的皮囊。

“唉，果然公司还是要推女团的，没男团什么事儿啊。”

“是啊，你们听说了吗？女团这次竞争很厉害，好像是一个中国女孩被淘汰了，代价很大的。”

“那个明星练习生吗？她怎么了？她还能被淘汰?”

“对，就是她，特别惨。”

几个男生讨论着“女团惨烈的竞争黑手事件”的各种版本，有的说是女生在浴室里斗殴的时候摔倒了，有的说是在楼梯上发生了口角，意外跌落台阶骨折了……

“哇，那个女生真惨。也许她是真的很讨厌，所以大家这么对她?”

李子凡听到这里的时候一把抓住了那个一起排练男生的领口，恨不得拉出那个小子直接拍碎在地上。那个女孩子看上去那么善良，怎么可能很讨厌？何况她还是中国国籍，李子凡不允许任何人这么不礼貌不尊重地给张亦嘉下定义。

进了宿舍，杨骁一下子从沙发上跳了起来，嘴里还有半截露在外面的炸酱面："哥，哥，快来吃啊！我叫了外卖！炸酱面和家里做的不一样！哥，我也给你买了一份，还有别的零食。"说完，只穿了一件蓝色的运动裤衩的杨骁，又坐回沙发上埋头吃面，发出噗噜噜的声音。

大家闻到了炸酱面的香味，每个人都很馋，每个人都想再吃一点，但他们知道杨骁的美食，除了李子凡，没人能动。

"哥，你们刚刚在说什么呢?"

"那个中国的女孩，淘汰了。"

"那个中国的女孩？我靠！怎么可能?"

"传言很多，很多版本，不过人摔得特别惨。"

"我靠！怎么回事儿？是因为她是中国的还是因为她太好了?"杨骁愤愤说着，面条被喷得到处都是，眼神里也充满了战斗情绪，看谁都像是敌人，见谁就要跟谁拼了一样。可是李子凡来了四年了，他知道是怎么回事儿，正是因为自己是美国国籍，即便他不愿意承认星条旗给了他很多庇护，但确实避免了偶尔的骚扰。

可张亦嘉不是，杨骁不是，还有很多中国孩子都不是。像杨骁这种我不吃那套，反正你也打不过我的人毕竟还是少数。

杨骁突然站起来说："哥，有人要是敢欺负你，你看我怎么弄死他!"

"没事，杨骁，没人敢怎么样我，我会好好保护你的。"

"哥，我也会好好保护你的。"杨骁一把抓住了李子凡的胳膊，那一脸的痴相，呆呆地看着李子凡，哪里是保护，满眼都是依赖的爱。

李子凡打了一个激灵。

"呃……"李子凡一把推开杨骁的手。

"干吗？你想多了吧，切。"杨骁翻着白眼，噘着嘴自己嘟囔着。

李子凡看着杨骁那像是荷叶边那样波浪卷边一般的嘴角，扑哧笑了起来。

“讨厌，哥，你真讨厌。”杨骁的拳头轻轻打在李子凡的背上。

“杨骁，你不怕长胖吗?”李子凡一边说着一边从侧面伸手摸摸杨骁那平平的但全是肌肉块的小腹。

杨骁扭着身子，哼哼着：“痒，啊啊，痒。哥，吃不吃?”

李子凡纠结着，吃了爽，但是吃了一定长胖。大家都是毛头小伙子，正是精力旺盛胃口大开的时候，做不到说不吃就不吃，何况还很想吃。

那面一旦到了嘴边，他的速度直逼杨骁。如同一只被释放的困兽，吃完了炸酱面，又把所有零食的包装袋撕开，别看他的嘴小，但膛儿大，牙齿整齐有嚼劲儿。杨骁也默默地跟着他一起保持着同速，瞬间沙发前茶几上堆满了零食包装袋。

“哥，你今天不高兴吗？吃得那么猛?”

“还行啊，有东西吃，多好。”

“我觉得也是。我还买了一件可乐，要不要都喝光?”

“好啊好啊，来吧，让我们当可乐超人!”

“耶嘿!”

那天的两个人早已忘记了什么叫体重管理，什么叫充气饮料，什么叫暴饮暴食，也许没有什么不开心的事情发生，也许只是想好好吃一顿饱饱的、撑撑的夜宵，或者只想痛痛快快喝一场气泡盛宴。也许什么都不为，就为了想吃吃，想喝喝而已。

“爽!”

“哥，下次咱们喝酒吧!”

“啊？你还要偷着喝?”

“为什么?”

“因为你还不到岁数呢!”

“哥，我早十八了。”

“不够，在韩国要二十。”

“切，我就不信二十之前没喝的。”

“好像你很能喝似的。”

“我从来都不知道什么叫喝多。”

“你起来，大腿压死我了，我要去洗澡了。”

“哥，我也去。”

“别跟着我，一个大男人家家的，干吗老不自己洗澡。”

“哥，我怕。嗝……”

杨骁娇滴滴的声音，伴随着后面那长长深邃的可乐嗝儿声，让李子凡狂笑不止：“走开！走开！太讨厌了！”

“都怪你，怪你！让我喝了那么多的可乐！”

杨骁挥舞着小拳头轮番打在了李子凡的肩头，一直追着他进了浴室。

10

一个很高很帅的说唱歌手

Rap 课上老师纠正着 ABC（在美国出生的华裔）太油滑太轻浮的腔调，纠正着中国男孩子的发音不够劲道不够重的习惯，并让一个 Rap 很棒的男生做示范。那个男生很高，很帅，眼睛很大，扇风耳也很大，有点像大眼睛旺仔，也像大耳朵多比，很有喜感的帅气男生。他上台的时候身边的女生小声地说着：“哇，承灿哥，朴承灿哥哥！”

朴承灿哥哥的声音很浑厚，结合着韩语的发音，确实句句带感，果然是一个很棒的 Rapper。随后，老师又点了一个男生，他站起来的时候，下面哇的声音更大了：“哇，是李子凡哥哥！”身边的女生激动地开始小声嘀咕起来。

“我想让他当我男朋友！”

“我想让他背我。”

“我想让他给我买可乐。”

“我想让他为我打架！”

李子凡哥哥的帅气丝毫不需要修饰就已经满满的，世界上怎么还有这么好看，这么英俊的男生呢？

一开嗓，他也是一个超重磁体低音炮，唱的是一段英文 Rap。也许，他唱得不好，也许，他唱得很好，可现在就因为他帅，所有人都觉得他唱什么都是一级棒的。

下课。

大眼睛的承灿和帅气的李子凡一起出了教室，几个女生马上围过来：“欧巴！欧巴！”李子凡都没抬眼睛，一边点头，一边继续和大眼睛承灿说着什么。

张亦嘉拄着拐杖经过他们身边就好像经过了两座高山，又像经过了安稳的庇护港，因为他们两个实在太高了，哪怕只是从身边经过，也像是笼罩在他们的身影下。

女生渴望欧巴，渴望被保护的心态，天经地义，甚至擦身一瞬间有了如果这是我的男朋友，别人也不敢把我怎么样的念头。

两个山一样的男人被几个女生叫住了，承灿很大方地和她们偶有说笑，李子凡却一直都带着敷衍的眼神，屌兮兮地拱了一下承灿，示意他想离开那群叽叽喳喳的小鸟们，承灿很意会地跟着他走了。

他们的大长腿很快就超过了前方缓慢行走的张亦嘉，李子凡故意用手肘顶了拄拐的张亦嘉。她没有像其他女生那样尖叫，而是下意识地“哎”了出来，李子凡也突然停下，没有像韩国男生那样说：“怎么了？”而是说：“What’s up?”（怎么了？）

张亦嘉带着生气的眼神瞪着李子凡，皱起了眉头，还用很大的白眼翻了他。

李子凡故意装出一副不屑的样子，用中文问她："你没事吧？"

"你是中国人啊？"

"是啊，我是中国人啊。"他说完便笑了起来，眼神间带着温柔和爱，一点都不像刚刚还要故意恶作剧的小孩。

"你是中国人你还撞我？"说完了张亦嘉自己也露出了甜美笑容，感慨着这样的见面礼。两个人的笑容都像有着融化对方的超能力，一下子连恶作剧都变得美好了。

本以为后面会有言情剧情里的镜头或者对白，可惜，两个人最终以无厘头的对话终结了无厘头的开始。

他有天使一样的面容。

她也有。

他是模特一般的身材。

她没有。

顽皮的李子凡抬起了手臂，大手盖在了张亦嘉的头上，抓了抓，说："像个篮球。"说完还拽了拽张亦嘉的辫子，像极了调皮男生对女生的好奇和调戏的步调，捉弄完大步流星地和承灿走了，承灿在一旁看着想笑又不敢笑地问："哥，你那样做，真的好吗？"李子凡坏坏地笑了起来。

"万人迷一样的男朋友，做出如此幼稚的举动，居然对象不是我？"身后的那些妹子各个憎恨着张亦嘉。可明明捣乱的人是李子凡，但是没有女孩子去责怪他。

11
认定你

练习生排练教室大多都在配楼的地下室，只有在有老师上课时才会站在能看到太阳的楼层里。在哪里排练是看级别的，级别越高，楼层才越高，不然只能在地下室和堆满了道具的仓库排练。

张亦嘉有伤在身，可她的级别一直很高，和李子凡是同层，无奈忙于练习很少碰面。自从“小篮球抓头事件”之后，他们却总能有意无意地相遇。不是进大楼就是出教室，要不就是张亦嘉在餐饮间吃东西，李子凡显得有些冒失地闯进来。两个人时不时看到对方也在羞涩地偷看自己，心里紧张到不停咳嗽，可呛在喉咙里的口水却变得甜甜的。

意外悄悄降临，配楼里道具室附近的电线短路，引燃了道具室里的易燃品，那些泡沫道具，还有那些看上去光鲜靓丽的化纤布料，几秒之内就快速燃烧。浓烟充斥了整个地下室，伴随着大量致命的有毒气体，弥漫在走廊里，串到各个教室，无孔不入，无缝不钻。只有几秒钟，浓烟立刻把人笼罩在死亡的危险里。

所有人都在逃命，尖叫声也越来越大，大家踉踉跄跄地扶着墙拼命奔跑，还有的人被后面跑来的人推倒，跌跌撞撞地跑出教室却完全看不到安全通道，天天进出的门口都找不到。

刚刚大声叫喊的女孩子们吸入了太多的烟雾，不断地咳嗽，缺氧导致窒息死亡的危险很大，她们很有可能会倒在距离出口处不到两米的路上，好在一路上大家搀扶，共同逃亡。

在配餐室里的李子凡马上扶着张亦嘉试图快速离开，还没走到门口，呛人的烟雾就扑面而来了。李子凡一把将她扯了回来，关上门，脱下了衣服堵在大门四周的缝隙上，走廊里的烟还在吱吱往里钻。

“着火了是吗？怎么办啊？咳咳。”

“别慌，少说话，我会保护你。”

“咳咳，太呛了！”

李子凡从门下又抽出了自己的衣服，跑去自来水管下浸湿：“快点，脱衣服，来接水！”

张亦嘉慌张地跟在他身边，可腿实在不方便，拐杖也拄得越发不稳，不小心摔倒了。李子凡只好用所有能接到水的容器接水，再将水不停泼在他们的身上。顾不得更多，他快速把自己湿漉漉的外衣缠在脖子上，一把拽过了张亦嘉背在身上：“张亦嘉，别怕，用这个捂着，我带你走！”

火势越来越猛，整个配楼里被烧炙得像一个充满了毒气的火炉，站在里面的孩子们宁可跳楼，也不想再忍受这个燃烧的魔窟。

那天，张亦嘉只记得是李子凡带着她一起努力逃脱，却不记得他带她跑到了阳光下。

12

压力恐惧症

一个月之后张亦嘉的石膏终于可以拆了，医生嘱咐她还在恢复期，绝对不能剧烈运动，一定不能再摔了。她默默地答应着，心想落下了那么多的训练，怎么办？

舞蹈老师说下个月考核，快快好起来吧。

急急急。

这个不听话的病号，真的跑去训练了，脚总是踩不上劲儿，僵硬的关节怎么跳都不对。

练习很吃力，但又不敢懈怠，特别是又来了很多新晋的练习生，看上去都是小孩子的模样。她们见到张亦嘉都会尊敬地问候姐姐张亦嘉，她们也害怕自己会因出道而遭到排挤，好像“浴室血案”随时会爆发在每一个人身上。她们还热衷打听外面的风言风语回来八卦一下。

“你知道吗？他们说长大以后会和老板或者其他的有钱人进行交易的。听说有前辈没有出道的，就给有钱的老板做了情妇，我可不想像前辈那样，我宁可第一次给我的男朋友也不要给那些大叔们。他们可能比我的爸爸还要大，我可不想。”那些萝莉年纪的小孩子字字句句说着这样可耻的事情，真是讽刺。她们还说，刚刚出道的那个女团里，慧珠姐姐因为压力过大想自杀。

“金慧珠?”

张亦嘉脑海里的金慧珠是一个很安静的女孩，从未见过她的奔放，每次都是笑眯眯地打招呼，还帮张亦嘉纠正了很多发音，两个人是在生活上经常打着手势比划比划就能读懂对方意思的朋友。

至少在张亦嘉的眼里，金慧珠是一个善良的好女孩，和那场“浴室事件”扯不上关系。

现在，她不叫金慧珠，她有她的英文艺名。她爆出来的 Teaser（预告）中，充斥着性感、红唇、撩人、眼线、尺度、丝袜、禁、细跟鞋等词汇。一个本质白白的慧珠，真是蜕变成另一番景象。搔首弄姿不够，抖肩扭屁股更适合形容现在的她，时不时还要努力挤着乳沟，张亦嘉知道那里一定垫了很多的胸垫，她们一起洗过澡，她知道她的罩杯有多大。

如果当时自己也顺利晋级出道，那在浴缸上劈着大腿颤抖的人也是张亦嘉吗？也会是这样的形象和风格吗？也会走性感路线吗？

能接受穿着那几乎比平角小裤衩还要短的皮裤衩，穿着红色高跟鞋，拿着鞭子在自己身上缠来绕去的自己吗？

如果真的是这样，那一跤摔得是个时候吗？

可是那样的一跤又摔得代价不菲，自己已经二十二岁了，在韩国如果二十三岁再不出道，就有可能沦落到永无天日去陪酒的下场。

她不敢想，她看了看小腿和脚踝，真的不知道自己的未来在哪里。

13
李子凡的训练日记

发烧了。

很累。不是我不能吃苦，是我不知道这样的坚持算什么。如果，我的脚没有受伤我应该会能打到州际比赛；如果，我不来这里我应该大学三年级；如果，我去年回美国我现在应该去考警察学校了吧。

现在，我在这里的练习室和宿舍里算什么？进进出出的年轻孩子，更新换代那么快。

如果做不了世界顶级的艺人，是不是都要对不起代价这么大这么多年的训练？

好困，最近胃难受，可能没怎么吃东西光吃药了。

呵呵，给自己笑两下，李子凡，你辛苦了。

公司男组经纪人小眼睛哥哥过来通知他们宿舍有调整，见屋子里只有病快快躺在床上的李子凡便凑过来问道：“李子凡啊，问你个问题，你有没有女朋友？”

“没有啊，怎么了，哥？”

“啊，不会吧，你这么帅，怎么会没有呢？”小眼睛的经纪人哥哥一屁股坐在了李子凡的床边，自己露出了平时少有的羞涩和幼稚的笑容，“我还想向你请教呢！”

“什么？哥恋爱了？你们交往了吗？”

“吃过两次饭，但是我不知道怎么才能打动她。”小眼睛哥哥羞涩地说着，脸都红了呢。

“哥，你好厉害啊，都吃饭了还不行吗？”李子凡说着从床上坐了起来。

“可是我没有那么多的时间陪她，她总说我忙是假的，总是责怪我，可是我是真的忙啊。”

“是不是无论娱乐圈的人做什么，不做什么，平常人都不相信我们的？”

“不知道，我就想问问你，怎么快速死死地抓住她，因为你帅嘛，一定很懂。”

“哥，我也不知道怎么办。”李子凡低下了头，脸红红的。

“臭小子！难道你只会让女生追你？”经纪人哥哥举手做着夸张的要下手打他的动作。

“啊啊，别打我，我全身疼的。”

“臭小子，敢说你也不知道？”经纪人哥哥一手扶在李子凡的肩膀上。

“我来之前只会打篮球，我怎么知道如何和女生谈恋爱？”李子凡小嘴噘起来嘟嘟的，好可爱。

“不说了，自大的小子，你帅你就可以不追女生了吗？哎呀，臭小子！我走了，你们都要好好练习，听到了吗？”

“我知道啦。”

李子凡下意识地抹了一下嘴唇，他确实不会谈恋爱，连初吻都是被抢走的。要来韩国之前班上的女同学知道他要走，就那样亲了他，吓得十七岁的男孩愣住了，呆呆地没有跟那个女孩子走，而是自己冲了一个头降温，自顾跑去了篮球场。如果问他恋爱是什么？他除了说不知道以外，他什么都不知道。

他在最大程度上颠覆了大家对“帅哥恋爱经验异常丰富”的印象。

可这时李子凡脸上流露出不经意的一丝甜美笑意，可能是因为他想起了张亦嘉。

练习男生的圈子里盛传着“三天神”之说，他们都是拥有天颜长腿的男神人物——李子凡、朴承灿，还有金宇坤。可惜金宇坤哥哥前不久不知为何退出了。现在重新组合的宿舍实力超强大，颜值爆表，李子凡、朴承灿、杨骁、金成勋，每一个人都是身高超过一米八的花样美男。

天团宿舍里李子凡年纪最大，大家对他毕恭毕敬，只有杨骁一个人撒起娇来不管不顾的。此刻李子凡问了大家一个问题：“你们谁谈过女朋友？”

承灿说：“我的初恋是幼稚园。”

李子凡马上问他：“你都怎么搞的？”

承灿摸摸大耳朵，眨眨大眼睛，想了半天：“可能就说‘我喜欢你’，然后就在一起玩儿吧。”

李子凡继续问他：“后来呢？长大后怎么追的女生？”

承灿摸摸大耳朵，突然苦笑起来：“后来就没有了，当练习生哪里还有时间谈恋爱？”

李子凡又转身问成勋。

成勋说：“我还没有过。”

李子凡马上反问：“你这么帅，你说你没有？”

成勋低着头，羞涩地应答着。

屋子里只有杨骁一个人玩着电动，他撇着嘴说：“搞什么女朋友！”

李子凡瞥他一眼，好似觉得不够，又走近踢了他屁股一脚，杨骁一手回打了他的腿："就是嘛，搞什么搞，跟我打游戏多好！"李子凡继续踢他的屁股，表达一个"幼稚哥哥"的不满。

李子凡有点想恋爱了，他越来越想见到张亦嘉，只要想到她，随时都会开启笑到露出牙的忘情模式。他最喜欢在电梯里的偶遇，即便只有上下几层楼的距离，但那令人兴奋的紧张就像那部电梯永远都在运行着。有的时候人很多，他很希望人流能把她挤在他身边，但这又会让自己特别紧张，生怕慌乱的心跳会被所有人听到。

那么渴望见面的心跳，那种听到名字都会笑的心跳，那些带着羞涩和慌乱的心跳，嗵嗵嗵响。

李子凡开始有意无意地绕远，还号称是和张亦嘉一群女生回宿舍时顺路走一段。

李子凡也会介意那些嚷嚷着让他请吃炒年糕的女生总是把他挤在她们之间，冷落了最想守护的张亦嘉。

李子凡被兄弟们调侃时故作镇定，但心里早就乐开了花，脑海里浮现那些令人脸红的画面了。

两个人越来越多的偶遇，心越来越多的嗵嗵嗵响。

那个女生也一样，她不也红着脸在李子凡的眼前晃来晃去吗？

14 ➹
请抱紧我吧

张亦嘉接到了一个电话。

"张亦嘉？"

"嗯。"

"你，你好些了吗？"自从张亦嘉脚坏了以后，没有人问过她石膏腿好还是不好，此刻这个男孩的声音听上去暖暖的。

李子凡终于鼓足了勇气打电话约她，如果不是因为兄弟们一直鼓励他要大胆表白，李子凡可能还会继续憋着他对张亦嘉纯纯而懵懂的爱。

他终于说出来："我想约你。"

她不假思索地一口答应下来。

他激动地开始结巴，她也紧张地不知所措，两个人几乎同时脑中一片空白。

他来到了她的楼下，看着娇美的她。两个人都不好意思地低下头来，明明没有对着放电，怎么突然不好意思了呢？

由于住的地方离打车的地方很远，李子凡特意骑了自行车，他舍不得让张亦嘉多走半步。

张亦嘉不敢搂住他的腰，一手拿着拐，另一只手只能紧紧抓住车子后面的小栏杆，这样的姿势很不安全。

"张亦嘉，抱着我的腰吧，不然我怕你会摔下去。"

"啊？你骑稳一点啊！啊！不要晃啊！"

"抱紧点，总比摔下去好吧？快点。"

张亦嘉很害怕，万一再摔一次，她的梦就彻底粉碎了，犹豫了很久，那只手终于不好意思地揽着他的腰，可她的手不敢在他身上停留，开始时用胳膊揽住，手攥着拳头不敢碰，这样的姿势一会儿就累了。她还是不敢伸手抱住他，只能用力拽着他的衣服，扯得李子凡也很紧张。

弘大，属于年轻人的闹市区。路边很多小吃店，路过时李子凡都会过去买两份年糕条条、鱿鱼串串、冰激凌球球什么的。

"小不点儿，给你。哥哥都给你买好了。"

"谁叫小不点儿。谁叫你哥哥。"

"小丫头，你才到我这里，我当然是你哥哥。"李子凡用自己的手横着切了切胸口，带着一脸骄傲，低着头瞥着张亦嘉。

“我才没有那么矮!”

“你过来，比比。”

他几乎是一只手把她抓起来，直接拉到胸前，整个人足够包裹她。

“你多高啊？大傻子。”

“一米八六，嘿！谁是大傻子!”

“不是大傻子是什么？长那么高干吗?”

“你长这么矮干吗?”

“傻大个儿!”

“小不点儿!”

“喂，我不是出来和你生气的!”

“张小姐生气啦？不要生气啦，我又不嫌弃你矮，哥给你买好吃的。”

“我不吃!”

坏人李子凡，口口声声说不嫌弃她矮，每一次走到能够反光的地方就拉着张亦嘉照一下，再朝自己的胸口比一比，张亦嘉真的要怒了。直到两个人看到了超级无敌掌门狗的玩偶，一起冲了过去。

“Hey bro（哥们)!”李子凡和那只瞪着大眼睛的狗狗握了握手。

“啊！华莱士!”张亦嘉抱着大大眼睛的超级无敌掌门狗爱不释手。

“人家明明叫 Gromit!”

“它就叫华莱士，华！莱！士!”张亦嘉用着有力的中文大声地重复着，可她明明错了，那狗狗的名字就是 Gromit，华莱士是那个男人，可她偏偏就喜欢把超级无敌掌门狗叫成 Wallace——华莱士。

“好吧好吧，你也喜欢它?”

“嗯。我超爱无敌掌门狗。”

“我也是。”李子凡又呲出来大白牙。

“我和它一样大耶!”张亦嘉说这话的时候带着惊喜感。

“我和它一样大耶！”李子凡说这话的时候带着兴奋感。

“你是哪一年？”

“一九八九年。”

“你呢？”

“我也是一九八九年。”

李子凡几乎要把张亦嘉抓在手里举起来，两个人带着那么那么多“我也是”，瞬间就忘记了一切的争吵。但他们很快又因为十月十八日和十一月十八日两个生日争吵起来。

“叫姐姐！”

“叫哥哥。”

“我比你大。”

“十一大过十，你数学不好。叫哥哥，哥哥就给你买 Gromit，哦不，是你的华莱士。”

“我自己有钱，我自己会买。”

那只大狗很贵，张亦嘉的卡上根本没有那么多钱，只能好好抱抱那只大大的“华莱士”，不依不舍地准备离开。趁着张亦嘉不注意，李子凡刷了卡，买下了这只狗狗送给她，说这是庆祝他从火海里拯救她的礼物。

“哇，好贵的，我不要，再说怎么也是我要感谢你的，我都还没有好好谢谢你。”

“不，你收下就算是谢我。”

收下，意味着什么？她不好意思要，但凡凡哥哥偏偏喜欢给。

张亦嘉把狗狗抱回宿舍的时候，宿舍人就都知道她恋爱了。可公司条条框框约束得很严，比如不允许谈恋爱、不允许私自出入公共场所等。即使是准备出道的练习生，也没有太多自由的权利。

其实那天李子凡很想告诉张亦嘉，他的英文名字就是 Mr. Wallace。

15

李子凡的训练日记

约到她，好开心啊。

她抱着我的时候，很幸福，虽然很痒，但是我不能笑，我怕晃动会不安全。她在我身后一定很紧张吧？我能感受得到，我也是。

张亦嘉。

我相信那个人是你。

李子凡的耳机里一直都在回响着那样的一首歌——《I'm in Love》。

"其实，从我第一次见到你就喜欢你了，

不过一直不敢说出口。

如果不先走向你的话会错过你……"

16

第一次接吻

张亦嘉的那一摔，真的把自己摔出了出道的大门框，金光灿灿的未来就这样黯淡了。"再过一年，二十四岁，还能出道吗？是不是过了二十五岁，就可以回家了？我需要快快跟上进度，争取到机会，不然，我的生活真的就要败下去了。”

她坚持训练，可那疼痛实在难忍，却找不到任何借口能停止练习，就像没有办法阻止疼痛一样。她以为这是在好转，越疼痛，越好转。

疼到再也无法靠止疼片来阻止的时候，医生说：“这么严重！要手术重新接骨头，这么危险你自己不知道？”

“什么？真的那么严重吗？”

“告诉你不能剧烈运动了，你怎么能不尊重生命呢？手术！必须手术，除非你不想要腿了！”

公司大楼上挂着七进五女团的大幅海报，她们如愿出道了，可她们有想过张亦嘉吗？那天的浴室事件，也许只是一个“给她一点颜色看看”的恶作剧，别人的错误，如今留给张亦嘉一个人承担。没想到摔得那么惨，摔毁了所有。她也是一个年轻貌美的女孩子，渴望有自己完好健康的身体，渴望有鲜艳的金色舞台，渴望有被关怀、被爱护的美好人生。

张亦嘉看着她们的海报，真的很想撕下来。“我的腿终于被你们摔坏了，你们高兴吗？”

现在一切都是破败的。

高昂的手术费用，她根本支付不起，难道让她拖着病腿去陪酒赚手术费用？打死她都不会去做那样的交易。她真的想不通，怎么突然间，自己最好的人生，就这么残暴地收尾了？

她真的想撕心裂肺地发泄，可哭喊不出来，那滋味难受极了。

“首尔，你当初那么热情地欢迎我来，就回馈给我这样一个惨烈竞争下的结果吗？”张亦嘉大声问着首尔的天空。首尔的天空不回答。

糟糕的人生。

她怕爸爸、妈妈着急，伪装着淡定，只希望爸爸、妈妈听得出她还不是那么糟糕。她知道他们得知真相的时候会马上飞来韩国，所以只能把病情轻描淡写地说成“腿有点不舒服，想回家了”。挂了家人的电话，她终于对着首尔的天空号啕大哭起来，那撕裂人心的哀号响彻汉江两岸。

那段时间，一切都是黑色的。

李子凡再怎么问，张亦嘉都不会告诉他，只是倒在他的怀里，眼泪止不住地流。

他哄她，每一次那高大的身躯装可爱的时候很二，但他还是愿意自毁高大男神的形象逗她开心。

他喂她，每一次偷偷跑出来吃东西，第一口都是他夹给她，虽然嘴上还说着：“你先吃，看看有没有毒。”

他疼她，他知道她的腿一直都在疼，每一次见面他的手都会不自觉地搭在她的膝盖或者脚踝上，偶尔捏捏，哪怕只是轻轻地扶在上面，手心里的温暖也能传递给她。

那个男孩子又能改变什么呢？他能做到的，也只有这些了。他只想让张亦嘉黑暗的天空重新升起太阳，哪怕自己画一个，也要给她最温暖的爱。

在她最灰暗最危险的时候，都是李子凡陪在身边。

张亦嘉还不知道怎么告诉李子凡自己要离开的消息，她也试想过自己抱着狗狗不辞而别，但是脑海里全都是李子凡的调皮和可爱。想到初恋马上就要变成异地恋，变成跨国恋，她心里就会那么不忍。

张亦嘉决定回国之后就再也没有去过公司。两天没有见到张亦嘉的李子凡很心慌，张亦嘉也不接他的电话，他耐不住跑到宿舍去看看那个消失的“初恋小篮球”。当他见到眼睛红肿的张亦嘉时，脑袋嗡嗡作响。

“嘉嘉，到底怎么了？”

张亦嘉看到这个在韩国最亲的人，哭得更凶了，在他的怀里上气不接下气地抽噎着。李子凡看上去很着急：“张亦嘉！张亦嘉！”在李子凡再三地呼喊下，张亦嘉突然说：“我要走了。”

李子凡惊呆了，眼睛瞪得几乎有核桃那么大，六神无主地只想问明白，去哪里？为什么要走？什么时候回来？

“为什么？到底怎么了？”

“腿要做手术！”就这么几个字，眼泪又吧嗒吧嗒地成串地掉下来，“回国做手术，我都怕我再也跳不了舞了！”

他死死地将她拥入怀中，她的头就贴在他的心口，扑通扑通的心跳好强烈。

“不要再哭了，”李子凡低下头，脸伏在张亦嘉的头发上，在她的头上轻轻地说，“嘉嘉，你先把身体养好，我等你。”

她轻轻地推开他，并不是拒绝，而是他把她抱得太紧了，呼吸都要没有了。千言万语此刻语塞了，什么都来不及，一切美好的期待和幻想，恐怕就要错过去了。

晚风吹过来，李子凡会把张亦嘉搂得紧一点，好像他的一双手就可以保护好张亦嘉的整个世界。

越来越紧张的李子凡虽然是美国国籍，毕竟是一个“中国制造”，毕竟还有一个“中国内存”。他的羞涩，埋藏得很深。但是时间真的不够用了，如果没有一点点的留恋，那就真的没有一点点的纪念了。

“张亦嘉。”

他轻轻地叫了一声她的名字，大手就像接过传来的篮球一样捧住张亦嘉的头。

“我想和你在一起。”

哇，篮球运动员终于抓着“小篮球”有了动作，那个男孩子就算动作有些笨拙，但他确实带着真诚和温暖，一边亲吻，一边拥抱。

那个男孩子是认真的。

那个女孩子也是认真的。

汉江边的初吻，成了最后的纪念。这一个晚上的吻，也许改变不了任何，但那吻至少给彼此留下了最甜蜜的记忆。

嘴唇轻轻地触碰吧，舌尖深深地纠缠吧，这个夜晚属于你们。

这天晚上的李子凡没有写“李子凡的训练日记”。

他回去就睡着了，做了很美的梦。他梦到他们一直都在一起，甜甜美美地在一起，他背着她，行走在那起伏的小路上，一直走，一直走下去。

那天的梦很美，但醒来的时候，李子凡的脸上全是泪。

ℬ 出道的爱恋

17
想见不能见的伤痛

“东九区”的时间定格封存，一切都要以“东八区”计算。

飞机上她的眼泪就没有停止过，哭累了就睡着了，再一睁眼，就成了跨国恋。当初为什么非要去韩国转一个圈圈不可呢？经历了魔鬼训练，还惨遭荼毒，几乎谋杀了整个人生。

难道去韩国真的只是为了李子凡吗？

她还没回过神来，就听到了爸爸、妈妈的大声呼喊，三个人抱成一团。

“嘉嘉，看把我们宝贝嘉嘉瘦的。”

“嘉嘉，来，爸爸背着你走！”

“嘉嘉，把包包都给妈妈。”

张亦嘉除了喊了一声“爸爸、妈妈”，根本就没有插话的机会。

一切被爱包围，爸爸、妈妈都很激动，他们的手就没有从张亦嘉瘦小的身体上移开过，即使推着轮椅来的，那也一边推推轮椅，一边摸摸她的头；一边推推轮椅，一边捏捏她的胳膊。他们只想自己的宝贝丫头身体健康，赶紧回家，再也不让自己的宝贝离开自己。

手术顺利，圈养生活开启。不能下地的那段时间张亦嘉体重疯涨，她习惯地说：“我要体重管理，控制体重，我不能再吃了。”

“控制什么体重，不吃饭伤口都长不好，瞧你瘦成什么样儿了？”妈妈又给她夹了两块牛肉，“多吃点！”

电视上七进五的女团在咿咿呀呀，个个靓丽，个个缤纷，美滴滴，娇嫩嫩，打榜，通告，尖叫欢呼声一片片。男孩子渴望拥有她们，女孩子渴望变成她们。张亦嘉不想看到她们，却无处避开女团的风暴来袭，无意间瞥到她们光鲜的样子，心里还是会翻滚一些泛酸的泡沫。

令张亦嘉惊愕的是金慧珠，此时此刻的金慧珠，是一个完全蜕变的金慧珠。这个突然间变成一副AV色情舞团模样的女人，压力一定很大吧。张亦嘉扭头对妈妈说："这就是我差点要出道的女团。"

"什么玩意儿，露着个大腿，扭来扭去，和卖肉的似的。"妈妈指着电视上白花花的大腿组合，"换台换台，穿那么少，露那么多，能露几年？当初不让你去，过去就跳这个？"

"她们现在特别火，都要世界巡演了。"

"拿过国际比赛的奖项吗？你原来可是跳芭蕾舞的，高贵的舞蹈，高雅的艺术，你别跟你爸说你是这团的，不笑话死你。还不如不去，去了还给摔成这惨样，我都应该去告他们！我把宝贝闺女交给他们，他们就这么不负责任？"

"别生气了，妈妈，是我自己不小心。"

"活这么大了，还能摔成这样？那边的引力大？"

"那边，确实引力大吧。"

说完这句，李子凡打来电话，张亦嘉看着手机美滋滋地笑了起来。妈妈起身看见张亦嘉手机上面显示"大傻子"来电，转身出了房门，脸上露出一点点不易觉察的微笑。

"小不点儿，回国了是不是特别好啊？"

"大傻子，回国当然好啊！我吃得比你好，我睡得比你香，我手机随便玩，天天躺着看电视，想睡到几点就几点，你比得了吗？"

"会不会长胖？"

"胖就胖呗，反正我不用体重管理，中国遍地都是好吃的。"

"小心胖成小胖猪！"

两个人就会不会因为胖而变成猪的话题讨论了一晚上。两个人的欢笑、两个人的胡闹，使他们好像上一秒还在逛街，还在汉江边亲吻。一旦想到挂电话，切断日思夜想的声音陪伴，他们的心还是会失落。

特别是“我很想你”这四个字同魔咒一样，一旦说了出来，会令人陷入相思的怪圈。那也只是说说，只是想想，她不再去，他离不开，他们还是不会在一起。一段刚刚开始的爱恋就被距离拉开得那么远，越是这样，两个人想念越是强烈。

18
李子凡的训练日记

嘉嘉给了我无尽的力量，总觉得我的明天很快就来了。为了嘉嘉，我一定坚持到成功，坚持到我接她的那一刻。虽然现在很饿，但是只要想起她，一切都不重要了。

张亦嘉，为了你，我一定做好我自己。

因为你对我很重要。

新的课程强度很大，男孩子们不得不二十四小时都在训练室，反复练习，以图达到各个角度的完美效果。每一个姿态永远都要保持一种炫耀的滋味，练就杀死花痴一片的技能。每一个人还要练眼神，练台步，无论是走机场还是走红毯，这些都是抓眼球的必杀技。

“哥，你说咱们这么帅，以后只能有超模美女才能配得上吧？”

“你喜欢模特啊？”承灿睁着大眼睛低着嗓子对杨骁说。

“是啊，我喜欢身材好的女生，个子一定要高，不然配不上我。”杨骁一脸小傲娇。

“哥，你喜欢吗？你那么高，那要找个多高的啊？”承灿又忽闪着大眼睛问李子凡。

“我喜欢小个子的，”李子凡缓缓而坚定地说着，脸上甜蜜的笑容开始绽露，“那种一把就能搂在怀里的。”

“对对对对！脸要贴到我的胸口的，最好这么高，到我脖子这里的。”承灿也从地上站起来比画。

“太矮了，你长这么高，怎么能找那么矮的？”杨骁大声地冲承灿叫着。

“她在这里，直接就能看到我的心，看到这里只有她自己。”李子凡一手捂在胸口，一脸深情和陶醉。朴承灿听得很认真，他认真起来眼睛和耳朵会变得更大。杨骁不再喊叫，不再翻白眼，坐在地上弓起双腿，抱着膝盖，眼神黯淡地说着：“哥，你一定爱上她了。”

李子凡收拾起自己的表情，站起身来背对着他们独自去喝水，他不想让弟弟们看到他一脸情深的想念。

19

阳光对着我照耀

日渐恢复的张亦嘉不敢面对接下来的人生，以前附中的同学大都在大型舞台上当起了舞蹈明星，或者在艺术院校做了舞蹈老师，如果当时她没有离开，现在舞蹈事业也会如日中天。

怎么办？

连那个执着的经纪人都没有再给她打过电话。黑暗中的张亦嘉觉得未来破碎了，她输得一败涂地，变得一无所有。

李老师开了一所自己的舞蹈学校，张亦嘉做了一名普通的少儿班基本功老师。简单的动作、简单的指导，这是她此刻唯一的选择。

她总觉得自己愧对舞台，愧对人们的期待。李老师却从未责怪过她的离开，她尊重这个孩子的一切选择，即便现在，她也在努力考虑着她的来未。

“嘉嘉，给你一个电话，联系一下，去试一下镜。”

“试镜？干吗的？拍戏吗？”

“一个饮料的广告，他们找我介绍些漂亮年轻的女孩，我觉得你很合适，这对你是一个机会。”

试镜很快，无非就是和一群靓丽的女孩子在主角的后面，对着镜头拿着瓶子做欢快表情。正式拍摄还没开始，隐约的吵闹声一再延误了拍摄。外面等戏的演员，还有停止工作的人员都小声嘀咕，议论纷纷。

“他们说可能是那女的和导演睡了。”

“嘘，小点声，不是说老板后台很大吗？别一会儿人家出来砍死你。”

“至于吗？他们还会为了一个女的打起来？”

“那干吗还要这个导演？还要接着拍？”

“不知道，都很有势力的，要不然那女的干吗两边都睡着？”

业余演员和工作人员都蹲在地上饶有兴趣一起分享其中的奥秘，张亦嘉小心翼翼地站在人群的边上，她只关心，试镜成功如果一直都不进行正式拍摄，还能不能拿到钱？

很久。

谁都没想到，广告还继续拍，女主角直接被抬出去了。

摄影棚的大门一关上，那女人在门外的叫喊声、拍打声，里面都听不到了。

副导演从群众演员里挑了几个看上去外形条件更突出的女孩子轮流试镜，每一个人十秒的动态镜头自由发挥，挑中的丫头们兴奋得就像中了百万彩票一样，都努力地在镜头前证明自己的实力。

这一幕像极了平行空间，发生在首尔那场张亦嘉没有参加的七进五人选赛。此刻她不需要使尽浑身的解数，什么样的笑容，什么样的姿势，怎么样的放电，怎么样的娇媚小态，早已熟记于心，拿捏自如。

如此简单，如此神速，她成了新晋的广告女主角。

定妆，开拍，直到完美收工。

张亦嘉的电话被很多人要走了，看上去有些来头的人对她说："有机会合作！"看上去一般来头的人说："等你出名哦！"

那晚张亦嘉兴奋得失眠了。

第二天公司通知她去拿广告费，虽然不多，但毕竟是自己挣的钱，这让她意识到自己的存在感，至少此刻自己也是一个有价值的人。

第三天，一个座机给张亦嘉打电话，说他们是某个文化公司，准备打造那个带着灿烂阳光笑脸的女孩。

合同里包括电视、电影、广告等一系列的演出机会，也没有严格的节食和超强度的训练任务，而且在中国也不用担心有那么多的大腿和扭屁股的出位表演，手续也比韩国简单得多。

难道被果汁馅饼砸中了？幸福来得太突然了吧？一个简单的果汁广告就搞定了一切，在韩国中断的明星之旅，突然就要在中国延续了？

这样的合同能不签吗？当然不能。

翻身，真的只是一瞬间。

公司很快安排张亦嘉试戏，拍了两条，导演就直接要人了。

她需要饰演一个从美国来的华裔小朋友，由于父母离异，爸爸回国又找了一个贤惠的阿姨，她的角色要处处刁难人家阿姨。戏份很少，导演却说："这是点睛之笔，这个小人物很出戏，如果发挥好了，会迅速被观众记住，希望你能发挥出色。"

"这就要拍戏了吗？"

"对，怎么，你还想先去念个科班？"

“不是，我的意思是，上来就是这么大的角色？”

“大角色？对，你就当是大角色，好好演吧。”

面对人生第一个角色，无论戏份大小张亦嘉都觉得神圣，自己也像是得到神的圣宠一样状态好到不得了。她入戏很快，亢进的情绪很快化解了她的紧张，看上去一点都不像一个生手，演得特别自然，真实得都以为她不是在演戏，是一个真的刁蛮小姐。

导演夸她：“演得好，特别有生活气息，还不紧张，真的难得！”

张亦嘉听到这样的赞扬真的美开了花，她甚至问工作人员：“我的表现还可以吗？导演说我很会演戏是不是真的啊？”

剧组工作人员却说：“他跟哪个新人都这么说。”

“那他为什么只选了我？试戏的时候不是有很多人吗？”

“可能是就你会说英语吧。”

“你怎么知道的？”

“你有档案的啊，老大，上面说你去香港那么多年，粤语、英语都没问题的吧？剧组需要你这样的，配音的不好，没看那几个都说不出来英文的台词吗？”

“不是因为我的演技吗？”

“姐姐，你看着这么漂亮，怎么能是个谐星？”

20

李子凡的训练日记

现在的一切，能不能换回来美好的未来？

不好说。

每天其实都是一样的。

嘉嘉能在中国有发展，真好。

我也会做好自己的，就算现在每一天都是一样的。

李子凡的宿舍现在住了八个练习生，挤在一起好热闹，他们白天也常常会被安排在一起活动。最近公司经常找来特定品牌的服装给他们拍定妆照，公司每一次的动作，大家都有心动，期待着这将是出头之日，但每一次都没有任何出道或者广告签约的消息。

人群里，只有杨骁不和他们在一起活动，他的训练从来都是单独的，他总是气愤地说道："为什么我长得这么帅，不让我去拍定妆照？我为什么就非要一定训练那些强度那么大的武术动作？"

承灿拍着杨骁说："杨骁，那说明你可能有单独出道的机会，比我们都厉害。"

"腰疼，"杨骁一脸消沉，"再把我腰练坏了，我就飞腿那个教练，都怪他霸占我拍定妆照的时间，我这么帅，我应该去拍照片。"

李子凡和金成勋一边打游戏一边不理他，杨骁看了一眼成勋："小子，去，给哥倒杯水。"成勋是老幺，作为最小的弟弟，比他只大一年的杨骁吆喝什么，他就要听什么。

他刚要起身，李子凡发话了："让他自己去，你陪我玩完这局。"

撅着屁股塌着腰的成勋，不知道应该是起来倒水，还是继续和李子凡打游戏。

杨骁冲着成勋叫道："成勋，快点啊。"

李子凡用他杀死一切的眼神瞥了一眼杨骁，杨骁自己转身倒水去了，顺便还把李子凡的水杯倒满端了过来。

李子凡看了一眼，眼神停留在杯子上。就这么一转眼的两秒钟，那一局成勋赢了。输掉那一局李子凡不在乎，他还在看那水杯，那是李子凡和张亦嘉一起在弘大买的情侣水杯，水杯盛满了水，但是少了另一半。

李子凡用大长腿踢了成勋的屁股，他嫌弃老幺弟弟让他在这样一个时刻输掉了比赛，怎么能在想念张亦嘉的时候输局呢？一切有关张亦嘉的时刻，要赢，赢赢赢！

21

为何相爱不能相守，到底为什么？

张亦嘉给李子凡打电话，一边讨教台词里更地道的俚语发音，一边问他美国人刁难别人的心态。

“不要老说我是美国人。”

“你就是美国人。”

“我是中国人。”

“你没中国国籍。”

“我是中国人。”

“好了好了，我算你是中国人，你们美国人到底都怎么刁难别人？是不是都特别厉害？美国大爷我说了算的感觉？”

“也不是。呃，比较随性，但会实事求是，忠于自我，敢说你们不敢说的话。”

“比如说你敢说我什么？”李子凡还没有想好要说些什么是别人不敢说，实事求是的话，张亦嘉先想到了李子凡一定会用自己的大长身取笑她的身高，先发制人地说出来：“不准说，你个大面条！”

“什么就大面条？我骨头很硬的，我有那么软吗？”

“好吧，那就大牙签。”

“呃……为什么这样的比喻。”

“怎么了？”

“没什么，男生被比喻成牙签，毕竟不太好，张亦嘉你嘴好毒！

还想学习刁难？你自己就够了！”

戏里的爸爸总是赞美亦嘉的表演带着她的率真、轻松和自然，还觉得她的发音地道，像是一个纯正的美国孩子，甚至都要问她：“你去美国多久了？”

“我没有去过美国啊。”

“可你的状态就像是一个美国的孩子，很多土语你也会。你知道开始的英文台词很生硬，我还以为我会边拍边改，没想到你先做到了，太惊喜了！你是怎么做到的？”

“啊，我朋友是美国人，他帮我辅导了很多，好多话都是他教我的。”

“是吗？是美国本土还是？”

“是华裔。”

“他很厉害，回美国的时候可以见见他，他在哪个州？”

“他在‘首尔州’，哈，他现在在韩国做练习生呢。”

“哇哦，那很辛苦的，了不起。美国还是有很多孩子很散漫的。”

张亦嘉对着戏里的爸爸亲切地笑了一笑。他在二十世纪是风靡全国的大帅哥，人很亲和，毫无架子，经常给张亦嘉讲戏，帮着这个新人入戏。

导演看好她，说以后继续约戏。美国爸爸看好她，还邀请一对情侣去纽约找他。其他的工作人员看好她，大家喜欢这个不虚荣不伪善见谁都乐呵呵打招呼的新人张亦嘉。

“李子凡老师啊，多谢你的指点啊。”

“怎么啦，特别顺利？大明星张亦嘉啊，什么时候来韩国拍戏？我也可以见见你。”

“你为什么不过来看我？”

“大姐，我哪里有时间啊？”

“那我过去看你好了！”

“你愿意来吗？来看我？你有时间吗？”

“怎么你不愿意?”

“怎么可能？快把银行卡号给我。”李子凡抱着电话动情尖叫着，那个感觉就像明天就过年的孩子。

“干吗?”

“我给你打钱啊！我去买机票，订酒店，给你住最好的酒店。我，我真的没想到你会来看我。”

“李子凡，你发达啦？明明刚刚拍戏赚钱的人是我啊!”

“我不可能让我的女人给我花钱的。”

“傻瓜，钱不是问题，问题是时间，我现在有时间，而且还有钱，你有吗?”

“我最近，好像是有的。”

“怎么了？你被开除了？不干了?”

“我去客串 MV 了，这样这个月就不用考核了。”

“是吗?”

“嗯，你来吗?”

“我去。”

那份以为期盼不到的快乐，从天而降。李子凡自己在宿舍里忍不住哈哈大笑，几近疯癫，他的喜悦根本控制不住。在面对爱情的时候，他放弃了“男神”的形象，完全就是一个痴汉，恨不得现在就跳下楼，跑出去，游过一片海，飞到张亦嘉的身边。

第二天李子凡买了一对自己最爱的克罗心的情侣戒指，看到那一大一小的戒指，就好像看到了自己和张亦嘉；看到那圆圆的造型，就好像看到了美满的爱情。

第二天张亦嘉也不约而同地买了蒂芙尼的情侣项链，她的初心本是纪梵希，当时的北京没有专柜，想想，也许他们之间的爱情不需要多么奢华，简简单单，为了在一起的幸福，管他什么牌子，什么价钱，能在一起就好。

谁说幸福不能紧紧抓牢的?

他们可以的。

22
来自美国的李子凡

李子凡的家境非凡，爸爸、妈妈对他的管束并不大，不会强迫他做家族事业的继承者，也没有对他提出有关银行家、投资家的人生规划，他们更愿意给他一个阳光自由的人生，如同妈咪给他取的名字一样，哪怕是过着一个平凡人的生活，只要他的岁月静好，那就一切都好。

和很多男孩一样，李子凡从小的梦想是打入 NBA。他的偶像不是乔丹，不是科比，而是姚明，他渴望自己成为在美国篮球场上伟大的华人代表。带着从小对篮球梦想的执着和认真，他一直都是校队的主力飞人、球场的耀眼明星。

在美国，打球好，长得帅的男孩子非常受女孩子喜欢。少年李子凡的世界里，充满了女生的尖叫和爱慕，可他的世界里不存在女生的概念，爱情也不会萌生，他只是一个爱打篮球的小男孩。

看上去几乎完美的少男李子凡，也有让人头疼的小问题，青春叛逆期里不打球的时候会去打架。特别是一个黄皮肤的小孩，因为打球好更是容易招来场上场下一些挑衅和是非，他从来都不怕，一直热衷打球和打架。

十六岁那年李子凡开始幻想自己成为打球可以打出血来的暗黑球星，开始崇尚图腾文身，从左臂到肩胛到右臂，文满了意味着邪恶力量的咒符图腾，单纯地以为把撒旦刻在了身体上，他就能降伏一切，超越上帝一样。就这样，球越打越好，架越打越多，文身也越来越满。

文身在美国很正常，可传统的华裔家庭观念上接受不了，妈妈无意间发现之后，惊愕地问他为什么。李子凡躲避，就是不想让妈妈看到他全套的文身，就像是一个自己知道犯了大错的小孩儿。

妈妈有些无奈，只说了一句：“凡凡，身体发肤，受之父母，不要不爱惜自己。”

李子凡看到妈妈说这话时的眼神，觉得自己文身不算错，不给妈妈看像是犯了大错。他愧疚极了，常无法释怀。偏巧后来打球时，对方动作太脏，常常有恶意攻击的动作，这直接点燃正无法发泄的李子凡，从球场上两队的互殴，打成接下来的街头混战，不幸伤及了右脚踝，也永远埋葬了他专业运动员的篮球之路。

他的梦想就这样破灭了。

他对所有人说那是练球时的不小心，也只有李子凡他自己知道，这样的代价太不值。

本来想用篮球明星的礼物送给爸妈作为自己年轻莽撞的弥补，却永远成了泡影。

此刻李子凡一个人来到了天台，他喜欢在夜深人静的时候来到这里，让自己沉浸在夜色中，吹吹风，保持沉淀和冷静。看着点点灯光的首尔，他的思绪混乱，需要重新洗牌。

“我在一个新的地方，重新开始自己，我一定会成功。妈妈，等我。”这是李子凡十七岁时的承诺，那天他作为北美赛区唯一一个被公司选中的练习生来到韩国，他的最终目的不是金玉其表的偶像之路，而是他自己的成长挑战。

他从小就有三个不变的愿望。

做一个遨游太空的宇宙超人，人类有难就迅速回家拯救地球。

做一个 NBA 里最伟大的华人面孔的篮球天才。

有一个温馨的家，和漂亮的老婆生一堆可爱的孩子，享受拥有阳光、沙滩和美食的生活。

不管梦想以什么方式存在都要完成，这是他对自己重新定义的许诺。此刻，他梦想的前两个都破灭了，第三个愿望就显得更重要了。

至于他自己是不是一个成功的偶像不重要，重要的是，他自己一定要做到，因为飞来韩国看望自己的女朋友已经出道。李子凡对自己仍然充满了信心，这种信心从未消减，一直都伴随着这个认真的男孩。

23
给我生个儿子吧

张亦嘉到了仁川机场便给李子凡发了信息："亲爱的，你在哪里呀？"

李子凡在训练没有回音。

"唉，真可怜，都没人接机，孤单的首尔。"张亦嘉心里暗暗地伤怀。即使现在都在东九区，他们的相约时间表也总像横跨的时差一样，依然要继续习惯等待。

这一天的李子凡训练得有些心不在焉，录音棚里一直被老师骂，但是他微笑地只看表，丝毫不介意。

训练结束李子凡迫不及待地飞奔到了酒店："宝贝，我来了！"

"啊啊啊！亲爱的！"

他很高，她很矮。李子凡张开怀，张亦嘉就能跳进里面。她的手紧紧搂着他的脖子，腿盘在他的腰间，他的手自然也会围绕在她的腰间。这个姿势就是他们属于自己的宝贝抱，这样两个人就可以黏在一起，连个气泡都不能阻隔在中间。

“嘉嘉？机票多少钱？”李子凡使劲儿搂了搂她的脖子，张亦嘉团在他怀里就像一只调皮的白色小猫咪。

“怎么啦？”小猫咪探出头来，睁大眼睛问着他。

“我不能让女人给我花钱啊。”

“我来看你，你还不好意思，内疚啦？”

“嗯。”

“哈，我就想让你又不好意思，又内疚，这样显得我特别伟大。”

“真坏死了，怎么能让老婆花钱来看我。”李子凡一把掐在张亦嘉的屁股上。

“啊啊啊！疼。”张亦嘉顺手揽住李子凡的脖子，“我知道了，你觉得自己是小白脸了对不对？”

“别说话这么难听。我是一个大男人！”李子凡认真地说着，手举起来故意要掐张亦嘉的鼻子似的。

“李子凡，是不是要让你做小白脸你宁可去死？”

“我也不可能有那一天。”

“万一有个特别特别有钱的大款姐姐追你呢？”

“让她自己留着吧。”

“万一有一天有一个特别特别有权势，呃，比如，市长、总统、什么国王、什么公主的……”

“我才不去呢。”

“万一，有一天外星人给你说，去给我们当女婿去，不然就炸了你们地球全人类呢？”

“呃……”

李子凡迟疑了一下，张亦嘉看着认真思考的李子凡，大吼起来：“李子凡！原来你喜欢的不是人类！”

“不是，我在认真思考你的问题，你是说现在吗？如果真有外星人带我走，我会说你等等，我为了拯救地球，要先和我老婆准备一下后代，等我们的孩子枝繁叶茂了，我就去拯救地球，你看我多伟大。”

“你敢去。”张亦嘉嗔怪着打了李子凡的胸口，李子凡一把抓住了她那小小的手，放在嘴边，亲吻着，轻轻地抚摸着她每一寸的肌肤，轻轻地触碰下，指尖却满满都是爱。

张亦嘉在他的手里就像一个娃娃，又像顽皮的小猫动来动去，在他的怀里愈发地撒娇，好似他的胸口就是她的天下，任李子凡在她的身上亲吻与抚摸。

“小丫头，叫声哥。”

“欧巴。”这样场景下，张亦嘉居然有心思搞怪，故意把声音拐了好几道弯弯，李子凡扑哧笑了起来，在高级套房的大沙发里，还能有心思开得起小孩子的玩笑。

“叫哥。”

张亦嘉娇滴滴叫出来一声：“哥。”

李子凡立刻像是打了鸡血一样，兴奋得瞳孔都大了起来。男孩子的哥哥信念，终于在自己的小爱人身上得以实现了，他期待着张亦嘉像娇艳欲滴的小花朵一样依偎在自己身边叫哥哥的幻念已经很久了。

一切都来得不能再美了。

不能再美了。

白皙皙的张亦嘉，白皙皙的李子凡。如果当时有个摄像机，是不是全天下最俊男靓女的文艺片的经典长镜头就诞生了。最佳男演员李子凡还是紧张地从头到脚轻拂着张亦嘉，生怕她会突然少了一部分一样，真是很奇怪的思维，或者说这样笨拙的动作只是安慰自己，虽然没经验，他也很想通过安抚把嘉嘉的疼痛感降到最低。

可为什么张亦嘉在传说中的美妙时光里看着这么痛苦呢？他紧张地用手拨开张亦嘉蹭乱的头发：“还好吗？嘉嘉？”心里有着丝丝的忐忑，这源于男生之间嘘嘘时的比来比去，用兄弟间的话来说就是：“哥，你的女人真的会很痛并极其快乐着，好期待哟。”

“没事儿，来吧英雄！”

“张亦嘉，你能不能不要这么搞笑！”两个人顿时哈哈大笑起来，这个时间这个场面下的配词，真是不能容忍，但是两个人很快又陷入了和刚刚搞笑气氛下不一样的欢愉中。

张亦嘉像是化身成盛开的艳红色花瓣一样美妙，并且湿润了一切。

看着像是要虚脱的张亦嘉，全宇宙最温情的好战士李子凡很想对她说“我爱你”，又觉得好似那样的三个字是大运动的犒赏一样，可是他确实只想对张亦嘉说“我爱你”。憋了几秒钟终于说了出来，他说得那么认真。

“我爱你。”

“我也爱你。我真想此刻时间停止。”

“永远永远这样在一起。宝贝，我出了好多汗，我们一起洗澡吗？”

“嗯。”张亦嘉的双臂直接缠绕在李子凡的脖子上，他丝毫不费力“公主抱”着她一起进了浴室，两个人第一次认认真真地在对方面前把自己的所有毫无保留地展示给对方。

“真美。”

赞美过后，两个人像极了第一次上生理卫生课一样，左右研究，又宛若一对依然保持着激恋的老夫老妻，他帮她洗头，她帮他搓背，他帮她打浴液，她帮他擦毛巾，浴室里充满着爱和欢乐的打闹声。

“我觉得，我觉得我下面有一个洞。”

李子凡俯下身去亲亲她的额头说：“老婆，辛苦了。”

“真的，我都能听到风声。”

李子凡哈哈大笑起来：“你太夸张了！你怎么不说下面都能流过一条河！不不不，是长江。”

“李子凡！”张亦嘉没有在开玩笑，她一巴掌打在他的肩膀上，“我真的觉得下面是一个洞！”

“对不起，让你受委屈了，嘉嘉，我，我我……”

“会不会怀孕?”

“不知道。我怀孕了?”

“李子凡，你是呆瓜吗?我是说如果我怀了呢?”

大眼瞪大眼，两个人不知所措地好奇着明天。“生下来!”他们异口同声地一起决定着，坚定地以为一会儿就能生出来一个儿子。他们愉快地抱在一起，等待这样甜美的时刻。

24
首尔蜜月之旅

李子凡第二天走的时候亲吻了还在美梦中的张亦嘉，他不舍得吵醒她。在柔软大床上的张亦嘉真美，可是时间到了，那个男生要去当练习生了。他除了给他的宝贝一个吻，别无其他。

他飞奔到了公司继续他的天天练习，只是时常出神，嘴角还总挂着抹不去的笑容，偶尔还会偷偷地笑出声来。

杨骁趴在他身边说：“哥，你昨天晚上去哪儿了?”

“你叫我什么?”

“哥啊。”

“哈哈哈。”李子凡张着大嘴笑到弯腰，控制不住地蹲在地上捂着嘴傻乐，把其他几个人都看呆了。

“哥你怎么了?”

“不知道，今天和抽风一样，自己乐很久了。”承灿瞪着大眼睛仔细打量着李子凡。

“哥，你看你的大黑眼圈。”杨骁说完对着镜子看了看自己的眼袋。

BEN面无表情走过来，直接蹲在地上拍着李子凡的肩膀："李子凡，注意休息，不然没体力。"

大家听到BEN说完这句都惊叹起来，承灿瞪大眼睛在那里一边鼓掌一边惊呼："哥，你干吗了？哥，是嫂子吗？让我们看看。"

"嘘！"李子凡瞬间就做了一个收声的动作，几个男生瞬间就围了一个圈，蹲在地上窃窃私语，抓着李子凡一顿盘问。

"还是那个吗？"

"你们多久了？"

"真那个了吗？"

没想到男生在一起也是这么三八，只有杨骁一个人在一边翻白眼。李子凡被逼问得脸通红，手一直捂着脸都不好意思放下来，再这样笑下去，眼泪都要笑出来了。

张亦嘉睡醒之后，舍不得马上起床，趴在昨天两个人打闹的大床上，裹着被子翻滚，从一头翻到另一头，被子还沾着李子凡爱的味道，每一次翻滚都能感受得到。

"老婆，睡好了吗？我很想你。开视频。"

"我还没洗脸呢。"

"没关系，你什么样子我都喜欢。"

"可是我都没有看到你起床的样子。"张亦嘉噘着嘴，一脸遗憾。

"宝贝，开开视频吧，快点了啦！"

张亦嘉敌不过李子凡撒起娇时的甜腻。她乖乖地打开视频，两个人一起对着电话噘嘴，卖萌，小娇羞。

"老婆，晚上我们吃什么？"

"我想一会儿去市场买猪蹄。"

"真的要为我做饭了吗？"

"是呀，我们不是说好了吗？"

"两点又要上课，没时间过去找你了，对不起宝贝。"

“没关系啊，今天晚上几点能回家?”

谁都不知道李子凡听到张亦嘉说到“回家”这两个字时的惊讶和欢喜。现在，这个漂亮的小女人真的让李子凡美上天了。

“不知道，你等我!”

张亦嘉所住的酒店世界一流，首尔的一切繁华尽收眼底，但她想找到最受韩国妈妈欢迎的菜市场，她甚至都不愿意选择超级市场，她要求出租车司机带她去生活气息浓重的菜市场。

从这个地段打车，和去一个百姓市场的心态，真是有点不搭，自己怕是都要笑出声来。

掏钱时，张亦嘉突然发现钱包里多了一张黑色的卡，上面全是外国字，署名“××× LEE”，哇噢，这就是传说中的黑卡吗？可是她没有刷。买好猪蹄回酒店时，她询问了房价，惊呆了。

十五天的预订款，上万美元。

张亦嘉没有窃喜李子凡阔绰出手，反倒被这样的大手笔吓得吃不消。由于从小就在外上学独立，她自我保护意识很强，也见过大大小小光怪陆离的豪宴酒会上的大老板，那些邀请、那些礼物，她从来都在拒绝。她从不贪慕虚荣和浮华，甚至一度偏激地认为，富人的概念就是黑的。

“李子凡，你怎么能有这么多钱?”

至于李子凡这样的家境，她有些担心，怕他具有富二代的一切恶习。

“为什么不早一点发现？他会不会是那种喜欢破处的花花公子？然后甩给我一笔钱作为一刀两断的玩弄破处费？说过爱我有什么用？不是照样醒来看不到人？这和被睡完了就走有什么区别？该死的李子凡!”

张亦嘉越想越多，气得鼓鼓的，连手中买好的大猪蹄子都要扔掉。

越到下课的时间，李子凡越是慌张到不行，兄弟们小声地说：

“哥，没事儿，你去吧，有事儿给你打电话。”

李子凡使劲儿拍了拍BEN的肩，打了车一路跑回了酒店。

“老婆，我回来了！”那兴奋的声音，好像小孩子刚刚放了炮，继续还想要炮仗一样。

张亦嘉阴着脸开了门，转身就进了屋子。

李子凡还双手撑开等着他们的宝贝抱，可自己除了被晾着，什么都没有。

“那黑卡是怎么回事儿？”张亦嘉的话像质问。

“我怎么能让你花钱呢！当然是给你随便花啦。”

“为什么不早给我？为什么非要在那什么之后给我？这样像交易！”张亦嘉的声音像吵架，那个黑卡让她觉得他总是那么不安全。

“老婆，我怎么能让你花钱呢？给你钱不好吗？”

“李子凡，你这样我很怕。”

“你怕什么？”

“我怕你是纨绔子弟，玩玩而已。因为，因为我醒来的时候，你不在我身边啊。”张亦嘉带着哭腔委屈地说着，听上去可怜巴巴的，“更像是玩儿完了就被甩了一样，然后，你就给我一笔钱。我，太难受了。”

李子凡明白留下一个女孩在那样的情景下会显得爱情都不纯粹，可自己现在不能更多地给她陪伴：“张亦嘉，我会娶你，不是因为我和你发生了关系。”

“就是因为我们，我们那个了吗？”张亦嘉将“上床”两个字憋在嘴里半天羞于说出来。

“你听我说，”李子凡一把抓住张亦嘉的肩膀，“嘉嘉，你听我说，我想娶你，我一直都想娶你，不是因为我们上床了，我想娶你是因为我爱你。”

李子凡的眼神热烈透着真诚，这让人看了很动容。张亦嘉禁不住那样直白的表达，自己的眼泪噼里啪啦地掉落下来。

“李子凡，呜呜呜，啊，你不要骗我。”

“怎么可能呢？我真的没想到第二天会这个样子了呢！”

“你就这样留下我一个人一大天，还有一笔钱，你说我怎么办？”

“哎呀，不说了，给你钱你还生气了？不说了，不说了，猪蹄呢？你做好了吗？我都饿了。”

“没做。差点扔了，光生气了。”

“小傻子，说你什么好？我都要饿死了！走吧，我们去夜市随便吃点算了。”

两个人吵架的速度真快。

两个人和好的速度更快。

两个人又跑去了那些不知名的夜市，随便在小餐馆里打打闹闹忘记了争吵。

都是黑卡惹的祸，不然谁都不会知道李子凡的家境，也很难想象一个身价过亿的富二代，会苦苦地在韩国当着受训的练习生。他的小爱人张亦嘉，除了有些神经质的大拷问以外，根本不关心什么身价和背景。如果有一天他们没有了钱，也可以做到有情饮水饱，但两个人的定情信物是说好的，她送他的项链必须戴，他送她的戒指不能摘，这就足够了。

第二天的清晨，两个人从压在一起的肩膀和缠绕在一起的胳膊中相继醒来。张亦嘉看到了眼神里全是爱的李子凡。

“老婆啊，快起床吧，再不起来，我就要走了。”

“你上午不是没事儿吗？”

“关键是我想吃排骨了，我可不想什么都没吃就去训练。”

“我昨天只买了猪蹄的。”

“那快起床，你先做着，我去买生排骨。”

“来得及吗？”

“不管了。”

张亦嘉慌张地上网翻找烹饪步骤，说她会做饭都是骗他的，就因为李子凡爱吃肉，问她会不会做。张亦嘉自然不会也说会。自己在家练习时，不是咸了就是没熟，却还是特别有底气地答应李子凡，做他的“厨娘”，喂他吃胖胖。

制作步骤还没有记熟练，李子凡就上来了。

“这么快?”

“从他们厨房买的，钱能搞定一切。老婆，接下来就看你的了。咦，这是什么?”李子凡看到了张亦嘉从网上搜来的制作步骤，“张亦嘉！你行不行啊?”

“怎么了？爱吃不吃。”

“不好吃怎么办？这些排骨很贵的!”

“那也是因为调料不全，发挥不出来，或者你的排骨没买好!”

“好好好，一定好吃，你做的什么都好吃。”李子凡说着就从后面抱紧张亦嘉，头放在她的头顶上。这样的拥抱真好，只是做起饭来不方便，但又舍不得松开手。直到忙不过来，她才叫他去拿这个拿那个打下手，李子凡干起来美滋滋的，张亦嘉说什么是什么。

只要厨房里有味道的变化，敏感的李子凡就感叹一番。

比如焯肉的味道很难闻，他就说：“老婆辛苦了，下次给你个口罩。”

比如炝锅的味道很刺激，他就说：“老婆好香啊！家的感觉出来了。”

比如炒糖色的味道很甜，他就说：“老婆，好诱人，我要等不及了。”

比如炖肉的味道很悠远，他就说：“老婆，太香了，我要受不了了。”

比如炸肉骨的味道很香，他就说：“老婆，娶你真的是我的福气啊。”

比如收汁的味道很回味，他就说：“老婆，我天天都要吃你做的饭。”

厨娘超水平发挥，作品成功出炉，李子凡彻底被征服了，吃得那么香，幸福的味道赞极了。

六个猪蹄，一斤排骨，连个肉渣都不放过，吃到全身所有的血液都输送给了胃去消化。两个人吃到脑缺氧，晕乎乎地爬上了床，一边喊着累，一边打着嗝，李子凡还不忘直接搂过张亦嘉，用自己油乎乎的嘴亲吻她，因为她的嘴也沾着含有糖的肉汁，所以亲起来甜甜的。

“老婆。”

“啊啊啊，别用你那大油手摸我！”李子凡看了看那双又宽又长的手，顺嘴又嘬嘬手指，上面沾着猪蹄里黏黏的胶原蛋白，也是甜甜的。

“对了嘉嘉，你过来怎么和家里说的？”

张亦嘉犹豫了一下，透着不好意思地实话实说着：“说我去外景了。”

李子凡低下了头。

张亦嘉觉得好似这样的说辞辜负了这样的爱，一瞬间又觉得对不起李子凡。

“嘉嘉，如果，我一直都没有出道，我可能坚持到二十四岁就回美国了。你，你愿意和我回美国吗？”

“傻瓜，说什么呢，也许你今年就出道了。我不也是，谁知道机会和明天哪个先来呢？”

“张亦嘉，你知道你对我真的很重要，我需要多努力才能和你在一起。可是有的时候只有努力是不够的。”

“别的不要再想了，我不是就在这里吗？大傻子！”

是啊，张亦嘉现在除了说这些安慰的话以外，还能说什么呢？

“可是我们在一起的时间太少了，我觉得很抱歉，居然让女孩子跑那么远，我却为她做不了什么。”

这时李子凡的电话响了起来：“哥，快回来吧。我们，好像是我们要出道了。”

“真的吗？这次是真的吗？什么时候说的？”

“刚刚，一会儿例会上就公布了。”

“都谁？”

“宿舍里的几个，回来再说吧。”

李子凡挂了电话，忘记了刚刚的惆怅和迷茫，哈哈大笑起来。

“嘉嘉，你听到了吗？我要出道了！”

“真的？你不是吃傻了吧？”

“嘉嘉，来抱抱，哇，太好了！都是你给我的好运气！”

“那快去公司吧！”

“对不起了，不能陪你，等我把那边的事情处理好就回来，等我！”

25 ✈ 爱人被剥夺，只好飞回国

“对不起亲爱的，现在是三点二十四分，你一定在睡觉吧？我一直都很忙，刚刚拿到手机，给你发一个信息。宝贝，对不起，我回不去了。”李子凡认真地按键盘打着每一个字。

“大傻子，方便打电话吗？我没有睡觉，我还在等你。”

电话响了，李子凡却说不出话来。他感谢着这一天的来临，他也无奈着，等这一天的到来需要那么大的代价。带着愧疚和心疼，把娇妻独自抛在酒店里那一幕又要上演了。他哽了哽喉，坚定地说：“李子凡和张亦嘉永远在一起。”

“这么说，你就真的没时间了吗？”

“可能是的。”

“没关系啊，你能出道就最好了啊！”

“老婆，我真的还想吃你做的排骨，满嘴都是糖汁汁，连亲吻都是甜甜的。我还想吃你做的猪蹄，吃黏黏的粘在一起永远分不开的猪蹄！”

“等你回来，我一定给你做！”

这一次的韩国之旅活像是一部浓缩的电影，记录了张亦嘉留在韩国的一切美好。

退房时张亦嘉把黑卡留给了李子凡，自己只带着那天夜市上照好的大头贴奔赴仁川机场。照片里李子凡一直都把她搂在胸前，将自己的下巴放在她的头上，一起比剪刀手。

连甜美的回忆都来不及收拾，飞机就要降落了。

张亦嘉入关的一瞬间，心里期待着她的男人有一天能来这里，也许那个时候她能和他的粉丝一起挤在人群里迎接他，迎接那位冉冉升起的新星。

26

李子凡的训练日记

终于等来这一天了。

我们几个今天都没有说话，脑子里一直都是那几首歌，因为下午要录小样，老师说傍晚的时候嗓子最开，啊，真的好激动。

新的经纪人很严肃，他一直在告诫我们，舞台越大，竞争越大，出道面临更残酷的淘汰。多么无情的事实，又是多么现实的压力。他还特意对我和杨骁说，我们就是用来打下中国市场的炸弹，不要在韩国人面前丢中国人的脸。说真的，我讨厌这样，但我们必须做好，至少这样会给中国的练习生长脸。

如果真的能在中国火起来，是不是要久驻中国了？我就可以看到我的宝贝了。她总说我即便是“神的流犯”也不会离开她的，因为我是流犯，她是神。

三点了，现在她一定在睡觉吧，我兴奋得睡不着。

我想和她分享我的快乐，但又觉得欠了她很多。

终于 THE ONE 尘埃落定，由公司精心挑选出来的五个各有优点和特长的优质偶像组成。

李子凡，最撑得住的门面担当，最完美的官方发言人，最能吸引尖叫的闪亮星。

功夫小子杨骁，已被调教成百变星君，他就像一个宝藏，只要挖掘总有闪亮亮的新发现。

朴承灿，名声赫赫的练习生，除了跳舞差一点，词曲、演奏、说唱、脱口秀等都很拿手，只是耳朵似多比，眼睛似旺仔，怪怪的惹人爱。

金成勋，细眉、长眼，有种妖冶的美，就是声音太嫩，年糕音太重，好在跳舞跳得出色，他是团队的舞魂。

BEN，他是公司大力挖来的唱歌比赛的冠军，天生一副好嗓子，天生一个好歌手，无论是从技术还是从感情的表达上，BEN 都拿捏得完美无缺。

此刻的五个男生，彼此肩并肩抱作一团，无论之前谁有什么故事，那都是过去了。想成为闪耀发光星，五个人须化为一体，缺一不可。

出道倒计时的时期里，吃饭和睡觉都成了奢侈品，哪怕是子夜，说练舞就练舞；哪怕是凌晨，说录音就录音。只要听到“开始”，每一个人都要像打了鸡血一样。

李子凡看了一眼窝在墙角睡着的杨骁，找了一件扔在一旁的上衣帮他盖上，自己却忘记也找一件，坐在地上的一瞬间一歪头也睡着了。成勋的腰扭了，没有来得及去医院，只是趴在地板上让承灿给他按摩，两个人按了一会，就倒在一起睡着了。BEN 窝在一边抱着一本《教你学说中国话》，一边闭着眼睛，在汉字结构下也睡着了。

五个孩子极度的疲惫，有时根本不知道是不是肌肉自己在跳舞，明明当时都已经没有了意识，但整个人还能够随着律动的音乐来舞动。

为打造最完美的首张中韩双语专辑，他们拼了。那个时期，他们几个累到很少交流，心里只有 THE ONE。

特别是最近，他们为了上镜更漂亮，加强了饮食控制的体重管理，饿醒了也只能喝凉白开，不能随意吃东西。什么猪蹄和排骨，什么炸酱面和可乐，都好似一万年前的事，好似别的星球的故事。

此刻的李子凡也忙到想不起来张亦嘉，他的脑子是停滞的，每天只有工作，工作，工作。

27 ➚

好多好多的话想对你说

这是一个崇尚奢靡而显得有些过分虚荣的娱乐圈。

公司会给张亦嘉安排一些时尚品的发布会。作为一个出席嘉宾，她需要衣着靓丽、姿态优雅地争当镜头前的宠儿，增加曝光率和知名度，让自己变成一个高档、知名的女艺人。

镜头、名片纷纷袭来，她立刻成为很多男大款眼里的新宠。活动之后的那些“交流”酒会却招来她的反感，里面总能听到谁又想要老总的珠宝和金钱照顾，特别是当有朋友或者前辈引荐那些有钱有地位的大鳄给她，总直截了当地温馨提示：“某老总可以帮助你，给你投资，给你上更多戏的机会。”

这听上去更像是一种侮辱。

就在人人都叫哥喊妹的时刻，她却对老总们说：“谢谢叔叔。”

时间久了，“不识抬举”这样的词被扣在了张亦嘉身上，那些“拉活儿”的名媛朋友开始骂她：“不知天高地厚的玩意儿！多少比你年轻比你漂亮的丫头想让我介绍都没机会呢！你太打人家大老板的脸了！和你这样的人做朋友，真没劲！屁都指不上！”

张亦嘉从此总提前离席，省得让自己和大家都觉得别扭，其实那只是社交酒会又不是暗藏着必须陪酒的戏码。可她只能做到出席的活动一旦结束便收起笑容，转身离开。

她九岁进入专业学校学习舞蹈，到十六岁开始职业生涯以来，一直以一个专业的舞者身份严格自律。对生活有要求，对艺术有追求的女孩子，靠的是底子和实力对事业进行诠释，现在从事了演艺圈的娱乐行业，她显然适应不了混乱的圈子。她可以按照后台的规矩轻松地一步登天，但她不想糟践自己的尊严。她从未把那些大款大鳄们当成事业的救命稻草，不想让自己成为皮肉交易的砝码。特别是自己去了一趟韩国，那么辛苦，透支了青春，她更不想在国内做那些在韩国都不会去做的交易。

真的是脚下泥潭万千的一朵清莲。

何况人家还有帅帅的男朋友，两个人相隔有点远，但是彼此很相爱，张亦嘉不至于和叔叔们在一起。

又是年度主题会，又是提前离席，一起离开会场的还有一个四十岁模样的人物，他的气场很大，不免会让人多看他两眼。他靠过来问她：“小嘉，是不是觉得这样的酒会很无聊？”

“咦？他怎么知道我的名字？难道我这么出名了吗？我的电视剧还没公映啊，那个广告也是刚刚播出。他怎么知道？”张亦嘉心里一连串的问号。

原来他就是成全了“果汁女孩”的大老板，是她的伯乐，一起和导演挖掘了她。他居然还记得她的名字，张亦嘉客气里有些亲切地对他笑着：“呃，我可能不太适合这样的环境。”

“我也是，要不要带你出去兜兜风？”

“不用了，谢谢你。”

她笑笑转身离开，告别了那个看上去很有钱并且气场很大的高级男人。

28

终于有了打电话的自由

韩国经纪公司多如牛毛，艺人更新如同那翻滚的海浪，而韩国市场就那么大，总不能公司培养了好多年，出道才三个月就被新的海浪拍死在沙滩上。

公司的账，历来都算得很精。

这次 THE ONE 除了要和其他韩国公司的艺人竞争，还要开拓更大的经济市场——中国。

当初庚哥的公司以 1/13 的比例，成功为 SJ 挖开了一条捞金之路，那么以李子凡和杨骁两个大帅哥“回娘家”的架势，这 2/5 的比例更像是一个稳赚不赔的大买卖。他们步步为营精心盘算，打造这跨国的 THE ONE，前前后后所有人都尽心尽力地牺牲了很多，都在期待着破茧而出的那天。

第二天就要发预告片了。晚上公司分发了各自的电话，他们终于可以好好睡觉，终于可以联系外界了。经纪人还明确告诉他们，以后恐怕忙起来连打电话的时间都要没有，想打就打吧。

拿到手机的一瞬间，李子凡犹豫了一下，中国？美国？最后还是先拨给了妈妈，但是电话没有应答，他马上拨给了张亦嘉。

“张亦嘉，接电话，张亦嘉，接电话。”

“喂?”

“老婆。”

“啊啊啊!”

“你不要叫啦，吵死了!”

他们太久没有联络，明明上一秒还是在“新婚”，下一秒的现在，却拖了那么那么久。两个人忘记了时间，忘情地聊天，天都要亮了吧?

“李子凡，你去睡觉吧，好像要天亮了。”

“怎么？你的手机没电了?”

“一直充着电呢，手机都要烫死了，你快去睡觉啦!”

李子凡早已经困得不行，恋恋不舍地挂掉电话。天已经大亮，他深深地吸了一口气，打足精神再次打给了美国，妈妈算算时间，问他怎么起这么早。

他说：“因为昨天睡得早。”

29 ✈
THE ONE

预告片（预告）公布日。

他们带着向死而生的勇气，终于打开了窒息的牢笼。几只受困铁笼中的猛兽将呼啸而出，咆哮着、嘶吼着出现在首尔街头巷尾的大屏幕上。他们像一颗大炸弹，在天空中炸开那瑰丽的火花，今夜如昼，光芒万丈。

新晋天团 THE ONE 声势浩大地横空出世了。

每天放送一个帅到让人颤抖的预告片，张亦嘉也在电脑前和很多粉丝一样，激动地流着眼泪，谁也不明白为什么要哭，但还是会有很多粉丝留言说激动得哭了。

预告片每个人两个，整体三个。第一支公布后的第十五天，他们会正式站在那个属于自己期盼很久的舞台，面对千万粉丝的尖叫，面对千万粉丝的爱，上演他们破茧而出的典礼。

深夜，李队长发了一条信息："老婆，好好地留着下半辈子崇拜我吧。没有时间给你打电话，最近忙。经纪人很讨厌，总盯着我们。但是，我要到了我们的出道首秀的票，可能我们没有时间见面，你还愿意来吗?"

张亦嘉嗷嗷地买了机票就飞了过去，她当然要做他最忠实的啦啦队员。

依然是那个酒店，虽然不是那次新婚的房间，虽然酒店里见不到自己心爱的男人，但想想能在第一时间的舞台上看到自己的爱人，张亦嘉就激动不已，能看到李子凡的出道，就像完成了她多年的心愿一样。

星光灿烂的首秀舞台，几个男孩子们爆发最璀璨的光芒。

现场海一样的应援，气氛真的是超级高涨，那一片的灯光牌，那一片会发光的条幅。全场只有张亦嘉什么装备都没有，像是一个不合格的粉丝混入了专业队伍。"没关系啦，我是作为家属身份来捧场的，呵呵。"

全场开始疯了一样的尖叫，就差一起冲上台去了。

李子凡在舞台上说了无数次"我爱你们"，全场的妹子都在荡漾。他说"我爱你"的时候，却只对着一个方向，只对着一个人说。

眼前的这个光芒万丈的人，真的就是自己的爱人吗？上一次还在一起过家家的人，此刻就变成了人人都爱的大明星吗？整台的晚会，看着那颗最亮的星对着自己笑，对着自己比心形手势，张亦嘉就像做梦一样。

一场不到两个小时的演出，很快就接近了尾声。李子凡作为队长用韩语做了总结表述，在最后一刻，他哽咽了，用中文说道："谢谢你的到来，我爱你！我爱你们！"李子凡大声喊着从心底里最想说的话。

散场了。

那五个男孩子回到后台抱在一起，一片欢呼，很多摄像机拍来拍去记录着这样的时刻，连平时只是呵呵大笑的承灿也激动地对着镜头哽咽到说不出话。

BEN 和每个工作人员握手，感谢着他们对自己和其他孩子们的照顾。

幼小的成勋，直接躲在角落默默流着自己的泪水。

杨骁在李子凡的怀里抽噎，那举动看上去实在怪异，像是一个巨婴，嘴里喃喃说着什么，但是他的口音太重，基本上谁都听不懂。

李子凡也很激动，一手拍在杨骁的后背上安慰着他，一手还对着镜头比画，说着自己的感想，还有那些感谢的官话。

因为，他是团体的队长，有些话，他必须要说。

30

那个男神，是我男人

散场后的张亦嘉一直舍不得走，自己坐在座位上有些发抖。会场里已经有工作人员开始卸灯了，她看着五个人的巨幅海报在灯下瞬间熄灭的黯淡，有点酸。倒不是灰色的情绪，只是觉得以后的见面会越来越难。

走出会场后，几个激动的粉丝围在一起大声地说着什么，她们手里还有 THE ONE 的手幅和会发光的幕布。

“姐姐，我们已经表现得很好了!”

“是啊，姐姐，为什么给我们的钱少了呢?”

“你要知道我们为他们做的网络宣传很努力!”

所有这样的问题都在围绕着一个带着工作人员标牌的中年女子，她解释：“因为取消了从演唱会回公司的这一行程，所以，门口那些接车的粉丝就不用了，自然会少给你们几个钱。不要再说了，快去取消吧。”

女孩子们生气地打着电话，口气中都带着不满和愤怒。

哦，原来是这样，不要再为自己刚刚的装备不齐全自责了，那些专业的粉丝原来是请来的呢。

夜很深了。

“嘉嘉，睡了没有?”

“没有啊，在网络上看你们的网站，有那么多的表白啊，看得我心里很不舒服，好像我的情敌很多的样子。”

“怎么？当了天神男朋友的女朋友受不了吗?”

“我才不会计较她们。”

“等我，我一会儿就到。”

“你要来?”

“对，等我。”

出道表演已经令李子凡很疲惫了，可他还是愿意把睡觉的时间都留给张亦嘉，哪怕只有那么一个小时，李子凡也愿意偷偷跑出来和她在一起。

张亦嘉抱着李子凡的头，看着眼前这个刚刚扮演天神的男人。

“嘉嘉，我很爱你。可留给你的时间太少了。”李子凡停顿了很久，一把把瘦小的张亦嘉搂在怀中，他努力地抱着她，是因为他怕，怕以后在一起的时间会少到几乎没有。“再难，我们也要坚持下去，什么都影响不了我们的爱情，对不对？”

“嗯，拉钩！”

“拉钩！”

两个人一起出了酒店，打上出租车，一直到李子凡下车，两个人从未分开过。可是吻过后，李子凡还是要走。

不能再一起逛街，一起出入了。李子凡现在不能和任何人谈恋爱，女粉丝会介意李子凡有女朋友，得罪不得。粉丝是明星的衣食父母，想做明星就是要打动粉丝，吸引粉丝，关爱粉丝，这才是成功的关键，而粉丝团体的留言上人人都想嫁给李子凡，不能让粉丝伤心，是一个明星应尽的义务。

所以，李子凡现在必须单身。

31

飞机的颤抖，真不是我们震的

李子凡为张亦嘉订好同一航班飞北京的机票，但只能让她委身在经济舱最后一排的最后一个位置。那里人少，不易被察觉。他在力所能及的范围内已经争取所有和女朋友在一起的机会了。

张亦嘉提前到达仁川机场，那里已经聚集的很多粉丝等待着与花美男相遇的时刻。闪光灯闪耀，尖叫声震天，耳膜都被她们喊得要穿孔。

THE ONE 的所有成员个个面带微笑，保持着最优雅的绅士姿态，慢慢地前行着。越是这样越是拥挤，尖叫声越是震天，场面混乱，成员几乎要被人流冲散。经纪人一直在前方左右开弓地一顿乱推乱挡，大声喊着：“走开！走开！”

李子凡一直在张望。“张亦嘉，你在哪里呀？有没有被挤到？一会儿我就能看到你了。”李子凡面带笑容，心里却只想着这一个问题。

“哇，好多人啊，好多妹子拍我耶，我的头发有没有乱？我一定很帅吧！一会儿国内会不会有人叫我杨骁，杨骁？”杨骁面带微笑，看似淡定却早已心潮澎湃。

“呵呵！好多人啊，这是谁摸了我的屁股？”承灿面带笑容，只希望能大步往前走，可确实走不动，后面妹子的手在他身后摸了又摸。

“耶嘿！一会儿上飞机就能睡觉了，我第一次出国。一会儿就到北京了。”成勋面带微笑，在人群中只能露出来一张脸，他本来就瘦，身体已经被挤得更扁了。

“我要拿好我的机票，不然一会儿被挤掉了。啊呼啊呼。”BEN面带笑容，但由于个头矮小，埋没在人群里，已经被挤到呼吸困难。

经纪人一直都是一张黑铁脸，听说他曾经也是一个练习生，但后来变成了最严格的经纪人。进了头等舱他嘱咐他们：“必须面带微笑，做好表情管理！不能收粉丝的礼物，不能对粉丝说话！一会儿可以睡觉，但是一定做好外形管理再下飞机，机场走秀一定要走出帅气！”李子凡听得不耐烦，经纪人转身坐下的一瞬间，李子凡就逃出头等舱，大步走向了坐在飞机最后一排的张亦嘉。

“张亦嘉，如果你我不认识，我一定会和你旁边的人换座位和你在一起，找你要电话，送你回我家。”李子凡从机头出来走向坐在机尾的张亦嘉，眼睛看着她，心里好多话。

“李子凡，如果你我不认识，我看到你一直都在看着我，那么深情的眼睛，我也会爱上你的。”张亦嘉看着从机头走过来的李子凡，心里的小鹿撒了欢儿地乱撞。

飞机航行两个多小时，李子凡几乎一直都在离席，严肃冷脸的经纪人问过他，大家说他去厕所了。头等舱就那么几个人，用上厕所的幌子来打发真的有点离奇，可李子凡真的就一直都在厕所里，同时那狭小的空间里还有张亦嘉。

两个人躲避了空乘人员偷偷摸摸地一起进去，在里面开始肆无忌惮大声傻笑，狂热激烈尽情地接吻。多么可怜的私密场所，又能怎么办呢？虽然这有点荒谬，又能怎么办呢？锁上门的一瞬间，什么这个那个都不重要了。

没有松软的床榻，没关系；没有鹅毛的被子，没关系；没有蜡烛没有红酒，没关系。只要你中有我，我中有你就好了。盥洗室里的大镜子把两个平时习惯在镜头前展现自己的人照得有点羞涩。可他们脸红扑扑的同时，却丝毫没有任何的收敛。

那个厕所，他们霸占了很久，空间虽然狭小，但对于他们来说，足够了。

他们早就忘记天空之路未必平坦。

警报："各位乘客请注意，飞机飞行中遇到气流，产生暂时颠簸，请您快速回到座位上，系好安全带。期间卫生间将关闭。"

什么？

两个人还在卫生间里哼哼哈嘿，怎么就颠簸了？

"我们震的？"李子凡一边喘着粗气一边冒出来这样一句话。

张亦嘉一下子被他逗乐了，可那大气流的颠簸真的让两个赤裸在厕所里没有系上安全带的人很紧张。这太不安全，也实在不雅。可是现在捡起衣服穿，会有更大危险。飞机在万米高空上上下左右前前后后不知方位地颤抖着，幅度很大。每一次或大或小的颤动都令人心头一惊。厕所里的两个年轻人只能死死地抱在一起，贴着机舱，握紧一切扶手。

"凡凡？"

"嗯？宝贝，别怕。"

“不是，死就死了，呃……反正，和你在一起，关键，啊，你顶得我好难受。”

苍天啊，宇宙超人真的不是从天上下凡来炫耀的，这样的情况太紧急，一时间的紧张让我们的大宇宙同学轻松不下来。

“啊，那怎么办？我也不知道。”

“啊……”

“怎么了？嘉嘉？”

“心慌。”

“别说话了，深呼吸。”

一阵巨大的颠簸，李子凡的头磕到了天花板顶上，他用力将手撑在上面，张亦嘉死死地抱着他，尽最大的努力减少晃动给他们身体上带来的碰撞，两个人都很难受，心脏和耳膜都不太舒服。

当时，他们死的心都有。同年不同日月生，同年相同日月死，在云间，不着一点衣衬。这么浪漫的死法一定会载入史册，作为云端里最美的殉难情侣。

气流过去后，人都虚了。

李子凡弱弱地问道：“怎么办？还做吗？”

“不做。行吗？”

李子凡有点难为情，捡起张亦嘉的衣服：“我没事儿，给你衣服，我帮你系扣子。”

“嗯。”

等到李子凡再次返回头等舱，经纪人的脸已经黑色了，问他刚才去哪儿了。

“我拉肚子，刚刚厕所有人，我去那边了，然后被困在了厕所里。”

经纪人的黑脸好像都要流脓了。

李子凡用他那长长的手指捋了捋自己的头发，坐回了被自己空着的座位。BEN 在一边小声对他说：“哥，你们真命大，担心死我了。”

李子凡瞪大眼睛看着 BEN，仿佛问他：“你知道我刚刚干吗了？”

BEN 一脸认真地说：“其实我们都看到她了。经纪人好像不知道，因为他忙着扒拉人群呢。但是承灿跟我说，候机大厅里有一个原来的练习女生，我就知道了。”

“嘘！”李子凡噘着他那红色的桃心嘴，用手指堵在了上面，嘴角边还泛着爱的光。

BEN 也跟着做，意会着明白，大家都是兄弟，会照应的。

嗯。

“做形象管理吧，要准备降落了。”

北京机场，这里的条幅、妹子、照相机，阵势比仁川的多出去四五倍，场面浩大，威力震天。张亦嘉按照李子凡的嘱咐，在他的视线范围内以什么样的路线在人群外游走，因为他的个子高能看到，他不想让张亦嘉挤在人群里，但又不想看不到她。

“李子凡！”

“杨骁！”

“成勋！”

“承灿！”

“BEN！”

“好帅啊！我爱你！好帅啊！我爱你！”

顿时，北京机场陷入混乱，很多妹子们举着那么沉的照相机跑来跑去。很多人以为出什么意外也跟着跑，路人纷纷投来不知所措的惊恐，都以为是天下大乱。

张亦嘉站在预定的路线上一直想笑。本来站得很远，还是被挤来挤去挤进了大部队，跟随着一起扭动，脚下如果不利索就容易被挤倒，因为真的看不到脚，哪里哪里都是人。

挤着挤着张亦嘉被挤到李子凡的身边。李子凡的胳膊长，其实他伸手就能摸到张亦嘉，但他不能那么做。张亦嘉也伸不出手来，她已经被挤成了一条线。

瞬间，擦身而过。

他们直接挤上了保姆车，留下黑压压的人群在机场。

32

中国首秀

THE ONE 出道后在韩国尚未跑遍所有重量级通告，就要在中国境内开展他们的宣传活动。除了首秀的演出礼，还要上各大电视台的综艺节目，以及所有总部在北京的网络视频传媒公司的通告。

韩国娱乐业造星工厂的链条很发达，台下千磨百炼的模拟训练打造他们熟练切换各种场合下的适用台词，哪些话能说，哪些话不能说，哪些话怎么说，但就算所有的台词都会背，还是会拘谨。公司很谨慎地安排好了所有访谈节目的问题，生怕刚出道没几天的孩子们由于紧张而乱了步调。就这样，来来回回大同小异的问题在各个场景下反复提问，重复回答。

有的时候主持人现场发挥一下，这个时候的李子凡都要瞥一下经纪人，他便意会，等翻译帮忙后，再给李子凡示意能不能回答。五个人都笔直地坐在那里小心翼翼等候，生怕多说一个字，空白的场面难免尴尬，主持人会面露不满地抱怨："这还怎么做节目啊？后面不行唱个歌得了。"THE ONE 里只有杨骁和李子凡能听得懂，他们很想解释自己不是不配合的大木头，他们不敢说，不敢笑，是实在被管得太严了。

再赶上设备不配套的节目组，一个话筒五个人之间慢慢地传来传去，触碰到的指尖都是冰凉的，大家不言而喻地紧张。也许是怕话筒会掉，慢慢传递的默片更像是五个反应迟钝的大傻。尴尬的冷场几乎都要令人窒息，让节目效果很失败，还不如直接让他们唱歌跳舞，至少那样还能耍帅，总比这样呆呆的好。

其实每一次录节目，经纪人都在台下交叉着胳膊，怒视着台上，搞得有时候连主持人都要看着他的脸色发问。气氛先被经纪人搞到紧张，还能有什么欢乐轻松在里面？

那些天 THE ONE 一直在北京穿插于各个公司之间做采访。堵车的时候经纪人必然会咆哮，他们五个随时要迎接经纪人的大爆发，每一次他的厉声训斥，都让这五个大男孩更加紧张。

“拿出你们的娱乐气质！公司白培养你们了！一点承担都没有！白吃饭了吗？李子凡，你是队长，冷场的时候，你就应该直接把话题接过来，你不是中国话很好吗？你应该照顾所有人，不要只是你自己出风头，知道了吗？”

“知道了。”

李子凡是队长，一旦中间有瑕疵，黑脸经纪人就一味地呵斥他。有的时候李子凡要努力化解任何可能冷场的尴尬，要保证不能断了层，冷了场，“我来”成了口头禅。他真的不是为了抢镜头，但是经纪人还是会责怪他“爱出风头”。

“承灿！你，作为气氛担当！”

“是，我知道了。”

经纪人吼完了还要加上一句：“没有我的示意，不能随便回答。知道了吗？”

承灿只得乖乖点头说是。

张亦嘉看着 THE ONE 的访谈视频手心里全是汗。李子凡正襟危坐地说着那些官话，那只是一个冷峻的队长，哪里还是喜欢撒娇的李子凡。

她给他发了一个信息：“大傻子，那么紧张干吗？你的声音都是颤抖的，笑得好假。”

“很假吗？我很努力地笑了很多的，我一直都让自己在笑的。”

“哪里有笑？倒是有那么几次面部的抽搐，一看就不高兴，还要装笑。”

“没有吧？我还让自己保持一会儿的。”

“难看死了。”

李子凡在保姆车里噘着小嘴，感叹着自己的女朋友居然看出来他每次采访时都有点麻麻的全身冰凉和颤抖的紧张。

在后面的经纪人突然问道：“李子凡，你在干什么？”

很多人都把目光瞄向了他，以为出了什么事儿一样。

“你在给谁发信息吗？”经纪人发出厉喝的质问声音。

“游戏，我在打游戏。”

经纪人白了他一眼，好似下一句就是：“让我看看你手机！”

“不要随便和任何人联系，你已经是出道的明星，不要对自己的行为进行泄漏！”

“知道了！”李子凡的小嘴噘得更厉害了，一脸又委屈又生气的样子。

其他几个队员面面相觑。

杨骁看了看李子凡，本来拿在手里想发信息的手机也放在了口袋里。

访谈的通告全部结束，剪辑之后开始在各大媒体公司的平台上轮番播放。节目口碑异常好，所有粉丝看到的依然是其乐融融的超级访谈，棒极了！

只要粉丝买账，一切就都是成功的。

这次的行程中国代理公司的宣传也做足了功课，早已在各个论坛、网站、贴吧、Q群、微博……一切一切的板块都安插了很多人，做置顶、榜首、热搜的推手。

一切都为了他们的首秀礼。

在中国一个大省的面积就抵过整个韩国，从全国各地飞奔而来的粉丝，真的震撼了初出茅庐的小朋友们，甚至还有地方的粉丝会联手买到路边车站牌的大幅广告用以欢迎自己偶像的到来。

首秀气氛比在韩国的时候还要好。对啊，THE ONE 每一个都帅得那么可爱，没有理由不喜欢。

李子凡在厕所偷偷地给张亦嘉打了一个电话。

“今天演出很成功，一会儿结束后我们可能要去吃饭。”

“去哪里？我也能参加吗？”

“不知道，有人说吃烤鸭，有人说吃火锅。你要一起吃吗？”

“他们让吗？你们要是坐包房里，我怎么办？”

“也是。要不你来酒店找我？一会儿再说啊，我再给你打电话。”

演出结束后，没有全聚德，没有海底捞，没有酒店，他们直奔机场了。

两个天真的小孩子，以为回了国就像住进了同一个社区一样，见个面和串门一样，哪有那么简单？

THE ONE 开始在中国各地地跑，今天南京，明天广州，后天上海，大后天成都，这样交织地赶通告。此刻的 THE ONE 慢慢开始退去羞涩，慢慢适应在舞台上开怀，慢慢让自己放松，慢慢活跃气氛，慢慢不再那么在意皱眉头的经纪人。

𝒞 定位监测仪

33

仙女标配的夜店监视器

尊为天神的李子凡，的确不凡。

外形俊朗，阳光活泼的男孩子，走到哪里都会招来目光和惊叹。早年和家人去日本游玩时，被杰尼斯的星探发现，家人认真地问他："要不要当明星？"年幼的李子凡认为那是女孩子气很浓重的脂粉行业，他才不要，他的梦想一直都是当篮球明星。

如果当年他真的去了日本，一样会火遍日本，甚至美国。由于杰尼斯的主攻方向根本就不是中国，那么就不会有劈天盖地中国粉丝的疼爱，自然也不会认识来自中国的张亦嘉。

她说他去韩国当练习生就是为了见到她。

他说她去韩国当练习生就是为了见到他。

命运给了他们相同的轨迹，却没有给他们更多的交集。看似一样的行动，看似一样的方向，看似一样的身份，却都在各自的事业轨道上忙碌着。至于情侣关系，连见面的机会都少之又少，他们不过是比粉丝多了一些互动而已。

"李子凡！我要去拍戏了，而且还是古装戏。"

"古装戏？你演什么？妃子？"

"切，我是去演小仙女！善良，可爱，又美丽的小仙女！"

"哈哈哈！你？就你？还小仙女？哈哈哈！"李子凡在电话那端已经笑得合不拢嘴，偏偏做出反向反应，故意发出呕吐的声音，用此幼稚的举动调侃张亦嘉。

张亦嘉早已习惯这个幼稚鬼的把戏，清清嗓子继续说："这次要和很多很多帅哥配戏。”

李子凡瞬间表情严肃起来，一脸认真地问道：“不是古装戏吗？”

“是啊。”

“那为什么有那么多帅哥配戏？有没有那种戏？”

“哪种戏？”

“就是那种，爱情戏。”

“你猜，你猜，那么多帅哥，美女帅哥怎么可能不会有那种戏呢？”

“我不许你演！你不是小仙女吗？小仙女怎么可能去演那些！”

“谁说小仙女不能谈恋爱了？”

“小仙女只能和我谈恋爱！”

“切，小仙女才不要和小心眼谈恋爱。”

两个人视频里吵来吵去，最终李子凡惨败，并且以自己一张裸照交换一张仙女照的代价收场。

张亦嘉如约给李子凡发了仙女造型照，但李子凡一直都没有回复，那天晚上 THE ONE 全体人员都太忙了。

慷慨大方的主办方，在通告结束后带他们去了最好的酒店享用顶级的美味。铁面经纪人也如此开恩，不再要求饮食管理。THE ONE 的成员顾不得说话，个个都像是几年没有吃过饭的孩子，埋头狂吃，恨不得一顿能吃死自己。

经纪人被拉去喝酒，像是一个江湖上豪饮的酒鬼，跟谁都笑脸相迎，跟谁都称兄道弟，那天他的黑脸，一直都是红红的。

之后他们去了夜店，经纪人颁发了夜生活的大赦令，人人狂欢到忘了情。

在气雾、灯光的魅影下，他们扭动着年轻的身体，释放着生猛的荷尔蒙，大包间不尽兴就去舞池舞动，反正经纪人已经不省人事，年轻的男孩子们获释了！

至于夜店，练习生时期的李子凡偷偷去过，开始还怕有人会认出自己，戴一个墨镜躲在角落里。夜店里各种款型的小帅哥多了去了，没人把练习生的姿色放在眼里。

偶尔有穿着暴露的长腿女人在他身上蹭来蹭去地扭动骚臀。狂热的摩擦让一个二十岁不到的男孩子羞涩了，僵硬在那里，不敢动弹，女人得不到期待中的共振频率，带着遗憾和不屑走了，吓得少男李子凡赶紧往墙根站。多年之后的今晚，李子凡还是选择角落靠边站，和另外四个男孩子凑成一团。

大分贝的音乐声、迷幻魅影的激光灯、集体共舞的热浪、杯光交错的醉态，充斥了整个夜店。这里没有尖叫声啊啊啊，没有大炮筒咔咔咔，他们此刻忘记自己是已出道的明星，他们只是荷尔蒙分泌旺盛的男孩子。很快有很多衣着暴露的女人们慢慢靠近，在他们身上蹭来蹭去，更可怕的是，在李子凡身上蹭来蹭去的不光有女人。

他真的太耀眼了，拥有一张精致到发光的面庞，九头身的身材令他在人群中鹤立鸡群。他都不需要什么动作，简单地随着节拍晃动足以征服全场，连灯光师都开始为他一个人打光追光，那明明是站在分台上只穿三点的领舞姑娘们才能用到的打光灯，偏偏在今夜都追打在李子凡一个人身上。好多人开始送他酒，一瓶接一瓶，高级洋酒纷纷端来，把服务小弟高兴坏了。

酒精下的李子凡有些晕，还是低调礼貌地拒绝了那些热情，他不会随便地接受别人的酒，更不会随意让别人在自己的大长腿上蹭来蹭去。一旦赶上难缠的时刻，他就去厕所转一圈。

不知道什么时候，他看到了手机上仙女模样的张亦嘉，顿时心潮澎湃，笑得合不拢嘴。看看时间，晚上十点半发来的，当时他在喝酒，呜啦啦什么都听不到。他想给她回信息，一时间不知道要表达什么，又想给她打电话，但此时已经深夜一点半，又怕嘉嘉问他在哪里，不能不打自招，忍了忍心，拨出去的电话又挂掉。小仙女反正也是自己的，干脆先把这放纵的一晚好好珍惜吧！

酒精迷乱了心智，也壮了胆子，李子凡今夜一反常态，真的把仙女放置在一边，对着手机傻笑了几下就放进了皮裤里，重返了舞池。这并不意味着他要做什么不轨的事情，只是第一次做了一件忽视张亦嘉的事而已。

看过了仙女照之后的李子凡兴奋异常，那舞动的身体，那震撼的摇曳，在强烈的节奏下，潇洒的夜店小王子呈现着最劲爆的姿态。狂蜂浪蝶，一呼百应，波涛汹涌，蜂拥而至。无论是白富美的大腿，还是那些穿紧身裤的男人，每时每刻都在围攻李子凡。

李子凡只好拼命贴在杨骁、承灿的身边，但有些徒劳，那对小兄弟也已经摇晃到不知道是什么姿势，无法依靠。成勋有点羞涩，一直紧紧贴着 BEN，BEN 个子小，两个人一直保持着紧密的队形，相对安全，但无法依靠。

李子凡的手机已经在不知不觉中拨给了张亦嘉好几通电话。他本是无心，只怪自己傻傻地对着照片笑过之后，并没有锁屏，那些轮番的摩擦无意间拨出了号码。

另一端是刚刚入睡的张亦嘉，惊醒之后听到的只有嘈杂舞曲轰轰，没有人说话。“死男人，出去鬼混?”她立马来了精神，作为一个新出道的演员，“场景思路无限扩”是必需的基本素质，神经大条地想象着对面有点夸张甚至荒淫的场面。

她挂掉了李子凡的电话，打给他，不停打，一直要打到李子凡知道自己的手机在震动，看他接不接电话。

手机的震动，还是大腿的摩擦？李子凡早就分不清楚。直到李子凡再次上厕所，他才看到那么那么多的未接和已接来电，每一通像电极棒一样扎在他心头，令他迅速清醒。

他慌慌张张地跑出来找一个远离音乐声的地方打了过去。偷了腥，都知道是要先擦嘴的。

张亦嘉反倒一直都不接电话。

李子凡转身回到舞池，回到人群中，对着杨骁和承灿说：“我们回去吧。”

两个弟弟的鸡血因子还没有释放完，还在那里扭身摆胯，经纪人也不在包间里。“哥，再玩儿一会！”

“是啊，哥，留下来！”

“哥，你着急什么？”

“留下来！留下来！”

李子凡真的有点慌神，无心在外狂欢，挣脱了兄弟们的手臂，快速打车回了酒店。

他翻看了所有的通话记录，一声长叹，怪不得老婆查岗，自找的。发了一个信息：“老婆，今天所有人都出去玩儿了，可我现在已经回来了，对不起，让你担心了，我的宝贝。”

张亦嘉的电话带着风火轮呼啸而至：“李子凡，你死定了！”

“是是是，对不起，明天再听你骂我好不好？你快睡觉吧。”

“你被我捉到了，捉奸捉到了。”

“不要说得那么难听，我什么都没有做的，我发誓！”

“骗子！去那种地方还发誓？”

“去了又没有干别的。”

“你讨厌，快把我的照片还给我！我居然还给你发了我的仙女照！”

“不给！我们说好的。等会儿我给你拍裸照啊！特别是我今天喝酒了，喝酒了就能做一些平时不敢做的事情。”李子凡醉醺醺的口气带着那样调情的调调。

“你现在在哪儿？”

“我在酒店。”

“你一个人？”

“当然，他们还没有回来，正好方便给你拍，等我。”

挂掉电话的李子凡，衣服还没脱干净就抱着枕头睡着了。电话另一头的张亦嘉虽然口口声声骂了他，心里也相信李子凡没有做任何出格的事儿，甚至还抱着电话等了一会，发现什么照片都没有，被他骗了。

两个傻瓜。

THE ONE 接下来的行程通告表排得满满的，节目收视率也被小嫩肉团体拉升得如同飞天的火箭。张亦嘉在第一时间从网络上收看，可她的韩语并不过关，看着自己的男人在节目里有说有笑时只能一知半解地听懂几个词，为此她决定好好学韩语。

剧组里有人问她为什么要学习韩语呢？为什么你包包上都是THE ONE 的标牌呢？为什么你的手机屏保是李子凡？“啊！原来你是他的脑残粉！”

好吧，情侣关系在公开之前，只能扣上李子凡脑残粉的帽子，还要伴随着被鄙视的白眼。他们对 THE ONE 这等韩国的偶像团体嗤之以鼻，说他们不怀好心，带着强大的野心和攻势，侵略着中国文化市场，李子凡和杨骁免不了被骂为叛徒。对，这是事实，韩国公司就是这么策划运作的。但是李子凡不是叛徒，杨骁也不是，还有更多的中国籍在国外出道的演员都不是，他们没有那么“严肃的身份”，他们只是公司利益的砝码。

的确，韩国是全球第一的造星大国，营销模式更是宇宙第一，可是韩国市场就那么点儿，中国作为庞大的消费市场，油水那么大，怎能错过？

他们依仗天方夜谭的剧情创造出来的影视剧帅哥们，吸引着无数中国女粉丝花痴般全身心地奉献。韩流文化对中国市场的渗透，不仅仅只是他们两个，为什么他们挨骂要更多？为什么韩国人来那么受欢迎？为什么偏偏非要抓着两个和中国有关系的孩子不放？

有人说他们带着花枝气息，丢了男孩的硬朗，诱骗了少女的荷包和真心。

每当听到这些，张亦嘉就会很心疼，就算自己被不屑的眼神围攻，她还是会尽最大努力去维护李子凡，怎么能让自己的男人被人误解，被人鄙视，甚至辱骂呢？

𝒟 影视盛典

34 ➶
忙

THE ONE 的美国巡演非常成功，李家全家都来捧场，派头很大，看着自己的宝贝儿子现在如此闪耀，也算宽慰了。经纪人也破例给了李子凡晚上单独和家人亲密地在一起的机会。

妈妈宠溺地摸着李子凡的头，爸爸笑意盈盈地看着他，姐姐一直在给他打开零食的包装。李子凡此刻只想把刚拍的全家福照片发给张亦嘉，也迫不及待地把她的照片拿给家人看。爸爸、妈妈相互抬眼对视了一下，有着似有若无的暗示笑容。姐姐拿过手机，赞赞地夸着："漂亮，很漂亮。"

THE ONE 在美国的时间很短，很快就回到了韩国，时差还没有倒过来，就要飞到中国，参加盛大的影视盛典。据说当天到会的嘉宾集合了中国内地影视界的头面人物，阵容强大到无法想象。

明星云集，大腕扎堆的绚烂之夜。

这是他们在中国最大规模的公开演出，THE ONE 一丝不苟地彩排着站位和队形，一遍一遍地和舞美讨论最佳效果，力争展现最好的自己。

只是这次李子凡没有告诉张亦嘉他来了北京，因为他知道她在南方拍戏。

35

救生员般的老男人

张亦嘉自从出道以来深知自己和“特定女主角”没缘分，能接到广告和配角的工作就已经很知足了，至于影视圈里的盛典，论资排辈也轮不到她。偏偏幸运之星托着她升起来了，即使在白昼，也让她同天边的太阳一样发出熠熠之光。

开幕前一天，邀请函从天而降，公司都在吃惊，组委会怎么突然邀请张亦嘉呢？

“张亦嘉，你跟剧组请假也要回北京！迅速地！”

公司直接派出了一个接机小组，有特派的造型师和裁缝，精确地比量着她的身材尺寸，一边报数，一边对盛装进行修改。造型师还特意粘印上了很多闪钻，搭配了很多看上去耀眼的宝石链子，打造着美美发光的她。一车的能工巧匠都在为幸运儿张亦嘉一个人服务。

“怎么这么突然？”张亦嘉紧张地问着。

“那还不高兴？天降大礼包！”

“高兴啊！可我还是个新人啊，公司不是没安排我去吗？”

“谁知道怎么回事儿？我们也觉得和中彩票似的。”

“难道给我安排了什么大奖？”

“别臭美了！不过也说不好，万一有什么大人物看上你了？”

“去你的，我这么有原则。”

“反正能去就好好表现，多露脸，多找镜头给自己。”

工作人员都在嘱咐着这个可能是所有出席的明星中资历最浅的

新人。

一行人差点被拥堵的北京交通关在大门外，赶在最后的时间入场。一切太突然，身边被那么多大明星团团围住，让张亦嘉觉得一切都是美妙的梦境，还没有醒过来就要履行报到、走红毯的节目程序，甚至还没看清身边那些大腕都是谁，就直接被节目组领到了通道里。

“您好，张小姐。您和吴老师是一组，请这边上车。”张亦嘉被领到了一个老男人的身边，这个进入不惑之年才在银屏上火起来的实力派男演员，带着优雅的温暖朝她走来，像是一个年轻的父亲，更像是一个亲切的老哥哥。

她呆住了，所有的紧张一股脑倾泻下来，声音颤抖着说：“吴老师，您好，我是新人张亦嘉。”

“你好，嘉嘉。”那个男人带着从容亲切的淡定，绅士地伸出了弯曲的胳膊，像是邀她赴一场盛大华丽的华尔兹舞会。

“这边，两位这边请，有车带你们去红地毯，请上车吧。”

一直上了车，张亦嘉还在紧张，她甚至都不敢抬头看亲爱的吴老师，只顾得自己瑟瑟发抖。二十四小时之前，她还在南方的剧组里，这一天也只是在飞机上吃了一顿饭，怎么现在就挽着魅力男人的胳膊了呢？

老男人笑得很稳，很踏实，看不出来他有任何的紧张，好像无论现场有什么状况，他都能用微笑盖过。

这并不能感染张亦嘉，此刻的她有些慌张，千想万想没想到，自己忘记换上高跟鞋！这无法挽回的局面，这不可逆转的态势，一双运动鞋怎么配合那样一身珠光宝气的晚礼裙走红毯呢？这里没有任何时间去等她召唤回一双高跟鞋，何况她的手机都不知掉在了哪里。

“怎么办？怎么办？上哪里去找双鞋？”眼泪就要转出来了，急得她额头上都开始冒出薄薄一层虚汗。

“怎么啦，嘉嘉?”

“我忘了换鞋了，怎么办？怎么办?”

“是你没带啊，还是你忘了换了？先别急。”那个男人慢慢地说着，带着极品大叔的沉稳，慢慢的音调听上去那么让人感到暖心。

“应该带了吧？我也不知道，反正现在是没有了。”

“别急，别哭了，一哭妆全花了。”

“啊！我们是不是快到了?”

“着急没用的，要不，你就光着脚?”老男人捂着张亦嘉不停在发抖的小肩膀，用他大大的眼睛凝望着她，传递给她淡定自若的能量。

什么叫没有办法？只有逼到了极致的时候，一切都是办法。

“嘉嘉，你有没有什么能涂抹的？指甲油，口红什么的?”

“有有有，我找找啊——”

张亦嘉紧张地翻起随手的化妆包，一不小心东西全部扣了出来……

车窗外的人影越来越多，人声越来越大，多亏汽车有玻璃贴膜让车外的人彻底看不到车里面，谁又知道此刻的张亦嘉正在脱鞋，脱袜子。

车已经拐入会场，吴老师叮嘱司机尽量开慢些，他们才有时间把一切大意外变成小惊喜。

指甲油也找不到，张亦嘉只好用口红涂着脚趾甲。她涂抹完了一只脚，效果看上去真的不错，口红的荧光把她白皙的小脚丫儿衬得很漂亮。

“我来，你赶紧补妆。”帅叔叔直接蹲在张亦嘉身前，接过口红把她另一只有些冰凉的脚丫抱在自己胸前，仔仔细细地涂抹。时间太紧了，大家都很紧张，帅叔叔的手也在发抖，但是他完成得很快。

“好的，让我们来看看下一辆车，走出来的是哪两位嘉宾?”车上的他们都已经听到了红地毯另一端的主持人在召唤他们开门下车。

帅叔叔帮着张亦嘉整理了一下有些凌乱的头发，然后扶着她的小脑袋说："嘉嘉，没问题的，别紧张，好吗？"小嘉嘉完全就像中了魔咒一样，傻傻地盯着帅叔叔使劲儿地点头："嗯！"

车门打开的瞬间，一个成熟魅力的极品老男人，迈着稳健的步伐；一个像是刚刚从天际坠入凡间的小天使，迈着娇羞又俏皮的脚步，两个人手挽手欢快而来。两个人根本看不到地上的红毯，只顾得欢快轻松地踏上了那条被闪光灯咔咔咔闪耀出的一条光芒之路，哪里还是上一秒钟紧张地补妆、涂口红的两个忙人？

"欢迎我们的少奶杀手吴老师和银屏新星张亦嘉登场！你好，吴老师，欢迎欢迎。"

"你好，主持人。"

"你好，张亦嘉，欢迎。"

"你好。"

"吴老师，先跟我们说两句好不好？"

"大家好，很开心能来到今天的盛典，对于一个演员来讲，这更像是我们的传统节日，是一个特别有回归感的纪念，非常荣幸。谢谢！"

"谢谢吴老师，来，亦嘉说两句。"

"呃……作为一个新人，能来到像刚刚吴老师说的这样的传统节日盛典，真的是我的荣幸，更是我的幸运，谢谢！"

"亦嘉，我觉得你今天的造型很特殊啊，有什么讲究吗？可能你是全场唯一一个赤足上阵的嘉宾哦！"

白脚丫配荧光红的脚趾甲还是被发现了，就在人人都是拖尾礼服高跟鞋的时候，只有她自己敢于赤足上阵吧？张亦嘉还没有从刚刚因紧张而疏忽的错误中缓过来，就要面对这样尴尬的提问，心里正在搜索各种语言，拼命组织一个能够应答的下文，一时间，脑子空白了。

"你不觉得她更像是一个坠落凡间的小仙女吗？正是因为我们的

影视剧给了她一双‘鞋’，才能让她在这条红毯上，越走越远。”老男人带着轻快的节奏给了一个最完美的解释。张亦嘉仰望着这个帮她解围的男人，满眼都是赞颂和崇拜，挽着他的手都颤抖了。

“吴老师说得太好了！掌声，欢送二位走进演播大厅。”

两个人面带笑容，一边照顾着两旁镜头，一边即使没有眼神交流却能做到情真意切的窃窃私语。

“吴老师，你太棒了！”

“我说了吧，不用紧张的，OK吗？”

“谢谢你，你就是我的天使！”

“我都多大了，还天使呢。”

“爱死你了！谢谢！”

通道两旁的记者拍下的他们，都是带着灿烂笑容的从容和淡定，没有人知道他们在说什么，除了司机，也没有人知道刚刚遗落在车上的旅游鞋和他们不知所措的慌张。

进了大厅后，吴老师邀请她去自己的休息室，她婉拒了。她只能光着脚站在门口等候。直到自己的团队到了，助理一直都在道歉没有准备好那双全钻的高跟鞋，张亦嘉没有发脾气，没有责怪，光着脚，拎着鞋走进了化妆间。

“哥，你女朋友。”

“什么？哪儿？”

BEN看着分场的镜头，指着刚刚走红地毯的张亦嘉给李队长看。

“你不知道她来？”

“我不知道，我也没告诉她我来。”李子凡一边找着电话给张亦嘉拨过去，但是，张亦嘉的手机根本不在身上。

李子凡大步走出了候场区，会场太大了，众多化妆间，他上哪里去找她呢？吴老师的团队与他擦身而过，其实李子凡再多走几步就能看到门口一副窘态的张亦嘉，可他马上又被经纪人叫了回去。

很多出演的事宜要和主办方商讨，要敲定很多细节，身为队长的李子凡根本就不能离开。

36

排排坐

一切就绪之后的张亦嘉拿到了节目单，看到 THE ONE 今夜登场。

“手机呢？快给我。”她打过去的时候，李子凡的电话已被经纪人收走。“接电话啊，回来了为什么不告诉我？”

她在候台区张望着寻找自己熟悉的身影，可身边全部都是演员，没有任何一个歌手身份的嘉宾出现。

很快进入盛典开始的倒计时，灯光暗下来，神圣感凸显。

当 THE ONE 主打歌的前奏一起，盛典开始了，全场激动地一起大声喊叫。她知道，李子凡他们来了。

THE ONE 令人充血的表演，连一线的红星都跟着节奏一起摇动，一起呐喊。她心潮澎湃地远远看着他，不管李子凡有没有通知自己，不管自己怎么骂着讨厌他，她还是爱他，只要见到他，她还是心里笑开了花。要不是有碍于那镶钻无数的白色晚礼服紧紧的包裹和束缚，她早就想跑上台去和他们一起舞动了。

舞台上的李子凡被灯光照得看不清楚台下，他也想给自己最爱的女人投以最真挚最热烈的微笑。“张亦嘉，你在哪里？快让我看到你，我只有一首歌的时间是面对观众席的，我想看到你。”他每次耍帅，每次放电，每一个眼神都在寻找张亦嘉，表情时而严肃，时而急切，这样看上去更硬朗了，特别是他明明知道自己的女朋友就在台下，焦急的眼神都显得动人。

只可惜台下的人太多，前排每一位大咖都很闪耀，那么遥远那么娇嫩的小女子怕是被众星的海洋淹没了。

37

幸运之星点燃大屏幕

“年度最佳新人奖候选名单，请看大屏幕！”

伴随着音乐，镜头开始切换每一位候选者的精彩表现。谁也没想到，第五位也就是最后一位的候选者竟然是张亦嘉，大屏幕播放着她在戏里和她的“美籍爸爸”发飙的片段。看着大屏幕上的自己，张亦嘉一秒变呆瓜，镜头打到她身上，她都没有反应过来。身边人提醒了她，她才露出迷人的招牌微笑，站起了身，向三个方向深深地鞠躬，表示对大家的感谢。场上的掌声更加热烈，很多人都扭着头看她，看这个坐在D区角落的新人。

李子凡突然激动起来，他希望张亦嘉多争取一些镜头，这是他能找到她的唯一的途径。就在张亦嘉站起身鞠躬的时候，李子凡终于看到了自己心爱的女人，他用了很大的声音喊道：“张亦嘉！”

“李子凡，是李子凡的声音。你在哪里？”她急切地寻找着，可是眼前除了光，什么都看不清楚。

追光渐渐暗了下来，她终于看到站在A区朝自己招手的爱人，那个站在人群之外的李子凡。舞台就像梦境里的幕布，映衬着他如同童话里的白衣王子，深情款款地站在那里。

两个人的眼睛里，除了爱，只有彼此。

今夜张亦嘉并没有得奖，可她得到李子凡心跳的那一瞬间，就像是得到了最大的奖。

同样，今夜的李子凡在得到张亦嘉心跳的那一瞬间，就像穿越了千山万水，实现了最大心愿。

李子凡很快被队友叫回了化妆间。经纪人斥责了李子凡，就因为他当众做了一个带有“爱”的举动，经纪人觉得出圈儿了。其实，当时现场上没有人注意到这些。爱，明明没有错，为什么李子凡还要被骂得那么惨？

李子凡不以为然，还在期待着盛典结束后两个人的相聚，没想到经纪人带着 THE ONE 很快离开了会场，他们今夜所有的相遇只有人群中那匆匆的一眼。

ℰ 我们结婚了

38
我们结婚了

在韩国《我们结婚了》是一档年轻人都喜欢看的偶像综艺节目。节目中俊男美女搭配，模拟谈恋爱的各个环节。现实中艺人不能随便谈恋爱，在这里则可以尽情抒发被压抑的情感。有的人还真的假戏真做，把恋爱谈到了节目外，所以，粉丝也带着猎奇和祝福的心态期待着节目播出。

节目组选定当红人气偶像组合 THE ONE，几个男生开始幻想着和女生一起玩耍的时刻，商量着谁会这么幸运接到绣球，对方又是怎么样的女艺人？

论人气，呼声最高的是李子凡，节目组的意愿也是李子凡。可李子凡有些犹豫，他在考虑在中国的张亦嘉，平时那个女人都要吃粉丝的醋，现在让他和别的女人在录影棚里玩亲密，搞暧昧，张亦嘉非得杀到韩国来。

“老婆，我可能要上《我结》。”

“我不许你去上《我结》。”

“我也没办法啊，要不你来和我结？”

“李子凡，我不让你去！你不要去！你不能随便叫别的女人老婆，那是我一个人的，你怎么能叫给别人听！”张亦嘉吼得电池一直在升温，都发烫了。

闷闷不乐的张亦嘉一边担心一边吃醋，恋爱的女生心眼儿本来就小，尤其是听到自己爱的男人要去和别人“假爱恋”，就更受不了了。

公司很快公布了最后人选——杨骁。这并不是因为李子凡的放弃，和张亦嘉一样，韩国大批粉丝不支持李子凡和朴承灿在屏幕前叫其他女人老婆或者进行亲密举动。她们打着大条幅包围了公司，甚至还有粉丝扬言要杀死和李子凡或者朴承灿配对的女艺人，更多的粉丝表示如果让心爱的李子凡或者朴承灿去“结婚”，她们就集体自杀。

节目很快录制，杨骁兴冲冲地“恋爱结婚”了。没想到不起眼的一句平常话，被他演绎得万般动情，好像他真的在恋爱，这个感觉很神奇，一时间所有人都以为杨骁和女艺人动了真格的。那些带着温存缠缠绵绵的镜头看得张亦嘉直发抖，那就是在一起的感觉，那就是恋爱的感觉，这让她很想李子凡。

杨骁穿着笔挺的西装站在钢琴前迎接新娘，兄弟团上前表示祝贺，著名的李子凡和朴承灿作为最帅伴郎站在人群里发着光。他们两个马上抢走了风头，明明是杨骁的主场，所有盯着屏幕的女人，都在想象那是自己和伴郎的婚礼。

此刻，人人都可能是朴承灿太太。

此刻，朴承灿就知道咧着大嘴乐。

此刻，人人都可能是李子凡太太。

此刻，李子凡想他的正牌夫人了。

节目很快被中国引进，这就代表着不光中国大批本地明星可能“被结婚”，连上过韩国节目的人气选手，只要被电视台邀请，还可以来中国“再次结婚”。

首档角色很重要，李子凡再次成为最受欢迎的男嘉宾。粉丝依然心痛地表示拒绝，但这阻挡不了幕后大团队的强势推动。中国方面只想用中国的孩子，如果再次使用杨骁不妥，李子凡的经纪人却以很大的附加条件来作为推出李子凡的筹码，双方陷入僵持阶段。

李子凡毫不知晓那些幕后的事，只是尽快把他可能要上《我结》的消息告诉了张亦嘉。

“老婆，我可能要上中国的《我结》了，你能上吗？我们就能公开啦！”

“刚听我们公司的人说，我们公司也在谈这个事儿呢，不过凡凡啊，真的确定是你了？可是如果安排了别人，比如我和承灿结婚了，或者你和别的女人结婚了，那怎么办啊？”

“没关系啊，你要是和承灿结婚我也会去参加婚礼啊，再说只是节目。”

“哎，你怎么这么不负责任？万一你和别的女人去结婚了呢？你怎么这么随便！”

“哦，哈哈哈，好老婆，我和代理提要求吧，如果我上，我只和你。”

两个人为了能一起上《我结》，纷纷和经纪人提要求，张亦嘉更是直接去了节目组，只是为了和李子凡在一起。

节目组说：“怎么回事儿？他真火，好几个女演员要过来和他结婚。”

“真的？好多？都谁啊？！”

“哎哟，说得好像你俩真搞了似的，哪个都要跟李子凡结婚，节目组还没定呢，都轮一遍今年怕都不够轮的啊。”

张亦嘉坐立不安，她很焦虑：“他如果能上一定会选择我。”

“这么肯定？你俩搞上了？是不是真的啊？”

张亦嘉一下子被问懵了，她只能用一个狂热粉丝的自信来圆场。握手告别离开节目组，工作人员转身接了一个电话，他马上叫住了她：“张亦嘉，张亦嘉！”

“怎么了？有什么问题吗？”

“没事儿，就是告诉你，你们都没戏了，李子凡他们来不了了。”

“啊？为什么不来了？”

“要不你跟我一起去看看传真，他们说刚发来的，档期冲突。”

张亦嘉急匆匆地跟着回了办公区，看到了中韩双语的 A4 纸，上面清清楚楚地婉言谢绝了这次中国版《我结》的邀请。张亦嘉大口地喘着粗气，怀疑地拒绝着现实。

“他们来不来，你都得上，刚刚签了合同的。”

自己突然成了新娘，但新郎不是自己的新郎，这样的婚礼要不要？张亦嘉眼前一片黑暗，好像结婚就是一个遮光板灰暗了一切。

如果去做了新娘，那就是背叛，如果不去当新娘，就要赔偿。

张亦嘉急得抱着电话都哭了，专属的爱人、梦中的婚礼，却完全搭不上边际。

“凡凡，你不去为什么不告诉我？”

“我不去吗？我还没接到消息说不去啊。”

“可是我要去了，我要去给别人当新娘了！”

“不行！你怎么能给别的男人当老婆！我不让你去！”他怕和张亦嘉“结婚”的男人对她不轨，或者对她动心，男生也会吃醋，也会介意的。李子凡沉默了很久，叹了一口气：“那就好好表现，我会在这边好好看我的新娘。”

全天下不是只有一个李子凡长得标致，中国的小伙子们也是那么优秀。节目单很快出炉，和张亦嘉一起结婚的帅气男生是被称为“小哥哥”的国内一线明星。他高高的个子，平时通告里一嘴普通话温文尔雅，私下里大茬子口音突突往外冒，时常带着东北爷们儿的幽默和豪爽。小哥哥再好，他也不是李子凡。

那天，阳光明媚。

那天，海风很大。

小哥哥和小仙女被安排在渤海湾的近海海面上，在一条很破旧的蓝色小渔船上扮演一对小夫妻。

那天，他们拍婚纱照片。

明明是做戏，张亦嘉却害羞极了，总觉得不能轻易和别的男生上演一幕幕和李子凡憧憬的爱情剧。而那个大爷们儿气息很重的男孩子却把她照顾得很好，一直都在哄她开心，逗她笑。

“嘉嘉你看你看，那边蓝色的船有多好看!”

张亦嘉顺着那个单眼皮男生的手看到了那些漂亮的渔船：“那不跟咱们这条船一样吗?”

“是吗？咱们这条船是蓝色的?”

“上船的时候你没看吗?”

“我，没看船，我光看……”小哥哥笑起来，他有些害羞地转身去问船夫，“这个小船最远能开到哪里?”

“别看船小，最远能开到韩国。”

“韩国?”一对“小夫妻”瞪着眼睛异口同声着，但思路完全不在一个步调上。张亦嘉的敏感词汇是韩国，小哥哥只关心这么小的船还能开到韩国？不敢相信地问着：“所以咱们每条船上都会插满了国旗吗?”

“也不是，因为出一次海很不容易，在海上什么都看不见，红色穿透力最强烈，回来的时候，看到船上连成片的红色国旗，哦，就是到家了的感觉。”

在后面的张亦嘉听着他们这样的谈话，想象着这条能开到韩国的小船，能把李子凡带回来，他们就在这条蓝色的小船上结婚，由国旗作见证，在鲜红色“回家路标”下举办一场简单而热烈的婚礼。

她扒在栏杆上，努力向东眺望，不知不觉眼泪流了下来。小哥哥察觉到张亦嘉有点不对劲，并不是两个人相互配合有问题的不对劲，他感受到的不对劲来自一个不好说破的羞涩与牵挂，在他眼里，张亦嘉东眺的眼神把这秘密暴露无遗。他走过来用修长白皙的拇指帮她擦掉了眼泪：“咋啦，老妹儿?”

“没事。”

张亦嘉怎么能说自己有事呢？在她对面穿着新郎西装的人现在是她的假想老公，她不能总想着李子凡，不然连最低的尊重都不给小哥哥，作为演员不能太不敬业了。

“那给哥笑一个。”小哥哥的笑容又浮现在他的脸上。阳光打过来，映衬着深蓝色的海水，那一刻真美。

天蓝色的船身、粉红色的舱门、黄色的围栏、飘逸的白色婚纱、船顶上鲜艳的国旗，一切的美好都见证着浪漫的拍摄。

“嘉嘉，过来，我们一起发糖去。”小哥哥拉着张亦嘉进了船舱。

“脚本上没有啊，你自己买的？”

“对啊，不觉得这样很好吗？是不是很有惊喜？”

导演组、道具组，所有的工作人员都在为小哥哥的做法叫绝，连船长都一边感谢着，一边真心地祝福他们：“新婚快乐！”一船的人都在祝福这对看上去很般配的新人。

张亦嘉有些羞涩，小哥哥却有些得意，突然把身子探过来问她：“敢不敢跳海？”

张亦嘉被问愣了。

“你说咱们俩一起跳下去，后面那些人是不是就疯了？一定特好玩。”小哥哥说着说着就爬上了船头。

“快下来，一会儿你踩空了真的要掉下去了。”

“没关系，掉不下去的！”小哥哥扒着围栏在船头做着各种姿势，时而模仿泰坦尼克的杰克，时而比画加勒比的海盗，自己一个人在船头演绎各种角色。工作人员都在喊他赶紧下来，不要这么不要命。人声越大，小哥哥在船头耍得越欢。

“你快回来，你要是死了，留下我一个人怎么办？”张亦嘉突然喊出来这一句，好像真的是怕自己变成一个寡妇一样。那一刻有些尴尬，两个人都保持静止地愣在那里。小哥哥一秒变乖地回到张亦嘉身边，她嗔怪地打了他一巴掌：“吓死我了！”

看着一脸焦急的张亦嘉，小哥哥又笑了起来，捏了捏她的脸，说：“哎呀，死不了，这婚还没结完呢，怎么舍得死呢，哦，嘉嘉，真的，你在船头会看到不一样的海面！海面就这样被挤开了，挤开的浪花都不一样，感觉那航道老幸福了。”

小哥哥笑着说着，东北口音越来越浓，比画得也越来越夸张，不知道他是怎么描述的那白色的浪花，听得张亦嘉也跟着美美地笑了起来。

“张亦嘉，你别笑了。”

“我为什么不能笑?”

“跟你说不能笑就不要笑了。你还笑？别笑了，笑多了会胀肚，海上风那么大。”他悄悄凑过来，捂着嘴低头贴在她耳边，“听话啊，别笑了。”

他凑过来贴着她的耳朵，她有些害羞地躲开了这有些亲昵的耳语，不料小哥哥又贴近了些，继续在她耳边说着：“海上风太大，笑多了，会放屁。”

张亦嘉一下子被单眼皮的小哥哥逗得大笑，她拧着的肩膀和他的脸颊也贴在了一起，触碰的那一瞬间，张亦嘉都要被痒酥了。

这一切被拍摄下来，镜头里记录着他们上船后的一举一动，从害羞到开怀，从生疏到默契，从那个男孩带着特有的坏笑，悄悄地贴近她耳边，到看着她的嘴角慢慢变化越咧越大，一个安安静静的小女孩，瞬间笑成了一个二货一样的大傻妞。

如果只是在做戏，为什么那么真呢？如果真的是真的，那么应不应该在一起呢?

39

新娘结婚，新郎不是我

如果这次张亦嘉真的是和李子凡来演绎一对恋人享受美妙的爱之旅，简直就完美了。可现实里，对张亦嘉说晚安的人，是小哥哥。远在韩国的李子凡这几天心里总会忐忑不安，还会因为她去《我结》，而新郎不是自己而吃闷醋。

国内的节目做得规规矩矩，点到为止，不会有什么过激博眼球的大动作。但长时间的热恋模式，怎么也会让人动点真感情，加上设计好的恋爱攻略，大众也会带着祝福的眼光就此认定了。

爆出结婚照预热时，期待张亦嘉和小哥哥“在一起”的呼声，比海浪还要猛烈，一浪接一浪地拍岸而来。

确实，那些照片太美了。

电视台很快把预告花絮陆续播出，在视觉刺激下，他们简直就是最完美的国民情侣和夫妻组合。

此刻夫妻二人还在陆续拍着重头戏，这段是在厨房上演幸福的温馨生活。两个人在鸡鸭鱼肉、蔬菜水果、花椒大料、锅碗瓢盆、煎炒烹炸中叮叮咣咣忙活着。节目脚本设定了三场厨房的戏，两顿张亦嘉负责，一顿小哥哥负责。小哥哥不会做饭，跟大家撒娇让张亦嘉继续把饭做下去，节目组很快一致通过，因为她做的饭真的很好吃。

那些苦心研究给李子凡的美食秘籍，提前全部奉献给了节目组。

换装、化妆、做饭的循环，拍到大家都吃不动，张亦嘉也困到死。

导演却说，还要拍些浪漫的厨房戏，一些温馨的食色剧情。

“啊？”

剧情需要，这对新人还需要甜一些，再甜一些。

当初就因为拍一组张亦嘉炸大虾时，小哥哥从后背抱她的镜头，张亦嘉抖了一下，大虾甩入油锅中溅起了油花烫到了手。在万能药箱被工作人员拿来之前，小哥哥一直都抓着她的手放在凉水下冲，大声吼着：“哎呀，抱什么抱，都烫着了。”

现在不敢多有抱的镜头，只好添加喂饭的桥段，导演说：“那段没有处理好，这里一定要把戏做足，要有料，有亲密感，有爱意。最后错位，有一个错位的镜头看上去要接吻的那种。”

“啊！不能不能！又不是真的亲！不能那样！”张亦嘉慌了神似的。

“你俩真亲吗？真亲不更好？”

“不是，我是说又不亲，干吗非要和亲上去似的？”

“张亦嘉，拿出来些专业精神，我让你怎么拍你就怎么拍。”

开始！

张亦嘉马上换上了甜蜜的微笑，对面是伸着脖子张着嘴的小哥哥啊啊啊地等着喂。小哥哥很调皮，勺子进嘴后，一脸括弧笑，咬住勺子不松口。张亦嘉努力拔了一下，小哥哥也随着靠近，一下子扑到张亦嘉的面前，如果不是还有勺子柄的距离，两个人怕是要亲上了，就在靠近的一瞬间，眼神都有了，明明两个人没有贴在一起，看上去怎么那么亲密？这真的是在拍戏吗？

随后，小哥哥带着括弧笑容稍稍扭动了头，从张亦嘉后面的机位看上去，他们像是在慢慢地亲吻。从侧面不同的机位上，记录下两个人的眼神，一个如火，一个慌乱，哪个都烧得不行。

这一幕淹没在所有人的叫好声中，当天的拍摄完美结束了。

令所有人羡慕的片花，曝光在了电视上，越来越多的关注，越来越多的祝福，“在一起”几乎就是他们俩的代名词。

甚至连小哥哥的痴心死忠女粉丝都开始祝福他们，他们真的看上去太像真的在相爱了。张亦嘉的男粉丝多半没有反抗，一般都觉得你好我就好，女神获得爱就好，只有一个男粉丝的抗议声特别大：“张亦嘉，我生气了！我才是你老公！”

“我知道啊，所以开始的时候我都不投入，我都怕小哥哥误会我，讨厌他。”

“他确实很讨厌，敢碰我老婆！”

“可是他一点都不讨厌啊。”

“别说了，我告诉你，我生气了！”

“那如果我和男演员有激情戏怎么办？又亲又抱还脱衣服上床

的，你会不会死?”

“张亦嘉！你疯啦?”李子凡低厚的嗓子几乎吼得能震裂地板了。此刻的李子凡好似一个炮仗，应该说是一个马上就要炸开的火药桶。

“这只是工作啊，就像当初我还不想你去《我结》呢，我还看不得你抱着一个韩国女演员去假装谈恋爱啊!”

“我没有，关键是你，你现在去了!”

“你怎么不说是你骗了我去的！你跟我吼什么吼!”

小两口的国际长途多半是在拌嘴中度过的，其实李子凡最想说的是看到心爱的女人在船上那么美。可是为什么这样的话，电话接通后却难以开口了，直接跑偏了。

那一阵的李子凡醋意十足，明明不是那么小心眼儿的人，可那个看上去很大度的男人不知道去了哪里。

难以释怀的幼稚鬼，天天噘着嘴。

李子凡现在总是带着愤怒，无论是通告还是拍照，都是凶凶的，他介意和张亦嘉玩浪漫的人不是自己，他憎恨这个时段的所有通告让他错过了自己的婚礼。所有采访他都爱理不理，所有综艺他都是屌兮兮，天天都觉得全天下都欠他的。他也总想找张亦嘉聊聊，但说不了几句就开始耍脾气。随着《我结》的正式开播和更新，李子凡的情绪日趋接近失控，宛若一个婚姻出现问题的更年期患者，舞台上的他，笑容越来越少，脸越来越硬。哪怕是在现场唱情歌，他都声嘶力竭把音故意唱破。

他们之间的爱情无须怀疑，只是眼前的假象刺伤了自己。

40 ➶

中国好情侣

中国版的《我结》也因情侣效应产生了热烈反响，一对金童玉女也摇身变为甲乙丙丁各方的摇钱树。投资给节目的赞助商越来越多，邀约国民情侣代言或者出席活动的也越来越多，广告、友情出演、台庆花絮、商业会演，所有能露脸的场合，都能捕捉到模范夫妻的踪影。各路粉丝不再纠结，不再吃醋，纷纷献上最美好的祝福，台上台下都是相亲相爱的一家子，在民众眼里、粉丝心中，他俩就是真的情侣。

他们，简直代表了爱情。

双方的公司都达成了一致，默认这对虚名很旺的情侣，不做辟谣，不做澄清，随便狗仔怎么拍，随便媒体怎么写。炒得越热，机会就越多。

如果说上次《我结》是小试牛刀，那么接下来这部文艺小电影就是爱的豪华餐，他们临时被换成了主角。人人都知道文艺爱情片，多少都会有些激情的戏份，“吻戏”“床戏”“裸戏”，这些看上去贴着“禁忌”的标签都是文艺片的噱头。双方的公司都希望逼真的情侣不能回绝、不能说“不”地真情上演。必须要接，不然观众不同意，连粉丝都呼吁：“不要辜负我们期待的爱情!”

《我结》里一个勺子差点拽出的吻戏，现在就要真刀真枪地上演了。甚至连当初张亦嘉问李子凡那些脱不脱演不演的戏，都要演了。张亦嘉很焦虑，她想拒绝。第一，在公众面前裸露自己需要胆量；第二，和其他男生接吻需要勇气；第三，如果真的演了，李子凡会不会疯。她真的不知道该怎么和李子凡交代，她越是迟迟地犹豫着，就越显得早早一口答应下来的小哥哥的境界有些尴尬。

万人眼中的爱情，现实很尴尬。

爱不是负担，不然还怎么当演员？“他应该明白演员的职业，应该支持我。”

张亦嘉如果现在问李子凡：“你爱我吗？”

李子凡一定会说：“爱。”

可是张亦嘉如果问李子凡：“如果你爱我，我就去拍了。”

李子凡一定会说：“你敢！”

所以拍与不拍和爱不爱没关系，电影就放在这里，这是新人张亦嘉根本就不敢奢望的第一女主演，拍了事业上更上一个台阶，不拍，索性就沉寂下去。只是把小哥哥僵在那里，媒体上早已造势好了人选，突然临阵撤退，怕是公关部都不干。

“拍吧。我想我的凡凡会理解我做演员这个职业的，不然就不是爱。”张亦嘉只能先斩后奏地暗自催眠自己。她很快进了组，拍摄进程很紧张，除了考虑角色和剧情之外，她顾不得思考其他。

小哥哥和小仙女当“情侣”很久了，相互的默契促使他们入戏很快，拍摄十分顺利，一直到最唯美的“大戏”。两个年轻的演员开始紧张，都是第一次出演这样大胆的镜头，都带着难以掩饰的羞涩。准备工作做了很多，可看上去一点都没有进入状态的意思。

导演很忐忑地喊了开始。

催情的灯光下，洁白的床单上，戏里戏外一层又一层“国民情侣”的暗示，令两个人一上来便渐入佳境，火辣辣的眼神伴随着大口的喘息，一毫一厘的情绪都展现得淋漓尽致。

小哥哥修长的手指插进张亦嘉那一头长发里抓起来时，张亦嘉颤抖了，说不动心那真的是在撒谎了。她的灵魂从来都没有背叛过李子凡，可是这一夜张亦嘉无暇顾及这些，她的身体上，她的眼睛里，只有小哥哥，她第一次把李子凡从脑海里暂时性抹掉。

最好的对手文艺片段不是说要有多暴露，也不是说要有多过分，不管那文艺的筹码是有多文艺，只要对手戏的两个人的灵魂保持了同步，那么那文艺的戏就是真的。他们是最好的演员，认真地表现着爱情应有的感受，那缠绵实在令人忘情，都听不到导演喊停。

呃……

滚烫的场面，张亦嘉不敢和李子凡如实讲，不是心虚，是怕李子凡知道后会难受。明明自己没有做错什么，但还是觉得自己好像背叛了爱情。“凡凡，对不起”，这样的话从未讲出口。

恢复了常态的国民小情侣也很尴尬。

这不意味着张亦嘉会背叛李子凡，也不意味着小哥哥的女朋友从此变成张亦嘉。

小哥哥从不想挖墙脚，更不想当第三者。即使，他已经爱上了她，所以他刚才看上去更卖力一些，因为他爱上了她，不然不会有这么大的尴尬。以至于后面的拍摄有些吃力，导演喊着：“事儿都办了，怎么突然放不开了呢?”

哦，好尴尬。

杀青之后的他们并没有各回各家，公司准备同步发行一张电影原声专辑，巨大的工作量占满了所有人的余暇，顾不得那些尴尬了。

张亦嘉从未进过棚，唱歌经验很缺乏，发音没有轻重，没有质感，没有起伏，好好的一首歌，被她唱得平平。小哥哥是歌手身份出道转行影视界的全能，给了她很多指导，比如哪里要有轻声，哪里要换气，让她录出来的声音一遍比一遍好听。

她眼神里有些崇拜地看着这个只比自己大半年的小哥哥，这个演员和创作型歌手，这个能给人安全感的全能哥哥。

“你怎么什么都会？什么都可以?”

“因为我是个爷们。”他瞥着小眼神，露出带着括号的笑容，一脸小傲娇。小哥哥停顿了一下，严肃地说：“所以，你什么顾虑都不要有，好好录歌，你的声音听上去还是很紧张。”

歌是小哥哥亲自写给张亦嘉的，所以他更知道她需要怎么唱，才能唱懂他的心。那首歌的名字很简单《Me too》，暗语着一个男人深深地爱着一个女人，等待着那个女人轻轻地说，我也是；暗语着一个男人想和一个女人在一起，等待着那个女人轻轻地说，我也是。词曲简单轻快，整个副歌都在反复着，意味着相生相伴。

“小哥哥，我觉得这首歌有初恋的味道。”

“你怎么知道？这你都能听出来？”

“因为我在唱的时候，想起来当初做练习生的时代里，李子凡对我说他喜欢我。”

“然后你说了 Me too，我也是？”

“嗯，你怎么知道？”

小哥哥低头笑了笑，可他心里暗暗藏着酸。他再有心去爱，也只能止步不前，因为他不想给张亦嘉太大压力，只是默默地特意为她打造超级礼物，为她写歌，为他们写歌，就像很多男男女女在一起唱歌的时候，把彼此唱到心里去。

直到张亦嘉注意到了词曲作者，有些惊喜地看着他：“小哥哥，你好有才华啊！我好喜欢你写的歌，你怎么知道当时我的心情？你好会写啊！”

小哥哥只能笑着说：“这首歌是我好几年前写的，正好这次拿出来，给谁唱都是唱，缘分吧，正巧你赶上了。”他无奈地佯装着一脸轻松。

F 娱乐有规则

41

仙女不怕死

是不是到现在所有人都在以为张亦嘉的星途一路顺利得连个弯道都没有？

错。

虽然出道时间不长，就误打误撞接拍了那部让她顺利踏进圈子的广告，才让人发现了她其实是一个坠入凡间的小仙女，得到了众神的关爱，可在人间没有仙女，张亦嘉也不曾获得仙女特权。

至于圈里人喜欢这么叫她，绝对不是因为那仙女扮相，而是她用过人的勇气，征服了所有人。当初接仙女戏时，她根本就不了解“爆破”“威亚”隐藏的危险，刚刚入行也不会考虑剧组的制作经费是否充沛，安全措施是否到位。剧组开始谈了很多女演员，她们都婉言谢绝了这个邀请，只有找到了张亦嘉，她一口答应下来，一切都因为刚刚出道，对剧组对圈子了解得少。她根本不懂合约上淡淡一句“可能会有危险”的含义，剧组都没有给她买保险，她就这样准备“上天”了。当晚的拍摄，她成了所有人的焦点，她甚至都没想过为什么大家都在鼓励她，只是单纯地觉得让她演，她就一定要演好。

十八个最大型号的礼花炮筒，还有那一池子像炸弹一样的礼花弹，就是为了制造漫天飞舞的烟花背景而准备的。张亦嘉的血凝固了，原来为了烂漫飞天的几秒钟，她需要吊着威亚穿越枪林弹雨一般燃放在天空中的礼花弹。

她优雅地飞天，洋溢着一脸美好。

从威亚上下来的时候，张亦嘉已经被那连续发射的礼花弹炸到暂时性耳聋了，她的耳膜差点被击穿，疼得听不到自己的喊叫。眼睛也被炸得视力受损，眼前一片白茫茫的模糊。

万幸，她福大命大，没有被直接炸死，没有失明，没有失聪。

就这样，小仙女用自己的生命奠定了地位，赢得了口碑。

此刻她又在用生命上演这样同样“高危”的戏份，她和著名的武行老师一起背靠背地被绑在野外的十字木桩上，爆破组拿着步话机遥控指挥着现场。武行老师的手一直都是凉的，他的压力一定很大。

她问：“老师，你担心吗？你的手很凉啊。”

他说：“不担心，这是我最后一场戏，拍完我就转行了，再也不干了。”

她问：“为什么？太辛苦吗？”

他说：“这个组很黑，估计为了省钱火药没用好东西。”

她问：“火药？你是说一会儿那些爆破？那我们会死吗？”

他说：“今天吗？不会的。”

她问：“那以前你有见过炸死的吗？”

他不说话。

她问：“那就是你见过了。”

他说：“这都难免，爆破的时间根本就掐不准，对剧组来说死一个俩的都不叫什么。”

她问：“他们不试一下吗？万一我们一会儿死了怎么办？”

他说：“试一下？死一个也就是赔十万，试一下就是几十万，再说真有意外，什么都来不及了。”

张亦嘉开始害怕，总不会次次都能死里逃生。一切就绪，马上就要三二一倒计时了，这时的张亦嘉多想告诉导演：“请再检查一遍！”

可是，谁会听？

对打混战的场面开始了，混乱中张亦嘉也被嗵嗵嗵打了几拳在背部和腹部，只是她故意要那样病病怏怏地被挟持着，她是真站不起来，疼痛难忍地在一旁看着眼前一群男人说着对峙较量的台词。

不是还有几段台词说完才爆破的吗？怎么提前了？

导演也没有喊停，所有演员在崩裂的黄土和瓦砾中进行着各自的戏份，一直打打杀杀下去。

停！

武行老师看上去很高兴，刚刚打斗中他擦破了皮，还撕扯掉了一块小肉，流了很多血，可他毫不在意，坐在一边给自己包扎，一边感慨着自己的完美收官，即使导演说可能刚刚很多镜头都要剪掉，那他也不在意。

重要的是，已经结束了，人还好，就够了。

临行前武行大哥对张亦嘉说：“你很勇敢，但以后少拍这样的戏，太危险。”从此，他退出了武行班，也退出了演艺圈。

她从来不和李子凡说这些，她不想他担心，担心也是无能为力的担心，即便惊魂未定的她渴望他的安慰，可每当李子凡问她怎么了，她却只说，我想你了。

走偶像路线的李子凡体会不到片场上的冷暖，只是安慰她说：“乖，不哭不哭了，哥哥给你买糖吃。”

42 加戏之道

一部戏的结构和情节，不是只由编剧和导演来设定的，也很可能制片主任在现场说改就改了。张亦嘉现在剧组里的制片主任就经常瞎指挥，总是拉过来妖里妖气的女人，说：“刚刚那段戏让她再来一遍！最后让她当个英雄！”

剧本突然失去了结构。

编剧突然失去了尊严。

导演皱着眉，编剧在一旁嘬着牙花：“主任，如果这样，后面不好改啊。”

“就得这么拍，你改不了你走人！”

制片主任就这么要求，编剧姐姐气得在发抖，就好像刚写了一个骗钱骗色骗破处的臭流氓，但改来改去最初的反面典型成了无罪释放，甚至最后成了人人想为之奉献贞操的男神，这不可笑吗？

导演也是有的敢顶有的怂，因为演员被换编剧被换都不算什么，厉害的时候连导演、剧组都能被换掉，所以没有什么是不能换的。一切都以“钱”为本，有钱就能让一切的低劣行为大行其道。现在这个导演不作声，任凭制片主任带着身材曼妙的女人穿梭在整个剧组，因为这个“加戏女郎”带来了五百万，就算她的本领不在片场，导演也决定让她演下去。

张亦嘉的戏份越来越少，她只能演好仅有的配给镜头。

喝得有点多的色魔主任看到了她，这个骨子里透着纯美气质，时而娇羞，时而俏皮，时刻令人想入非非的小尤物。

加戏女郎很快就被忘记，色魔主任把张亦嘉叫过去直接就说：“晚一点我找你，到我屋里谈一下戏，谈得好，我给你加戏哟。”说完，他挑着眉，一脸淫笑地走了。

张亦嘉不敢在外面闲逛，也不敢回屋，生怕碰到色魔主任，生怕他来敲门。

“你坏了啦，你昨天都把人家弄出血了。”

“少来，昨天你大屁股卫生巾早就垫上了，还跟我这儿装处女。”

“主任，你好讨厌哦。”

“行了，赶紧回去，明天接着给你加戏。”

“不嘛。”

“进屋去，赶紧的，我这儿还有事呢。”

色魔主任和加戏女郎打打闹闹地回来了，带着酒后那些迟钝，在走廊里喧哗着。不久脚步声越来越清晰，张亦嘉的心跳就在那几秒钟乱了频率。她怕他拿了万能房卡推门而进，紧张地盯着那扇门，咚咚咚，她不敢应答，咚咚咚，第二次的声音更大了，她大气都不敢喘。

第二天的太阳正常升起，但是剧组里，格外不正常。

“导演，张亦嘉瞪我！”

导演还没有说话，站在导演旁边的制片主任嚷起来：“你瞪她干吗？你有意见啊！”

张亦嘉忍了，明明是那个垫着卫生巾的女人在瞪自己。

“导演，张亦嘉说错词了。”

“我没有，是她刚才上下几句串了。”

“主任，你看，她还嘴硬！她干扰我！我都没法拍了！让她给我道歉！”

明明不是自己的错，为什么非要认错呢？整个剧组没有人张口，谁都懂这是有意难为张亦嘉，谁都有个眉眼高低，平时那些习惯逢迎的人，让她承认错误，赶紧道歉，不要耽误全组进程。

上上下下都横眉冷对，这样的局面怎么收拾？

张亦嘉参与拍摄的时间并不短，现在她毅然决定离开。剧组一分钱都不给她结账，理由是她不能完成既定的戏份。制片主任还不依不饶，要求把她的戏份全部删减，还扬言要控告张亦嘉，称因她个人原因造成剧组剧本重新改写，要求她赔偿损失。

43

金慧珠之死

现实中的张亦嘉，是一个不沾“荤”的好姑娘，有着宁肯死也不能被侮辱的气节，越是看到那么多的争名夺利，越是觉得就这样踏踏实实地当一个小演员挺好。这不是不上进，因为本来圈子就很势利，她不是有背景可以呼风唤雨的大小姐，更不是一个为了上位可以出卖自己肉体的奴隶。那些对她有着妄想的土豪大鳄们，带着各种名利机会纷纷而来，不免都被她一一拒绝，得罪的人一多，受排挤便很正常了。

自从上次罢演之后，很久她都接不到戏。越是这样，就越是会把她推向一个不招人待见的位置。

张亦嘉的事业发展，卡住了。

此时韩国娱乐新闻里传出潜规则下女星陪酒的荒淫视频，包括各种“门”事件，一切起源于韩国当红女团的金慧珠自杀。

不是退出，不是饿晕，不是受伤，不是残废，而是终结，当初那个白白的金慧珠结束了自己的生命。

说金慧珠自杀，其实就是谋杀，若不是因为床照流出，而且画面上不止一个男性，她也不至于活不下去。这要追溯到七进五的时期，张亦嘉有幸淘汰出局的时期，所有人眼中一片光明的前途背后，原来还有更令人震惊的黑色安排。

大部分成员和公司的合约是死约，生生把自己钉在了公司的十字架上，把今生和来世都要交给公司，生给公司效力，死还要给公司赚钱。如果不签这样的合约，就可能要补偿公司一大笔条件款。

金慧珠的家庭并不富裕，那上百万上千万的支票，根本承受不起。

公司怕艺人羽翼丰满之后半路逃脱，所以要求艺人先拍裸照，或者强迫接受援助交易，并把过程记录下来，作为日后的把柄。如果想平安无事，只能日后盼着红到把钱赚回来，或者找个大财团支持，不然那黑色的把柄，就是一剂致死毒药。

七进五的组合，很不幸，除了出道的那一个月，其余的时间，不温不火。

张亦嘉确信慧珠是一个要颜面的女孩子，她不会主动讨好男人和上级，一直都很安静，每天刻苦训练不走歪门邪道。

“慧珠啊，这几年你都经历了什么，都是怎么忍过那样的屈辱的？可是，慧珠啊，又有什么过不去的呢？”

张亦嘉看着窗外，她没有自言自语，但是为什么那样的声音一直在说，说给谁听呢？房间里除了自己，没有其他人。

“慧珠啊，到现在为止，我都相信那天晚上坑害我的人的名单里没有你，我也相信那天晚上你听到我撕心裂肺的求救声，很想过来帮我，你一定是被其他人拉住了吧？慧珠啊，我认为你是一个好女孩，一直都是，哪怕现在，我都坚信你是一个好女孩。”

张亦嘉看着窗外，自己默默地流下了眼泪，心里涌出很多年前的回忆。

“慧珠啊，不管你是不是被他们谋杀的，你到了天堂，请自由自在地盛开洁白的花吧！”

张亦嘉看着窗外，自己突然觉得发冷，一阵风拂过，但那窗明明没有开。

李子凡打来电话：“张亦嘉，你的公司有什么要求没有？比如什么什么，你知道金慧珠的事儿了吧？”

“知道了，但是我不知道为什么就那样了。你出道的时候有没有被他们怎么样过？”

“没有啊，我一个男团。我是怕你有什么不好的。”

“我都离开那里了。”

“那你回国之后有没有什么类似的暗示?”

张亦嘉顿住了，怎么可能会没有呢?那些酒会，那些朋友见朋友的饭局，那些导演、主任的暗示，不都是这样的手段吗?身边有些漂亮的女演员短则一周长则数年地被包养，她怎么可能没见识过呢?开出天价来的土豪不是没有，端着珠宝首饰邀请共进晚宴的大款不是没有，逼着艺人没戏拍的恶霸不是没有，可是她不吃那一套，即使她知道这样会让自己处于一个尴尬的境地，但是她要让那些人知道并不是所有女演员都能被潜。

“李子凡，我是有操守的人，以前是，现在是，以后也是。”

“好姑娘，我很担心，我怕你身边有坏人。”

“你也是，不要在韩国把自己的节操碎一地。”

“我怎么可能?我是很讲原则的男人!”

44

饿死人的饥荒时代

THE ONE 开始为新专辑进入封闭集训期，第二张专辑为了有新突破，自然更辛苦。公司收集来很多调查数据，由专门的部门进行梳理和汇总，找到团体发展的优势和劣势，与同时期的其他艺人和组合进行对比，对他们重新进行定位。

为了上镜更有棱角，公司给他们安排了残酷的瘦身计划，训练量更大，食物更少，导致 THE ONE 集体血糖偏低。李子凡开始贫血，这是任何一个正常的成年男子都不会发生的事情吧?他脸色惨白，红嘟嘟的嘴唇开始发白，经常坐一会儿就能睡着，哪怕坐在直播间里，只要两分钟不和他说话，他就睡着了。那不是嗜睡，是虚弱到了半昏厥状态。

“宝贝，你太瘦了，我不要你二十五岁就变成一把大排骨！”

“知道了，我亲爱的小猪。”

“你才是。”

“我巴不得是，我都好久没有吃过肉了。”

“我今天看报纸还说男人的寿命比女人短。”张亦嘉严肃地和他讲着。

李子凡开着玩笑说：“那就更要趁年轻，多找几个女孩子。”他的声音很轻，听上去很疲倦，可他偏偏还是要这么幼稚地说着。可他实在是不想把自己糟糕的情况告诉她，最近因为禁食又瘦了十斤，抵抗力差到天天发低烧，前阵咳嗽还咳出了血。

张亦嘉没有生气，也没有迅速反驳那个男孩子的玩笑：“李子凡，你是我的男人，以后也是我小孩子的爸爸，我要你健康，你不要那样过早离开你的女人和你的小孩，请你珍惜我们和你自己。”她不计较他刚刚有些过分的玩笑是因为她从网络上看到了妹子拍到李子凡进公司的照片，又瘦了那么多，几乎脱相的李子凡病怏怏的，她真的很担心。“大排骨，突然这么瘦，再这样糟践下去不到三十岁你就要完蛋了！”张亦嘉冲着电话嚷了起来。

李子凡摸了摸自己，无论是锁骨、肋骨还是小腿骨，每一根骨头都像是锋利的刀，都可以把肉划破似的，听着自己的爱人那么心疼的声音，他咽了一口唾液：“别担心，我会好好吃饭的。”李子凡说这句谎话的时候，眼睛里泛着光，他很久都没有吃过一顿饱饭了。

本来张亦嘉想告诉李子凡自己和小哥哥很久之前拍了肉搏大片，考虑到李子凡现在的境遇，她实在是说不出口。好在她没有说出来，不然，已经贫血的李子凡会吐出最后一口血而死。

45 ➚
李子凡的训练日记

昨天晚上练习到了很晚，现在是凌晨三点钟，我们要去录影了，好困。

造型哥哥一直啧啧着说：“好重的眼圈，看我怎么来把你变成宇宙美少年！”

嗯，这次造型好帅，好想发一张照片给老婆看，可我怕她又说我瘦。

啊啊啊，准备开拍了，加油吧！

经纪人在一边吼着：“打起精神来！小伙子们！Fighting！”李子凡把自己的维生素分给了几个队员，大家一饮而尽。大家抱作一团，大喊着：“开始做吧！小伙子！Fighting！”

现在离太阳升起还有很长一段时间，怎么酝酿出精力充沛的样子呢？嗵嗵嗵，几个大大的打光灯投照，舞台上的神圣感诞生了。THE ONE 来了精神，开始在看似迷宫一样的背景中来回穿插。

排练过无数次的站位和动作，要整齐划一，同手同脚，不能有丝毫失误，不容有毫厘松懈。也许是因为还没有睡醒，他们偶尔会有些小偏差。

错一次，被骂一次，就要再次 Fighting 一次。

拍了一条又一条的，每次看回放的时候，年龄最小的成勋都要掐着李子凡，害怕自己做得不够好拖累哥哥们，所以要一直掐着他最信赖的哥哥李子凡。

李子凡强装淡定，不能轻易地表露出来他的紧张。可看到镜头前帅气的自己不免还是会得意，他傲人的身材天生就是镜头的宠儿，现在的他更通晓如何运用镜头表现更好的自己，拍到特写镜头，更善于用那张姣好的面容表达一切。

当一切达到完美，他们终于可以回去睡觉，五个男孩子衣服都顾不上脱，澡也顾不上洗倒头就睡。

那段时间里他们犹如见不得光还天天吃不饱的吸血鬼。当时《吸血鬼日记》正在流行，张亦嘉喜欢给李子凡讲述两兄弟和二重身的爱情，即使李子凡早已安睡美梦，电话里隐约传来他均匀的呼吸声。张亦嘉很心痛，痛的不是李子凡不听她讲电话，痛的是他的辛苦。

“我很饿。”这是李子凡唯一的反应。

G 明星男女

46

谁是中国好女婿

人生都是乱哄哄的，谁都会被偶尔的惊炸吓一跳。

爸爸突发心梗，接妈妈电话时，张亦嘉听得出来妈妈的声音在颤抖。她匆匆忙忙赶到医院，看到走廊里妈妈独自无力地坐在那里，忽然觉得好害怕。她很自责，自责自己除了工作，将时间都用在了李子凡身上，好似最爱她的爸爸、妈妈都被她忽略了。

妈妈抱着张亦嘉大声哭了出来，她真的吓坏了，几乎就是全身趴在张亦嘉的身上。张亦嘉有些吃力地抱着妈妈，小心翼翼地问："还在抢救吗？"她生怕这样的问题会等到一个惊炸天的答案。

妈妈没有说话一直在哭，张亦嘉瞬间心就凉了，忐忑地问道："妈妈，爸爸他……"

妈妈慢慢地抬起头，深深地吸了一口气说："还在手术室，嘉嘉。"说完，妈妈继续倒在女儿的身上哭起来。

等待。

只能等待。

两个人都是手心冰凉，全身发抖地在等待。

"嘉嘉，你知道我一直都在想，如果你只是一个普通平凡的孩子，只是上班下班，找一个老实地道的男朋友，也是非常幸福的，家里有什么事儿，你们都能过来，来个男孩就能不一样，能帮上很多忙。可是你现在要是出外景，回都回不来，家里真有什么事儿，这可怎么办啊……"

妈妈的抱怨不无道理，这是发现得早，这是今天不堵车，这是及时抢救了，如果中间任何一点出现问题，后果都不堪设想。

张亦嘉恨不得自己抽自己大嘴巴，爸爸、妈妈以后会一天比一天老，身体一天比一天孱弱，一天比一天需要照顾。而自己却一直都在忙工作，忙恋爱。怎么能忽视最应该好好去爱的爸爸、妈妈？

不能因为自己的忽视而造成一生的遗憾，那种自责的可怕，她承受不起。

医生出来了。

妈妈快速迎上去，那个大夫穿着绿色的手术服，口罩挡住脸，看不到表情，但是感觉很严肃，张亦嘉这个时候是多害怕他说“我们尽力了”这样的话语。

“手术成功，一会儿你们能进去看一下，好好休养吧。”那个男人的声音很温暖，听上去是那么令人安心，那么令人踏实。妈妈一下子就要跑进去，被护士拦住：“一会儿让你们进来再进来。”

张亦嘉推掉所有通告，一心在医院照顾爸爸，她现在只是女儿张亦嘉，不是什么国民好女友，她现在就是爸爸、妈妈眼里的宝贝张亦嘉。在医院跑来跑去，难免会被病友认出来，大家都礼貌地打一个招呼，没有在病房里有过多的打扰，这就是最真诚的尊重。

一天，她在护士站翻看药费查询机，身边走过来一个年轻的男子向护士询问，特护病房在哪里。

“特护病房都不在这个楼上，他走错了。”张亦嘉心里暗暗地想着，眼睛不自觉地瞟向了那个人。

“小哥哥？”

小哥哥摘掉墨镜，瞪大了眼睛：“张亦嘉？你怎么在这里？”

“我爸在住院。你呢？”

“咱爸怎么啦？”

“心梗，那几天吓死我了。”

“手术了吗？”

“嗯。”

“走走走，带我看咱爸去。”

“你过来看谁?”

“没谁，先看咱爸去。”

小哥哥一手拎着高档的保健营养品，一手推着张亦嘉走向了普通病房。

嘉嘉的爸爸不能大动，而身下的床单有点偏，妈妈和爸爸正在商量怎么办时，小哥哥走了进来：“妈，我来看咱爸来了。”

嘉嘉妈妈和嘉嘉爸爸瞬间都被他叫愣住了，什么就妈爸的，还咱咱的。

特别是突然来个这么帅，还拎着这么多重礼的客人，大家有点吃惊，或者说是惊喜，如果这真的是自家女婿，就太有派了。

“哦，嘉嘉朋友啊，快先坐。”

“妈，我来，你拽单子，我抱着爸。”小哥哥真的毫不客气，直接撸袖子就把嘉嘉爸爸抱了起来，妈妈和张亦嘉赶快把嘉嘉爸爸身下的床单铺好。

小哥哥似乎忘记了来医院是看谁的，一屁股坐在张亦嘉爸爸病床前聊了起来，轻松的话语逗得一屋子人哈哈直笑。过来过去的护士认出了小哥哥，扒着门口也在偷偷地笑，慢慢地还有一些粉丝也挤在门口，有的还穿着病号服，胆子大的开始索要签名，还要合影。

“下次吧，咱们在外面花园里拍，好不好？这里是医院，病人需要休息，听话，乖，先回病房吧。”粉丝被他说得羞涩地点着头，乖乖地离开。

爸爸、妈妈眼睛里完全就是盛开的花，时不时还给闺女来几个眼神，表示“这个行，准了”。张亦嘉有点尴尬，这比她和小哥哥被说成是“国民夫妻”还尴尬。

“你本来是要去看谁的?”张亦嘉才想起来，小哥哥原本的路线不是这里。

“哦，其实你应该也见过他，要不你和我一起过去吧。”

“谁啊？导演吗？”

“走吧，都是圈里的。”

“不去了，你把东西带上，先过去看看吧。”

“那是我给咱爸的，怎么还能拿走？”

嘉嘉妈妈也说：“不要客气，东西拿回去吧。”但是小哥哥执意不要，只是跟嘉嘉妈妈百般讨好地要拽走张亦嘉，问爸爸、妈妈能不能借宝贝丫头一会儿时间去看个朋友？

爸爸、妈妈都说“好的”。

小哥哥直接拉着张亦嘉去了另一个区的高级大楼里。

原来是那个好有钱的果汁大老板，他也是一名刚刚做了手术的心脏病患者，果汁公司只是他的一个投资项目，他主要的身份是出品人，偶尔做做制片，是圈里的大人物，而且大人物还推荐过她走红毯。

面对这么器重自己的伯乐，张亦嘉空手而来不好意思极了。这不算什么，还有让她更不好意思的事，小哥哥此后没事儿就过来爸爸的病房绕一圈，有的时候直接从饭店打好包，带些可口的饭菜来看张亦嘉的爸爸、妈妈。

开始妈妈会说：“谢谢啊，不要这么客气。”

后来妈妈会说：“下次别买了，一看就挺贵的。”

再后来妈妈就会说：“再买买清淡点的，你看上面那么多油，怎么吃？”

小哥哥应着，天天咱爸、咱妈地叫着，很多护士都在讨论，他们是不是真的已经“结婚了”。现在张亦嘉在与不在医院都不重要，所有人都以为住院的人是小哥哥的爸妈，而张亦嘉只是一个“中国好儿媳”。

一直到爸爸出院，张亦嘉才告诉一直都没有顾得上联系的李子凡爸爸住院的事。

“嘉嘉，为什么不早说？”

“说了也没用，你还得跟着白着急。”

“爸爸身体好些了吗？要不要从美国寄一些药物，我们家有医生。”

“嗯，不用了吧？那些药会管用吗？如果真的管用，那我们买一些吧，他们也会越来越老的，身体也会越来越不好。”

“买什么买，你把他的一些症状以及检查结果发给我，我告诉我家里，让他们给你邮寄过去。”

“凡凡？”

“嗯？”

“凡凡，其实那几天我很想你，我特别想告诉你我很害怕，觉得自己很脆弱很孤独，天天都要背着妈妈哭，我不敢让她看见我的眼泪。我想和你说，可又怕你会担心，可我自己一个人承受起来，真的好累，好累啊！”张亦嘉一边和李子凡说着，一边大哭起来，把一个女生的脆弱全部展现给她遥远的男人。

她很渴望他在身边保护她，安慰她。

李子凡在电话另一头的眼圈也红了：“嘉嘉，对不起，家里出这么大的事儿，我都不在你身边。”他也觉得那就是自己的老丈人，家里出那么大的事儿，他唯一能做的就是聆听张亦嘉那些日子憋闷的委屈，作为正版女婿愧疚极了。

这一对正版的男女朋友，生活上一点相连的痕迹都没有，怎么看都像是盗版山寨货。

唉……

47
李子凡的训练日记

我是一个男人，最应该做的就是保护好自己爱的女人，可惜我没做到，我希望她能原谅我现在的无能为力，让她一个人那么孤独无助。

今天跟小嘉说宝贝儿，跟我生个儿子吧！

她说好啊，来吧英雄。

我能想象到她看到我那句话时的开心，也一定酸酸的，还要假装一切都很容易实现的样子回应我。就算她偶尔和我耍小脾气，但我知道，那就是她在跟我撒娇，恨不得把一切的心情和情绪都和我分享。

我相信她是最爱我的，可我给她的爱那么少，给她的时间那么少。

我真的真的很想她，想她做我孩子的妈妈。

嘉嘉，对不起你。

我真的很想好好去爱你。

李子凡对张亦嘉的爱与歉意，他的训练日记全知道。

48

可以看到爱情的情侣

张亦嘉不知道小哥哥的后台，也不知道小哥哥是怎么强烈地向各种大人物推荐自己，才使他们接到了一部商业贺岁电影。拍摄计划并不紧，没有人为了省钱赶进度，那些大腕儿们晚上都可以打麻将，张亦嘉觉得这样很懈怠，小哥哥却说这是因为人家级别到了，可以随时进入状态，自然可以有自己的消遣。他还嘱咐她："少说话，什么都靠边站，有点眼眉，别挡着腕儿。"

娱乐圈等级森严，讲究论资排辈，只要有更牛气的腕儿来了，原来的规矩，原来的架子都要撤，这就是现实，因为有腕儿的地方就是是非多。两个谦逊的小孩十分谨慎，每天早晨在寒风中做着候补的板凳队员。无名小辈的戏都是随叫随到，见缝插针，不知道什么时候会被召唤。

两个人靠在一起蹲地上吃着盒饭，小哥哥有时跟大腕儿的助理们要点热水一起喝，还不敢多喝，外景经常是没有厕所的。赶上讨厌的男工作人员，看见在杂草中有动静，就直径走过去，借着自己也方便时偷看两眼。

就算小哥哥远远地给张亦嘉放哨，还是阻止不了讨厌的男工作人员跑到她的后面。小哥哥背对着她，什么都看不到，但依然做着最忠诚的守护者每次都陪她去方便。

戏里，他们仍是好了吵，吵了好的小夫妻，两个人演绎得十分到位。戏外，他们是从不吵架，一直能好到底的好拍档。时间久了居然有大腕儿让他们上保姆车去上厕所，当他们表示谢意时，大腕儿对他们说："不用谢，看到你们两个人在一起真好，就像让我看到了幸福。"

49 ➚ 吃你的醋去吧

各大院线开始准备上映一部名叫《因为，我爱你》的爱情文艺片，预告片里有不少大尺度镜头。

看着自己的爱人和别的男人在电影里亲昵，每一帧都扎在李子凡的灵魂深处。他压抑着自己的情绪，想方设法自我安慰，可国民情侣在屏幕上爱得那么惊天动地，爱得那么全情投入。

"张亦嘉！你怎么不告诉我？"

"我怕你吃醋，你看，你还是在吃醋，都过去了。"

"你只告诉我，你们有吻戏，你为什么要跟他？"

"我需要那样演，我必须要那么演，我是一个演员。"

"别说了！你，怎么能这么伤害我！"

明明这和感情破裂无关，明明这和感情背叛无关，明明这样就是因为爱得太深。

李子凡大发雷霆，他在意的不是张亦嘉去拍了"限制级"，而是小哥哥在电影里那充满了爱的眼神。

那眼神，他自己最熟悉不过了。男人才是最了解男人的人。

李子凡作为一个热舞歌手，只能眼睁睁看着自己的女朋友和别的小帅哥在银幕上谈情说爱，而自己只是一个吟唱爱情的团体男歌手，连爱情主题曲都无法单独演唱，岂不很悲伤？

50
台上台下的你我

THE ONE 第二张专辑惊艳亮相了。

惊艳，就是这两个字。

李子凡黑薄纱的造型，冷峻中带着性感，几乎让人看不完整版MV 就会流下鼻血。

“李子凡，你不是卖肉的！怎么能走性感路线？你们公司要干吗？”

“那怎么了，只许你那样？我还拍了十九禁的 MV 呢。”

“李子凡！”

“半斤对八两吧，你有什么好生气的？再说我又没和别的女人演。”

“李子凡，你想死啊！”

“你来杀我吗？或者我后天去找你让你杀掉我？”

“后天？”

“对，我们后天有中国的通告。”

“后天？我好像也有演出，你们在哪里？”

“上海啊，是不是同一场？”

“好像是，那我们就能见面了！”

“是啊！能见到那个小子吗？”

“你说小哥哥？他不去，没听说他啊。”

“还好没去，去了我就宰了他。”

“别那么幼稚行不行？你要感谢小哥哥。”

“感谢他?”

“对啊，如果不是他的举荐，我根本没机会上那部电影，如果没有他，我就唱不到那首歌，我就不可能作为一个歌手和你同台，难道你不觉得他在帮助我们俩吗?”

“你别替他说好话，你再说他，我就弄死他!”

一场大型的排行榜典礼，众多歌手和乐队带着各家的粉丝相约而至，场面盛大。前几天还在电话里吵架的两个人激动地见了面，他们很想旁若无人地亲吻，当众宣布他们的热恋，却只能像偷情的男女一样躲开一切视线。李子凡一直都拉着张亦嘉的手，一刻也不想放开，但是团里的兄弟们说：“还是忍一下吧，哥哥，你还是和我们在一起吧。”

张亦嘉的《Me too》出场在前。场外起了风，沙粒打在那张白皙细嫩的小脸儿上，话筒中也传来风的声音。大裙摆一直在风中不停地摇曳，时而优雅，时而狂野，惹得下面惊声尖叫。

风太大了，张亦嘉担心走光，手足无措地试图按住那裙摆。

这样的举动惹得台下很多观众都惊奇地瞪大了眼睛，心里暗想着：“风再大，再大，再大一点!”THE ONE 其他的兄弟们也在后台一直起劲儿地看着舞台，十分想笑，但碍于李子凡的面子憋得很难受。一直到张亦嘉的表演结束了，李子凡才深深地吐了一口气。张亦嘉下了舞台，直奔李子凡，她还没有张口，李队长直接淡淡地说：“没有走光。”

风停后，中间的歌手直接举着雨伞就出来了，雨越来越大，THE ONE 作为压轴要出场的时候，几乎已经是暴雨了。

主持人还在问大家：“要不要坚持！想不想见他们!”

台下一片欢腾，没有任何人离开，雨已经越来越急了，有的人打着伞，有的人干脆直接淋在雨里，对着舞台疯狂地尖叫。

“下面有请 THE ONE 为我们带来最新歌曲的全球首秀!”

这是 THE ONE 第二张专辑筹备了那么久后的第一次亮相，舞台被那几个卖命的男人引爆了。前一阵集训的减肥让他们的身姿在雨中舞动得更加有视觉效果，所有人的眼球都被他们抓走了。

雨越来越大，打在脸上都疼，THE ONE 在雨里的表演却没有半点的偷懒。

他们很快被淋透了，衣服贴在身上，李子凡穿的红内裤在白色演出服下若隐若现，这惹得台下妹子连连尖叫。

张亦嘉马上拿起手机发了一条短信："下次穿紧一点长一点的白内裤！"

51
全宇宙最懒的人

李子凡是 THE ONE 的队长，在外撑门面，搞外联，支唤这个使唤那个的，但只要回了宿舍，回了酒店，永远都是全队最懒的一个，估计也是全宇宙最懒的。哪里还是什么男神，什么队长，只要能有平的地方绝对就直接躺下，逮哪儿哪儿是床。

杨骁很黏李子凡，如果看到哥哥躺下来，杨骁一定就会贴上，李队长也不介意，谁都搞不懂两个男生贴在一起有什么感觉。

有的时候承灿也黏着李子凡，李子凡身旁经常是一边是杨骁，一边是承灿。三个人即便夏天也要黏在一起，也不嫌热。

成勋和 BEN，各自都很独立，对于天天连体的三胞胎，早已习惯。

上海的演出后，三胞胎黏在一起躺在一张大床上，成勋坐在房间的角落，BEN 站在一旁听经纪人做今天的总结和第二天回韩国的行程安排。经纪人可能感冒了，打了一个大喷嚏，嘱咐他们早些睡觉，就回了屋子。

“起来杨骁。”李子凡说。

“嗯嗯，不。”杨骁抱得更紧了，大腿搭在李子凡的腰上，脚踢到承灿的屁股了。

“喂，你踢到我了。”

“踢踢吧，大耳朵。”

“小子，敢叫我大耳朵，我是哥哥！”朴承灿直接就坐起来打了杨骁一巴掌，那种男孩子之间的玩笑巴掌。没了杨骁和承灿的缠绕，李子凡一屁股从床上跳了下来，起身要走，还没等他张嘴，BEN问：“哥，你什么时候回来？”

“什么？哥，你去哪儿？”杨骁几乎在嚎叫，承灿也睁大眼睛看向李子凡。

“呃……”这样的气氛搞得李子凡好羞涩，可能其他的小朋友们早已忘记今天和他们一同演出的名单里还有一个张亦嘉。

“哥，记得早点回来，明天要一早回韩国的。”BEN像一个忠诚的管家一样提醒着大老爷。

“嗯，谢了。”

成勋似乎还没明白怎么回事儿，眼睛也一直盯着李子凡，BEN一手拍了拍成勋的肩膀，一手挡住了成勋的眼睛。李子凡马上离开了，留下的杨骁和承灿立马就不打了，各自翻了一个身，谁也不理谁。

李子凡推开另一扇房门，直接倒在了床上：“老婆，你有没有眼药水？眼睛好痒。”张亦嘉趴在他的大长身上，仔细端详着那么迷人的大眼睛，使劲挤了好几滴眼药水，疼煞李子凡。

“啊啊，好疼。”

“一定是雨水里有脏东西进入眼睛里。”

“老婆，我帮你上。”他直接翻了身把张亦嘉压在了下面。他看着怎么看都看不够的张亦嘉，一边滴眼药水一边帮她吹。

“疼。”

“哦乖乖，一会儿就好了，老婆我问你，我为什么要穿紧一点的内裤？你给我买了？”

“不是啦，衣服湿了就贴身了，下午演出的时候，大茄子战车，太明显了！我都不好意思看！台下都疯了。”茄子战车的新绰号是来自他们常常打的游戏里的形象，每一次使用的时候，他们都会暗暗发笑。

“太大了没办法啊，你又不是不知道，哈。”

“主要是瞧你那瘦杆儿样儿，反差太大了。”

“谁说我瘦杆儿了，我有肌肉的！给你看！”

大茄子很想开火，但又不想自己上炮弹，就像一个孩子想吃糖，却懒得不肯拨糖纸。

“老婆喂我吃糖。”

“瞧你那贱兮兮的样儿啊，你和他们也是这样吗？”

“谁们？”

“那几个美貌如花的男孩子们，网上不是经常说你们如何如何吗？

“你想多了吧？怎么可能？”李子凡用手指挡在张亦嘉的嘴上，示意着停，而后埋下深情的一吻，一直到脖颈，一直到胸口，像是去了查理的巧克力工厂一样任意品尝。突然他抬起头来，坏坏地说：“我想不动。”

“什么？”

“我想，可是我不想动。”

“李子凡，你很孬唉。”

“你动吧，反正我不想动。”

52

就这样一直在中国活动吧

第二张专辑在中国的宣传期更长，一对日夜期盼在一起的恋人有更多的机会团聚了。在外地演出还好，酒店不受限制，但在北京的时候，THE ONE 必须入住公司指定酒店的特殊楼层，以确保公司的艺人不会轻易被打扰，为此还配备了专职的保镖。只要不是公司的人，一律不能进入。

“那你帮我叫一下李子凡，我手机没有电了。”张亦嘉对保镖说。

“不行。”保镖大哥是张亦嘉的粉丝，面对自己的女神，大哥秉公办事，不肯网开一面，还拒绝了女神的糖果贿赂。

“那我借你手机用一下。”

“不行。”

“那你说怎么办？你又不让我进去，又不借我手机？”

“你人不能进去，”保镖大哥还用一个眼神瞥了一下监控器，又瞥了一下另一边的通道，轻轻地说，“很近。”

张亦嘉是个聪明的孩子，瞬间秒懂，她想大喊李子凡，又怕给李子凡惹麻烦，直接用自己最大分贝尖叫：“啊！张亦嘉来啦！张亦嘉来啦！”

屋里的孩子们正聚在一起打游戏，李子凡的精力都集中在和成勋的对战上。杨骁听着像是张亦嘉，跑出去一看果然是哥哥的女朋友，他马上退到了墙角，因为他上身裸露，下身只穿了一条大花裤衩。他探出头羞涩地说：“你来啦，那我帮你去叫他啊。”

“谢谢你，杨骁。”

张亦嘉一脸幸福："谢谢你保镖大哥。"

保镖大哥一脸严肃，闭着眼睛肃穆地点了头，接受着这样小灵光的感谢。

开门关门的声音和咚咚的快速跑步声传了出来，李子凡拐过那个墙角的时候几乎是刹不住车，差点摔倒，冲着张亦嘉就扑了上来。

"啊啊啊！"

两个人就在监视器下来了个他们的"宝贝抱"，保镖大哥还在一旁低声咳嗽，用他板着的黑脸去瞥那个监控器。

两个小孩子很快逃出二十层，逃到大街上，没命地狂笑。一阵风吹来，李子凡乱糟糟的头发更像是风中的稻草，这个穿着大裤衩、大T恤、大拖鞋的男生，没有造型，没有化妆，更显得真实与可爱。

张亦嘉突然问："要不要去买个口罩？"

"可我不想戴口罩。"李子凡说这话的时候把身旁的张亦嘉使劲揽在自己怀里。

"我也是。"

以前逛街的时候，他未红，她未火，而且韩国人少，但在北京人太多，谁知道哪里就藏着后妈粉或是狗仔队？万一被认出来，真的很麻烦。心照不宣的两个人都在想着如果他们不是明星也许会生活得非常快乐。

张亦嘉顺口说："我是小仙女，我诅咒你变成平民！"

"为什么？我为什么是贫民？"

"是平民！"

"我才不是贫民！"

开始是因为听错了，之后两个人开始故意发音不标准，故意找茬，故意斗嘴，故意抬杠，打闹着属于他们的快乐。

李子凡的腿太长，他迈一步她就要在后面追着打好几步，但只要张亦嘉追上来，他就用他硕大的手掌抓着她："好多肉啊，好多肉！你看你那么多肉，我祝福你变成小猪猪！"

张亦嘉一下子就生气了，歪着头翻着白眼看着李子凡：“我才不是小猪猪！”

“好啦，别生气了，对不起，宝贝，我怎么舍得诅咒你呢？”

那个大个子伏下身来，双手撑着张亦嘉的肩膀像哄孩子一样又来讨好她。看他一脸萌蠢的样子，她又想笑。那个坏蛋看到自己的功法奏效后，紧接着说：“其实我诅不诅咒你，祝不祝福你，你也是小猪猪。”

“李子凡，你个大排骨！你是大排骨精！”

“好了好了，我不逗你了，别生气了哈，亲爱的。我们去吃宵夜吧！怎么样？想不想吃羊肉串？烤腰子？”

“好啊好啊！走啊走啊！”

瞬间两个人和好如初。

他们七拐八拐进了KTV，那里没有张亦嘉的歌，李子凡只能唱自己的歌给她听。听着身边的这个男人用“原声”唱出最新排行榜的歌曲，看着大屏幕上帅气的男人坐在自己身边，张亦嘉突然很感动。

活生生的男人，活生生的爱情。

整整一个晚上，两个人唱着自己喜欢的歌给对方听，唱到慢歌就抱在一起，唱到快歌就疯了一样一起拼命地摇，奋力狂欢。

当他们回酒店时天已经蒙蒙亮了。

再过一两个小时，李子凡就要去北京机场赶回韩国了，一夜没睡的他，两眼还在发光。

53

供人娱乐

THE ONE 第二张专辑的成功再次超出了预想，看上去风风光光，获得了全世界的爱。当活动越来越多，演出量越来越大之后，扭腰崴脚都成了平常事，疼痛像是小怪兽一样侵袭着他们疲惫的身体。舞台上每个人像超人一样燃烧激情，下了台瞬间变病号。大家都是常年戴着护膝护腕护腰，摘下一切保护装备时，全身散架，每一个关节都疼痛不已。拉伤的肌肉、撕裂的韧带，没有人知道。

作为哥哥，李子凡心疼他的弟弟们，作为队长，他还要记住每一位成员的伤痛，拜托各号镜头给予回避式关爱。身为一个天团的队长，听上去美滋滋的称呼，实际上压在肩膀上的责任巨大到难以承受，别人都在撒娇的时刻，他只能硬挺。疼不能说疼，累也不能喊累，因为他是队长哥哥。

消瘦的李子凡身体开始吃不消，他又瘦了，现在真的要成为一根筷子了。

几个男生常常会讨论未来，他们不再幻想更金光闪闪的大场面，而是开始考虑自己沦为再也不帅，再也不销魂，还一身毛病需要人照顾的老头时该怎么办。

“那个时候的张亦嘉也许已经是影后，如果是那样，我都不舍得让美好的她来照顾一身伤的我。”

54

张亦嘉牌大气球

张亦嘉的事业一直稳步向前，接了一部女二号的新戏，条件是变胖。

怎么办?

天生一个瘦子，怎么能说变胖就变胖?

吃。

睡。

长。

变胖!

每天强迫自己填鸭式进食，零食不断，高糖高油高脂高胆固醇高蛋白质高热量地进行着，似乎一个星期吃了一年的饭。男朋友一天天地瘦了下去，女朋友却一天天胖了起来。从来都不知道变胖是什么的张亦嘉的体重在以光速上涨，虽然是为了角色增肥，可是体重上来时，自信心还是低到了极点，越是这种难过惶惑的时候，她的胃口就越好，体重就越飙升。

“老公啊，我问你啊，如果我以后长胖了，你还爱我吗?”

“我爱你和你长不长胖有什么关系?”

“怎么没关系? 真的胖了，会不会变丑?”

“有关系吗? 白痴问题，快让我看看你。”

“不行，我胖了好多。”

“那就让我看看胖胖的你。”

“不行!”

“老婆，我觉得我现在是个和尚，不知肉味。”

“真可怜，僧人李子凡，俗人张亦嘉晚上刚刚吃了一只半的烧鸡。”

“你太过分了！我想吃韩牛，我想吃五花肉，我要吃猪蹄！我要吃排骨！”

“老公，我想跟你说，你想吃的这些，我今天全都吃过了。”

从接戏到杀青只有八十七天，张亦嘉成功地摧残了自己，从一个瘦小白天鹅变成了一个美美的大白胖儿，更可怕的是拍摄期间，她的胃口依然旺盛，体重还在保持匀速增长。三十多斤的肉就这样膨胀在她的身体上，什么巴掌脸，什么尖下颏，都不见了，仙女般的张亦嘉彻底被毁灭，现在她简直就是个小胖墩儿。

本以为事业会就此陷入荒芜绝境，却峰回路转迎来柳暗花明又一村。别看张亦嘉变胖了，却符合了大家审美观里的喜庆感和亲切感。特别是妈妈级别的阿姨，指着电视里白白胖胖的张亦嘉对着自己的儿子说：“以后就找这样的儿媳妇，那个瘦得和妖精似的就是丧门败家德行，瞧这样的多壮门面，喜兴！还旺夫！”

一时间，“国民好闺女”“标准孙媳妇”形象的唯一正牌代言人，就是日渐丰满的张亦嘉。广告商蜂拥而至，卖吃的喝的保健品的最多。看着一个这么喜气福气满满的胖丫头，大众心里更舒服，更顺眼。

胖，也成了一种福气。

每天张亦嘉都把带来福气的美食晒给李子凡，这样的刺激显得特别残忍，早已饿傻的李子凡馋得口水横流，好羡慕不用体重管理还天天胡吃海塞的张亦嘉。

相比之下李队长每天的饮食都是粗茶淡饭，那也没办法，谁让他选择了这条不能吃饱的偶像之路。

55

摇钱树

风光无限，专辑大卖的 THE ONE 早已在全亚洲演艺市场上占据半壁江山，广告商的橄榄枝多到无数，但是公司从来不轻易接单，是为了更好地继续加码。

作为一棵枝繁叶茂的摇钱树，THE ONE 真的是金灿灿的。问题来了，人人都想指着 THE ONE 捞更多的肉吃，就要看谁的勺子更好使。THE ONE 的勺子，不仅价高，而且难买。

张亦嘉的公司也有意与其合作，可老总在韩国碰了一鼻子灰很快回国，将怒气发在了拓展部的员工身上。他们说老板回来后就抽风得厉害。

老总办公室的门缝前总是趴满了偷听的人。

公司想签李子凡，却被告知买一掏五。

“李子凡算什么啊，国宝啊！都说买五赠一的，怎么他就这么值钱啊?”

“听见了吗？要签李子凡!”外面的小白领激动得难以自已，但是老总依然在骂着韩国公司，在骂着李子凡。

但是贪心的并不是 THE ONE，他们到现在接了那么多单却几乎分不到钱，历来都是公司拿大头，他们只是从零头的零头里再分，到了个人手上已少得可怜了。

他们根本没有传说中那么富裕，还不能哭穷，哭了白哭，再哭就更不给钱了。

56

不怕出名，怕独壮

THE ONE 为公司赚到盆满钵满时，公司好开心，可公司又好担心，很多大品牌公司发来单枝橄榄，单宠李子凡的呼声太高，很多著名制作人也在钦点他，无论开出什么高价公司一概回绝，封闭消息，以免军心涣散。

他们奉行“N－1＝0”，不允许组合被拆散的零售模式，团体的大忌就是让最火的成员单飞，把其他的成员冻成 0，这样这个团体就完蛋了，若留得这个 1，团体还是那个团体，收益更大。

人红真是是非多，李子凡从来没想过单飞或者退团，他更没有想到公司会刻意遮蔽了他的光芒。他除了五人集体出境外，不再有三三两两的单独活动，即使是集体亮相，给他的机会也在削弱，越来越弱，不是镜头到他这里被切，就是因为个子高被安排在最后，再或者那张帅气的脸被台标挡住。他很快成了一个没有通告的人，被藏着掖着见不得人。

这算过河拆桥吗？市场打开了，李子凡就二线了？李子凡有察觉，每天强打着精神掩盖他的郁闷，明明自己这么尽心，这么努力，为什么要对他这么打压？

这时网络上还有了“李子凡欲抛弃队友单飞”的谣传，造谣者正是他的公司，他们把一切负面的东西都推卸在李子凡身上，还编造出“李子凡单方解约”的传闻。公司继续不停地造声势，算出天价违约金，连从练习生时代的团体成本都计入了，需要他翻倍的赔偿，真不是小数目。

太委屈了，百口莫辩的委屈。他从来没想过退团，为什么非要口口声声把他整成一个叛徒的模样？在第二张专辑宣传期，这么重要的时刻，公司都敢刻意打压，可想而知，他们是多怕李子凡的羽翼过硬，随时飞走。

THE ONE 被邀请参加艺人全能篮球赛，销声匿迹很久之后的李子凡终于可以登场了，不然四个人怎么组队打篮球赛？

好久没有公开露面的李子凡一上场，尖叫声顿时响起。李子凡知道这些尖叫是粉丝对他的想念，他更会努力打好这场比赛。他忘记了 THE ONE，忘记了他是明星李子凡，上演着灌篮高手的真人版。

一场又一场的完胜。

全场的赞叹和尖叫声不断。

直到最后一节有了黑色的意外。对方的一名球员恶意犯规直接把李子凡撞出了场外，李子凡狠狠地摔在了地板上，那条老伤腿着地时，那骨头就像是鼓槌用力地敲在了地板上，疼得他声嘶力竭地大叫起来。队友都急疯了，却分担不了李子凡半点的痛苦。

那个故意撞人的艺人赶紧跑过去："对不起，对不起，你还好吗？"

李子凡疼得视线模糊，如果不是撕心裂肺的疼痛，是不会掩盖掉其他感官功能的，他什么都顾不上，什么都听不到，什么也看不到，他真的太疼了。

节目中断，全场惊呆，粉丝们惨厉的尖叫声充满了场馆。很多粉丝都跟着去了医院，走廊里也挤满了各大媒体。

这一幕是不是有点熟悉？

隐形的杀手，在哪里？

一些声音说他太脆弱，有假摔演戏的嫌疑，那样的球场受伤不至于那么大的动静，不至于日后很多通告暂不出席，他的行为有悖敬业精神。

还有的声音直接指向了那个犯规的选手，对他进行谩骂，说他们之间有个人恩怨。

无论外面吵得有多凶，没有一个人能说出这是公司的用意，只有更多人陷入了根本不知道在说什么的口水战。现在李子凡都有了非常得当的理由被公司“雪藏”了。公司扣了李子凡的护照，想必他也不会做出什么惊天的举动，因为合约上有着严格而苛刻的规定，不能随意外出亮相，若违反就需支付天价的赔偿款。好在可怜兮兮的李子凡伤势不算严重。

其他成员的单项通告越来越多，所有人都把李子凡冷在一边，不是他们故意这样冷漠，是他们根本就没有时间去照顾自己的哥哥。一时间，成员似乎明白了，不是李子凡太耀眼，是自己不够出众而拖累了李子凡，明明哥哥没有做错什么，一切都是因为自己不如哥哥那么出色，而公司的捆绑销售的定律导致哥哥被打压，才有现在的伤痛。

57
“饲养”新突破

人人都爱的李子凡会不会很难过？他当然很难过。

人人都爱的李子凡会不会每天都是阴霾天？不。

男神的天并没有塌下来，纵然他没有那么大的胸怀可以包容公司霸道专权的限制，纵然眼前的天空乌云密布，但在有太阳的方向，却飞来一只天使，让他在苦涩的牢笼间体会到了甜蜜。特别是天使刚刚结束了“催肥”大戏，无论从哪个角度看，都是带着满满的爱的天使。

他们现在看上去简直就是两个极致，高的越来越瘦，矮的越来越胖，这样的组合越发搞笑了。

“你怎么这么胖了？看你那大屁股！”

“我这叫丰满的曲线、翘臀，懂吗？总比你是个没曲线没屁股的强。”

“拜托，那我的大腿和小腿一样细，你的小腿和大腿一样粗，你怎么说？”

“有本事你也变个胖子啊！”

“那你要给我做饭啊！”

在租下的房间里，大胖天使开始精心“饲养”身心受到摧残的大病号。这样的状态，更像是在一起过日子。每天的生活就是张亦嘉去买菜了，李子凡还在睡觉，张亦嘉做好饭了，李子凡准醒。

张亦嘉在菜市场向妈妈年纪的阿姨们讨教了很多韩式家常菜的做法。参鸡汤、九折板，各种泡菜各种拌，变着花样给李子凡人间美味。只是李子凡对韩餐仍然吃不消，特别是对大酱汤无感，他讨厌那个味道。他总是缠着张亦嘉让她做排骨和猪蹄，哪怕是西红柿炒鸡蛋。

“我好不容易来韩国，你还让我吃中国菜？”

“可我喜欢吃啊。”

“但是肉很贵啊，哪里能天天吃排骨啊？”

“我有钱啊，你花啊！每天连个肉都吃不上！天天萝卜白菜！”

“那你自己去做啊！干吗老是让我做？你也给我做啊！你也给我炒个鸡蛋西红柿啊！”

“做就做。”李子凡愤愤地抓起四个鸡蛋。

“干吗吃那么多？小心拉不出来屎。”

“张亦嘉你好恶心啊！我炒好后，你别吃，我自己吃。”

“快让开，你看你打鸡蛋都不会，还用两个手？看，我一个手就搞定了。”张亦嘉右手拿起一只蛋磕向碗边，之后用无名指和小指轻轻拨开蛋壳，鸡蛋滑入碗中，蛋壳像是一个张开又合拢的大贝壳，完整地被丢入垃圾桶中。

在一旁看得新鲜的李子凡嘿嘿直乐："教教我，让我试试。"李子凡的手很大，单手磕蛋壳很轻松，每磕一个蛋壳李子凡都像一个刚学会打鸡蛋的孩子一样兴奋半天。他觉得这样打鸡蛋的动作很酷，确实比他用两只手帅多了。

最近张亦嘉爱上了做土豆饼，手艺还不错，看着金黄色香香脆脆的土豆饼成型，两个人几乎是烙出一张吃一张。李子凡还忍不住和其他的兄弟们分享了土豆饼的照片，看上去那土豆饼真的美味极了，成员们被深深吸引了。

承灿说："我也想吃，你们在哪里？"

BEN 说："不够不够，再来！馋死了！"

杨骁说："还有没有其他料的？我也想吃！"

李子凡告诉大家："快来吧！还有肉吃！"

成勋说："哥，我们要是去也很晚了，你会等我们一起吃饭吗？"

李子凡告诉大家："一定。"

小朋友们几天后如约而至，进门后的瞬间小朋友们都惊呆了："哥，你怎么胖了这么多？"

"张亦嘉也是，你们吃什么了？"

特别是 BEN 还抓了抓李子凡的大胸肌："逼近 B 罩杯了，李子凡。"随后几个小朋友果然都上去掐了掐李子凡。

同行的还有小眼睛经纪人哥哥："小子！你女朋友来了也不告诉我？"李子凡吃惊地看着小眼睛经纪人哥哥，心里很忐忑，这不等于公司知道了？

"哎呀，臭小子，我早就知道她来了，放心吧，公司不会知道的。"

"谢谢你，让我们在有限的时间里，好好恋爱。"李子凡揽住张亦嘉，两个人一起对小眼睛经纪人哥哥说着感谢的话。

“不要多说了，饭好了吗？”

那天是 THE ONE 自出道以来最幸福的一天，像是参加新婚夫妇的婚礼一样的幸福。

“哥，你再这样胖下去那条金色的紧身的裤子就不能穿了。”承灿一边摸着李子凡的大腿一边吐着排骨说着。

“是吗？”

“是啊，以后怎么归队啊？你胖了那么多。”

确实，李子凡长肉的速度堪比火箭发射。以前的紧身裤再穿怕是线都要崩开，如果那样出丑的一幕真在舞台上发生，他可能会死得很难看。

“老婆，听到没？你要对我负责任！”

张亦嘉拿着土豆饼沾着味增料汁：“才不管，你有本事穿大裤衩跳舞啊！有本事你别吃我做的饭啊！”

“她好凶哦。”承灿一边又吃了一块排骨，一边瞪着大眼睛对李子凡小声嘀咕，张亦嘉瞥了承灿一眼，承灿一脸憨憨的笑容：“亦嘉啊，你是不是也胖了？胖得很可爱。呵呵。”

“是啊，多比，我是不是不好看了？”

“不过没关系，你是北极熊我也爱你个大白胖。”李子凡在旁边插着话。

公司通知李子凡，下个月准备复出。

刚吃上几天好饭就要开始拼命地减肥？愁煞人了！

58

是谁在唱《坠入爱河》

发福状态下的李子凡复出了，本以为公众会对他的“新形象”嗤之以鼻，没想到大家的反应良好，“脸上有点小肉肉的李子凡真可爱”，“我们爱胖胖的李子凡”，“李子凡请你长些肉”，“我要给李子凡做饭吃”，“李子凡请吃我的肉”……

关于他的话题，从未停止过。

新通告是一期访谈节目，轻松又动情的话题——“理想型”。

主持人还在那里一再强调：“男神心中的女神可能就是你们哦！”在场的女观众心花怒放地叫喊着，好像台上帅气的男嘉宾就是自己的男朋友，或者说自己就是台上那些男神嘉宾的女朋友。

当主持人问李子凡理想女友的标准时，他对着话筒淡淡地说：“其实很简单，人品好，做饭好。没了。”

主持人抓住了敏感词“做饭好”，又结合他现在的状态，问道：“最近胖了那么多，是不是遇到了理想的对象？”

李子凡犹豫了很久，说不说？他真的想公开自己有女朋友的事实，不然觉得既不男人，又很对不起小嘉嘉。

没想到承灿快速接过话题：“哥最近吃了太多的土豆饼而已，淀粉会让我们变胖。”

就这样承灿帮他应付过去，大家保持着“没有女朋友，没时间谈恋爱”的一致口径，这也是最好的官方口径，什么时候规矩都不能破。

李子凡和承灿对了对拳头，表示哥懂了，哥谢你。

节目最后要求男嘉宾每一个人都要挑选一首歌曲唱给未来的女朋友。

李子凡想了很久，唱了那首男女版本都有的《坠入爱河》，他唱得特别动情，音都颤了。

李子凡的隐忍，李子凡的不快乐，这些只有张亦嘉知道，也只有张亦嘉能化解他心中的阴霾。所以他才选择了那首歌，唱给最懂他的张亦嘉。

ℋ 醋，很酸

59

吃醋才是好情侣

李子凡的魅力太大了。

网络上很多粉丝通过文字或视频等手段向李子凡表达着爱意。有的粉丝甚至以李子凡的正牌女友或老婆自居，并制做出了一些露骨的大尺度视频。

这些都深深地刺痛了张亦嘉。

“你让你的后宫收敛一点！”张亦嘉有些愤怒地说。

“我什么就后宫了？”重新复出的李子凡疲惫地瘫在床上，闭着眼睛，如果张亦嘉不和他说话，他怕是要睡过去了。

“我不管！我不要她们来爱你！”

李子凡被吼得摸不着头脑：“你怎么连粉丝的醋都吃？”

“是她们太过分了！”

“那你自己不要看就好啦，谁让我这么优秀？再说，我的粉丝，我怎么可能舍得说她们。”

60

李子凡的表白演变成了混战

“来和我的女朋友打个招呼吧！十二小时后我会放上照片哦！”

李子凡半夜发布了这样的微博炸弹，他一个小小的举动，造成了大大的轰动。女粉丝们坐不住了，花美男只能属于粉丝团体，他不能和任何人谈恋爱，女明星、女模特、女富翁都不行，如果李子凡真的承认了恋情，女粉丝们伤心欲绝的眼泪会淹没全球。什么疫情，什么战争，什么地震的新闻此刻都不重要了，女粉丝们集体都在为“女朋友”这几个字眼失眠，她们不怕有皱纹，更不怕黑眼圈，她们就怕见到了照片，心力交瘁，愁白头发。

首尔时间中午十二点，北京时间中午十一点整，著名的小熊玩偶出现在李子凡的微博和 INS 上，然后出现了李子凡亲吻皇后熊的照片，那本是一对皇帝熊和皇后熊的套装，是李子凡和张亦嘉逛街时一起买的。

警报解除。

有的女粉丝说：“李子凡，你真调皮。”

有的女粉丝说：“我好想变成那只熊。”

有的女粉丝说：“我还以为他真的有了女朋友！好在拯救世界的是一只熊！”

从此男神李子凡又多了个新称号——“皇上”。明明皇后是有专属人选的，可现在看上去皇后人选可以组成一片海洋，人人都在晒自己是皇后的照片，人人都在说自己就是皇后娘娘，众妃争宠的场面空前盛大。

后宫集团根本不知道，这一天是十月十八日，是正牌皇后的生日。

“老婆，生日快乐，你看到了吗？”

“都要吓死我了，我还以为你的号被盗了，我还怕会是咱们俩的照片在上面呢，要不就是你背着我又找了一个。”

“大人，我冤枉啊，那熊不是你要买的？”

“那我让你在上面胡说八道了？我就是那只熊吗？”

“我没胡说八道啊，买的时候你说你是皇后，我是皇上，你怎么可能没看出来呢？啊，我知道了，我要是去买一只猪往上一放，你就知道说自己了吧！”

“嘿！大排骨，宰了，拿去炖！”

“那一定是一锅酱汁的，多放孜然和芝麻！”

“你讨厌死了，那你自己先拆了自己吧！”

“你舍得吗？小肉肉？我的皇后，拆了就没有了，老公还是留着原装的好，免我一炖吧。不过今天真的有粉丝向我求婚。我们去做签售，有个梳着两条辫子的小女孩，特漂亮，她对我说哥哥你好棒，我喜欢你，以后我要嫁给你！”

“你怎么连小女孩都不放过？你是哄骗幼童的猥琐大叔吗？”

“不要说得那么难听，小心没人要。”

“我才不怕，有的是粉丝向我示爱。”

“什么？”刚刚还在炫耀自己的李子凡听到张亦嘉同样收到了表白，立马急眼，提高了分贝喊了起来。

“你先有的！你都要去结婚了。”

“人家还不够岁数呢，再说了，我都敢发我有女朋友，你也发，发你有男朋友，让那些示爱的男粉丝离你远一点！”

“凭什么？凭什么？”

“凭你是我老婆！”

两个相互吃醋的幼稚鬼，又在那里没有实质内容地吵来吵去。

他让她关掉私信，她就让他关掉评论。

他让她关掉评论，她就让他关掉私信。

他们都是公众明星，自然都会收到很多来自各方面的信息，有写字的，有发歌的，最多的还是发照片示爱的。两个人之所以都会那么在意，是两个人都能想象到彼此应对不计其数的热情时那种尴尬。

61

北京机场的扒衣秀

“明天我去北京，来接朕。”

“我才不去呢，我这么大腕儿去接你，多掉价。”

“好啊，我那么多粉丝，也不差你一个。”

“那就让你粉丝去接啊，你那么稀罕她们，看看哪个有本事把你接她们家去。”

“张亦嘉，你不和我拌嘴你会死啊！”

“谁敢跟皇上拌嘴啊，对了，明天来的时候别穿太帅。”

“为什么？我为什么不能为我的女粉丝穿太帅？”

“那你看着办，爱干吗干吗！”

第二天的北京机场，一早乌泱乌泱全是人，那么多粉丝举着沉甸甸的高级照相机，疯狂地跑来跑去。其实在公众场合下聚集这么多人是很危险的，机场不得不出动很多工作人员维护秩序。

THE ONE 出现了，妹子们疯狂地叫着：“皇上！皇上！欢迎回国！”

那嘶吼声，仿佛震裂了耳膜，震碎了心脏。

受人瞩目的皇上今日机场秀的造型十分怪异，一身家居休闲款，上身是跨栏背心配一件肥大套衫，下身是肥大的松紧带裤子，脚上穿一双人字拖。

这种造型也叫明星？也叫皇上？

由于 THE ONE 的粉丝和小哥哥的粉丝在机场外发生了斗殴事件，瞬间令机场出入秩序混乱到瘫痪。他们明明不是一天的行程偏偏左赶右赶碰到了一起。这种事无论哪家粉丝获胜，都是失败的。

北京的机场十分不欢迎这样的场面，来来去去的明星那么多，谁知道谁又会挡了谁的路?

62
“正宫娘娘”跨年夜惨遭“后宫”撕扯

看一看落叶，刮一刮寒风，时间就进入了十二月，随便冷一下这一年就要过去了。

两个人期待着跨年的晚会，期待着心照不宣地在台上台下眉来眼去，期待着零点的时刻彼此送祝福，期待着晚会结束后的你你我我。

想想真的幸福。

舞台上真正牵着张亦嘉手的人，不是李子凡，是小哥哥，他们深情款款，十指相扣唱着动人的情歌，祝福所有人在新年里甜蜜、快乐。

看着国民最佳小情侣在台上拉着手唱着歌，听到全场的祝福，李子凡酸透了，他真的恨不得冲上舞台，一把夺过张亦嘉，之后和小哥哥干一仗，也算出出气。

国民情侣一下台，反倒是小哥哥直接给了李子凡最兄弟式的拥抱，还拍拍他的肩，给他打气为他加油。但转个身他就和张亦嘉进了同一个化妆间，两个人作为国民情侣接受着各家媒体的专访，李子凡却挤不进去。

他一下严肃到面瘫，头发都像在燃烧，可是他马上要出场了，任凭台下的叫喊，他都紧皱眉头，没有舒展。粉丝喊着：“李子凡你好酷!”她们哪里知道李子凡在吃酸醋。

倒计时。

所有演员一同到场欢度最后好时光，本来张亦嘉和小哥哥站得离 THE ONE 很远，小哥哥却一把抓着张亦嘉的手，就那么牵着她绕过了人群，绕过了主持人，把她领到了李子凡的身边。

李子凡就从舞台的那一头看着他牵着她的手，看着他拉她穿过人群，看着他把她送到自己跟前，看着他松开她的手，转身抱向自己。李子凡看着小哥哥可以这样拉着自己的女人交给自己，他有些说不上的愧疚感，责怪自己不能在万众瞩目下拉起自己女朋友的手，只能和她一起并肩在台上，看着倒计时，进入新纪年，之后说着“新年快乐”。

看着眼前那么美，对自己笑得那么甜的张亦嘉，李子凡还是控制不住地抱了她，他不想在这个时候只是对她握握手而已，所以，一把抱过去，就死死地。

“老婆，我爱你。”

怀里的张亦嘉贴着他仰着头傻笑着，对着李子凡说：“老公，新年快乐。”

李子凡美得差点就亲了上去，还好杨骁、承灿都跑过来一起抱着他们，阻止了万人瞩目的跨年之吻。

表演结束后，停车场一片混乱，涌动的人流根本无法辨别他们要往哪里跑，前边永远都是人。

“哎呀，你看这点粉丝叫唤劲儿的，千万别和 THE ONE 撞上了。”助理叹气地说着。

几个很高壮的黑衣保镖从演播厅的方向缓缓列队而来，黑衣壮男都是用胳膊阻挡一切。现场这时更拥挤，乱到毫无规则，张亦嘉长长的耳坠不知道甩在了哪里被挂住，扭动的人群扯得她耳朵很疼。

尖叫声越来越大，扭动越来越强烈。

“啊!”一声惨叫，无人理会的惨叫，张亦嘉长长的耳坠被硬扯了下来不知去向，耳洞被扯破，血瞬间涌了出来，她拼命从人潮中抽出手来按压在那耳垂上，可是鲜血滋滋地冒。

张亦嘉的助理都急了，在那里一边大声骂街，一边找纸巾为她按着冒血的耳垂。

这个场面被刚刚出来的李子凡捕获到，他对她的声音有着最敏感的反应，看着被人海淹没的张亦嘉，他的心好疼，可他很快被黑衣人带上了保姆车。

人群瞬间散去。没有一个人问张亦嘉："你要不要紧?"人们只是在那里哭喊着："皇上，我爱你，我爱你，李子凡!"

回到酒店，别的事儿都可以先放，人前人后的"皇上"只想见见受伤的"皇后"。他一把抱住她，把已经止血的耳垂含在自己的嘴里，说着"对不起"，一会又说"新年快乐"，一会又说"对不起"，渴求"正宫娘娘"的宽宏大量。

张亦嘉觉得窝火，看着蜷缩在自己身边的大长腿，那长长的腿毛成了她泄愤的箭靶，下手稳准狠地一根一根拔下来，疼得李子凡嗷嗷直叫。

"那些贱婢！哼！我恨你!"

一根，两根，三四根。

"哎呀哎呀，老婆！哎呀！老婆!"李子凡一定是躲着不让张亦嘉下狠手，可是他只要一躲开，张亦嘉就咯吱他。李子凡的笑穴就是两侧的大肋骨，可能是太瘦了，没有过多的脂肪阻隔神经元，一旦打开了笑穴，就能瞬间通遍全身，随便动他哪里他都能笑个不停，猫腰圈作一团。这时你戳一下他的屁股，他又会挺立腰板，伸开双腿哎呀哎呀的，这时你再动他的胳肢窝一下，他又会圈起来，就这样根本停不下来地来回反复，哎呀哎呀地笑着，怕是要笑到背过气去。

这样的大战颇有看点，皇后尽情地释放着今夜的委屈和愤怒。皇上只顾得时而痛苦，时而欢愉地哈哈哈，几乎要被折磨到半死，

“老婆，不要，老婆，啊，饶命，饶，哈哈……”

李子凡看上去异常兴奋，真的笑到筋疲力尽快断气还不忘将张亦嘉搂在自己的胸口，即便蜷缩也要整整包围着她，上气不接下气地用力呼吸着。

63

邪恶的粉丝

张亦嘉新拍的广告看上去像是一部唯美的电影，映透着史诗般的华美。她扮演一位来自神话故事里的少女，从一头奶牛身上挤出一大瓶神奇的牛奶。

那牛奶的售价很高，超出了普通百姓的承受能力。远在韩国的李子凡就算有钱也买不到，只能干巴巴看广告。

“我也想喝！喝你的……”

“喝我什么？”

“喝你拍的……广告的……的奶！”

“自己去喝自己的去，是不是胖了？你现在看上去就像一只大奶牛！”

“喂，张亦嘉，你怎么现在说话这么不注意？有用奶牛形容男人的吗！”

“我才没有呢，是网上都那么说你的，你看微博上那些名字，‘李子凡的大胸堵住了我的嘴’‘李子凡穿我的C罩杯’，还有什么……”

“不要再说了，你是不是一个女孩子了？怎么可以这样？以后不许你刷我名字的微博！”

“那又怎么了？你知道吗？我今天看到有人把你印在口罩上了！”

“什么?!”

“哦，我还看到杨骁的半裸照了!”

“什么?! 你去哪儿了?”

“商品城啊，杨骁的半裸照印在一个特别大的窗帘上，而且现在是冬天，我看着他都冷!”

“肯定是假的！太坏了！怎么能把杨骁放在窗帘上，把我放在口罩上!”

“啊，你等一下，等我传你，我还照了呢。”

照片中李子凡噘着嘴的造型被印在了口罩上，看上去他在和戴口罩的人亲吻。

这个商品城中，THE ONE 每一个成员的衍生品都应有尽有，任何一家时尚小店都打着“私人定制”的招牌在进行着贩卖。只要进入小店，每一位顾客的包包上、口罩上都能留下 THE ONE 成员的身影。

64

H 女明星事件

李子凡被粉丝捧为天神，却只是普通人的娱乐对象。

网络上有人整出了一个“李子凡和他的女朋友们”的专题，里面有一些合成的照片。各大门户网站的娱乐频道也都来凑热闹，倾力盘点着与李子凡有各种关系的“女朋友”。

因为网站都懂得，只要跟“李子凡”扯上点关系，就能获得巨大点击量。

被扯上关系的大多是名不见经传的小嫩模们，或者是有过练习生背景的不知名也未出道的某某某们。

“嘉嘉，你最近最好不要用我的名字刷网络。”

“你又怎么啦？后宫又出新品了？”

“对，所以你保护好心脏，到时候别生气，气坏了没人给我生小孩。”

“谢过皇上，请您也多注意身体，别操劳过度。”

“谢过正宫娘娘，我会好好保重的。”

他们对此等下作的炒作不予理会，但是粉丝们按捺不住内心的怒火。她们很气愤地对那些不负责任的门户网站进行声讨，甚至买了很多报纸版面要求无良网站做检讨，公开道歉。

一些网站很快进行了道歉，但看上去一点都不真诚，因为它们从未真诚。

网站当然明白粉丝的爱是真的，各路的“前女友”是假的，它们只是利用了李子凡的号召力，利用了粉丝的真心，为那些“前女友”做了宣传。这就是奸商的逻辑，即便被唾骂，他们也认为是成功的营销策略。

时间过去没多久，网上又爆出了 H 女星“丢手机”事件，李子凡又被卷入其中。

从 H 女星丢失的手机中流出的各种不雅照、暧昧互动的短信都一一被曝光在网络上，内地男演员、男导演、男制片、男主持等都在榜上，呈现着他们和 H 女星不一般的关系。

李子凡也在其中之一，他们的自拍合影算不上不雅，但也算是亲密无间。从照片上显示的拍照时间看，那一天张亦嘉在剧组，那一天李子凡穿着张亦嘉买的衣服。

H 女星和李子凡的那张照片让张亦嘉恶心得想吐。她猛然想起，很久之前和李子凡一起演出时，她从李子凡的西装口袋里掏出了一张小纸条，上面写着 H 女星的名字和电话。她问李子凡他们是怎么回事，李子凡回答说只见过一面，留了一个联系方式而已。

当时的张亦嘉并不想把自己表现得那么小气和刻薄，这件事就那么过去了。

现在张亦嘉看到 H 女星一头扎在自己男人的胸前，她再也无法忍耐了。

“李子凡你不要做对不起我的事情。”

“老婆你要相信我。”

“你让我怎么信你？她头扎在你怀里了！”

“可我从来没有做过对不起你的事情。你不相信我吗？”

“好吧，李子凡，你不要背着我做什么对不起我的事情！”

“怎么可能？”

“李子凡，你个骗子！你到底都背着我干了什么？”

“你说什么呢？那些都是黑我的，你都信哦。”

“你和她出去吃饭的照片是假的？你骗鬼呢？”

“今天天气不错……”

“少来，你要是再跟我说天气不错，那就是跟那女人有什么！你怎么能背着我和别的女人来往？”

“对，吃个饭啊，我们吃了，怎么了？”

“你不是说你们不熟吗？不是只聊过一次天吗？！”

“你看你，你看你这个小心眼，所以我才不告诉你，再说，我们只是在谈工作。”

“那你当时为什么不告诉我？你心里不亏为什么不告诉我？”

“我发誓没做过什么对不起你的事儿！别这么白痴行不行，你怎么突然这么傻了，神经病似的。”

“你们的照片是真的！你和那个女的到底还做过什么？你说啊！我第一次问你的时候，你为什么不告诉我？”

“你不信我？”

“你不去做，怎么会被抓！你还骗我！你怎么能这么对我？”

“神经病啊你！我和谁出去吃饭都要告诉你吗？”

“李子凡你是混蛋吗？”

“神经病！挂了！”

吵架，是因为太在意了。

伤心，是因为真的太爱了。

两个人比着吵，一次比一次凶。

凶到谁都不理谁，凶到所有人以为他们要分手。

J 黑

65

你若偷腥，回家时记得把嘴擦干净

李子凡在那些“著名前任”和“著名女星”的脏水下成了“著名先生”，负面消息一浪高过一浪，没完没了。

《李子凡深夜秘聊未成年少女》，这样的标题使他又上了热搜头条，彻底令他变成臭名昭著的猥琐流氓。

张亦嘉真的不敢再相信什么，上一秒他们还在为姐姐的事情大吵特吵，下一秒李子凡又惹上未成年妹子。因为公开的号码，就是李子凡本人的，那个未成年少女没有说谎，她带着炫耀的姿态贴出来他们的聊天记录。

她是不是傻？自己把自己曝光出来这不是自寻死路吗？听说那孩子直接被一群嫉恨她的同学痛打到不敢去上学。

张亦嘉却只想痛打不停招惹姐姐妹妹的李子凡，这令他们的恋情摇摇欲坠。

“李子凡，我真的不敢相信，你是这样的人。现在你就这样，以后是不是当着我的面儿，你都敢领女人回家？”

“别说得那么难听，你又不知道内情，我觉得她可怜，我没你想得那么龌龊。”

“她怎么可怜了？你给人家当知心大哥哥哄着还可怜？是不是还视频了？对面穿衣服了吗？”

“张亦嘉我告诉你，她哥是我同学，她说是我的粉丝，她得了白血病，家里大人在闹离婚，我觉得她真的很可怜安慰了两句，我拜托你善良一点不好吗，张亦嘉！”

“白血病？呵呵，这你也信？说什么你都信？你傻吗？还是我傻？李子凡，我只想问你，你一次一次地骗我好玩儿吗？”

“张亦嘉，我不想和你吵架。”

“李子凡，你必须和我说清楚。”

“我真的没什么和你说的了。”

“不行！”

她死咬住不放，说这是原则问题，必须说清楚。

他只是不想再继续吵架，他只想快速结束吵架。

对于天秤座的张亦嘉来说，并不是真的想吵架，只是问个明白，一切从头到尾，时间、地点、人物、起因、经过、高潮、结果，包括对未来造成的影响和看法，任何细节都不能放过地说透了，这才算结束。

对于天蝎座的李子凡来说，不是不擅长吵架，他更擅长结束这样的吵架。他烦闷的是为什么最近一切厄运的矛头都指向自己，而是本应该好好安慰自己的张亦嘉却如此不理解自己，没有一点包容心。

为什么说天秤的她心是最软的？她想把爱留在最后。

为什么说天蝎的他心是最狠的？他没有等她到最后。

这不是写作文，也不是影视剧，还要有第二部分高潮的爆发，才能有第三部分的结尾。他们嘎然而止在分贝最大的争吵里。

李子凡跳过了张亦嘉所有矫情的台词，直接说了出来：“你别说了，我们分手吧。”

“你说什么？”

“不说了，分手吧！”

李子凡停顿了一秒钟，他自己也有些被“分手”吓到，急匆匆地挂掉电话。

女主角还没有演完，男主角突然谢幕了。

此时，张亦嘉被“分手”这两个字吓呆了，她完全没有想到

“分手”可以这么轻易脱口而出，就可以直接结束了所有的争吵。难道忘记了爱的初衷是在一起吗？就这样不爱了吗？对，就这样他留给了她一个冰冷的决绝——分手。

彼刻，李子凡的头脑发胀，为了自己一气之下说出的“分手”而懊恼，整天都想找人发火，总是踢门踹墙摔东西，成员之间也没有人敢招惹他，只有杨骁提醒他赶紧把聊天记录都删掉：“哥，赶紧删，你的号在外面，容易被盗号，发现了张亦嘉，你们俩就真的完蛋了。”

听杨骁这么一说，李子凡觉得很有道理，那么多年积攒下来的情话，很不情愿地全部删除，就像没爱过一样，一键清空了一切。

果真应了杨骁的猜测，李子凡被公开的号码很快被黑客盗取。黑客只是盗取并且修改了密码，并未做出任何不良的举动，但他们还是报了警。

“还好删掉了，如果被发现了，会不会给嘉嘉带来很多伤害？”李子凡心里暗暗地说着，因为自己现在的名声，真的很差。

66

用不着这么黑李子凡

对李子凡的声讨铺天盖地地呼啸而来，媒体批判他是一个充满了负能量的黑色人物，是一个只会勾引粉丝的无德戏子，还热衷于和女星搞地下情，所有人都不明白为什么这样一等的男明星会被媒体抨击到如此下场，就像张亦嘉也不明白为什么这个黑色的话题之王突然和她闹分手一样。

这天，张亦嘉去朋友家吃饭，看到朋友的小公主的房间里挂着杨骁的简笔画画像，就问："你喜欢杨骁是吗？"

她说："不，我只爱我的队长。"小姑娘带着羞涩，带着真诚，甜甜地说着。

"李子凡？"

"嗯，李子凡。"

张亦嘉听到娇嫩的小萝莉认真地说她爱李子凡的时候，心好痛，她第一次觉得自己老，像是一下子坠入土里，被黄土埋半截地看着眼前年轻的萝莉小情敌。

"可你画得是杨骁，不是李子凡啊？"

小情敌说："那是因为我爱他，我怕把我的凡凡画坏而已，我不想再因为我的失误而让我画上的李子凡难过，我的宝贝最近已经很痛苦了！"

"你的宝贝？他又怎么了？"

"他就要进监狱了！"

"什么？"

"阿姨，你不知……"

"不要叫我阿姨。"

"可你就是我的阿姨啊，我的姐姐们还都在上学呢。"

"好吧好吧，先说李子凡。"

"他去诈骗了，骗了很多很多的钱，现在国际刑警都要通缉他！"

张亦嘉看着这个单纯的孩子，怎么看都觉得她傻。

"你不信吗？给你看我们的网站！我还捐了六千块钱呢，当时说如果捐到一万块钱就能见到李子凡，他还可以给我签名，写上我自己的名字！"

"什么乱七八糟的。"张亦嘉不知道要对这样一个天真的孩子说什么，她摸了摸那个女孩子的头发，她理解不了一个孩子的思维和语言，只是觉得李子凡和他的粉丝们一同掉入了一个黑色的怪圈里。

一些不法的犯罪分子混入李子凡各个粉丝会，打着李子凡的旗号，利用了粉丝们的善良，以征集慈善捐款、建立基金会为名进行非法集资以及诈骗。

就这样李子凡又被那群拿了钱就跑的犯罪分子们的犯罪事实推上了热门话题的头条。话题之王，非他莫属。再也不担心只有年轻人才会关注李子凡，著名的“李子凡先生”在全国十几亿的观众、听众朋友面前，被牢牢记住了。

每一次他惹上的麻烦，都是这么令人咋舌。

警方很快破了案，抓住了那群打着李子凡旗号诈骗粉丝钱财的犯罪嫌疑人。

“真卑鄙！都应该让老李枪毙了他们！还有那些添油加醋的媒体们！都应该拉去枪毙！”张亦嘉看着新闻愤愤地说着。

这个看似圆满的大事件，却没有被媒体过分关注，那些被依法处置的犯罪分子没有被枪毙，也看不出受到了多么严厉的惩罚，还有那些毫无依据就开始跟着以讹传讹的媒体，也没有被问责，也没有受到严惩。难道他们不实的夸大报道就不是摧残？就不是犯罪了？

焦点仍然不在坏人身上，反倒是李子凡被定格为一个只会惹起是非的公众偶像，并以“诈骗案”作为一个反面教材，在各大电视台反复轮播，所有的节目都在呼吁粉丝理智一些，要引导青少年健康追星。

只是李子凡被无辜地牵扯进了这场风波中，他还要面对来自四面八方更大更猛的声讨。

诈骗案和李子凡没有半点关系，他却背了全世界的黑锅。

没有人为无辜的李子凡昭雪，没有人为无辜的李子凡平反。

垃圾声誉，遍地狼藉。

此时，一个女人给被抹成黑色的男人打了一个电话，这是他们冷战式分手后的第一次通话，电话里没有争吵，也没有安慰，她只是向他要了一个授权，她只是为了他昭雪洗冤。生怕那黑色的污垢拖久了洗不掉一样，她带着律师奔命似的跑来飞去，成立“李子凡正能量基金会”，基金会全权委托给专业团队和慈善机构进行运营，秉承账目公开、监督通报的运营原则，尽可能地帮助每一个需要帮助的人。

这么做不是为了博眼球，只是为了洗清李子凡，这是挽回李子凡声誉的唯一机会，只是为了让公众还他一个清白。基金会号召粉丝们重新振作起来，热心投身于自家偶像“正能量”的事业里。

高考期间，他们在校门口建立“李子凡为你加油”的服务站，为高考的学生以及家长们无偿地提供纸巾、矿泉水以及折叠扇。

他们把闲置的衣物以李子凡的名义捐寄给偏远山区，也以李子凡的名义捐款捐物到灾区一线。

他们还买了很多的文具、书籍、电脑送给需要的学校。

他们有计划、有规模地做了很多很多……

经历了连绵的阴郁之后，李子凡终于以“传递关爱”大使的正面形象，回归到人们的视野中。所有人把一切赞美和感谢给了李子凡，全世界也只有他一人知道，最应该感谢，最应该赞美的是一个女人，一个做出超出这个年纪举动的神奇的女人。这个女人叫张亦嘉，她真的把太阳拽了回来，照在自己爱人的身上。

67

李子凡的训练日记

我常常忘记我是一个男人，一个应该给予自己女人爱的男人。我什么都没做到，她却为了我做了一切，脆弱的时候，她还可以像一个妈妈一样来拯救我，她真的好伟大。

我发誓用我一辈子，只爱这一个女人，我愿意为她付出一切。

这个时候杨骁洗完了澡，围着一个浴巾在腰间，撇着八字脚晃悠悠进了屋。

“哥，我洗完澡了，你赶紧去洗吧。写什么呢?”

“没什么，写歌词呢。”

“是吗？让我看看。”

“不行!”

杨骁一下子跳到了床上，趴在李子凡的大腿上，左一声右一声地叫着李子凡。他知道那本日记是李子凡最私人的宝藏，是触碰不得的底线，自己也只是撒娇地和哥哥闹一下。

“咦？哥，你怎么还没换衣服就躺在床上了?”

“你不是要洗澡去吗？让给你去洗，我就忘了。”

“真是的，哥，你的衣服都把我弄脏了，你要再陪我去洗个澡。”

“什么就弄脏了，谁让你贴过来就往我身上扑的，起来，我该去洗澡了。”

“哥，我陪你再洗一个澡吧。”

“去去去，我这还郁闷呢，别添乱。”

“哥，我知道你为什么郁闷。”杨骁一边展平李子凡刚刚起身后褶皱的床单，一边问，“你想张亦嘉了吧?”

李子凡没有说话，他确实在想她，从接连不断的黑恶绯闻，到现在公众对他正面形象的重新认识，功在于张亦嘉，是自己脑神经坏死，明明是自己对不起人家，还跟这么好的女孩说分手。

他深深地叹了一口气，快速地撕扯下身上的衣服。

此刻杨骁就跟在他的身后：“哥，现在什么都不要想了，我觉得她比你爱她还爱你，要是 H 姐能帮你回国就好了，你就去和张亦嘉和好吧，我总觉得你们是分不开的。”

李子凡还在撕扯衣服的手停住了，他怎么没想过这些？他和 H 女星的秘密约谈就是因为这个，本想把这个消息作为礼物送给张亦嘉，却不料惹出来那么多的是非，闹成现在这样的局面。

“哥，我一直都以为爱情特别美好，特别简单，就是天天腻在一起，可看着你们这样我都不敢恋爱，一年都在不了一起几次，最简单的陪伴都给不了，难怪人家没有安全感，对吧，哥？”

李子凡在沉默，任凭花洒流下的水打在自己的脸上，混杂着眼泪一起哗哗往下淌，他也不敢换动作，怕杨骁知道自己在哭。

“哥，你转过去，我给你搓后背吧。”

“好。”

J 令人羡慕的情侣

68

闪电般的见面

很难想象李子凡为了跟张亦嘉和好赖兮兮撒娇的样子。那柔柔的声音和他塑造出的男神形象完全不搭，“哎呀宝贝啊，请你原谅我吧，嗯嗯嗯，原谅我好不好？”

“分手是你说的。”

“哎呀，我知道错了，你想要什么？我给你买。”

“我什么都不要，分手是你说的。”

“老婆大人，你知道我当时一定脑子坏掉了，你不要介意好不好。”

“不好，不要叫我老婆大人，分手是你说的。”

“哦，我最近可能要去服装周，我给你带几件衣服回来吧！”

“不要，我才不要和我说分手人的东西。”

“啊！我想起来了！要不，我带你去见周董？”

“周董？周杰伦吗？哇！你能见到他？你们要有合作吗？”

“对啊，我们是有一场演出，你想不想见他啊？”

他们的感情从未真正有过问题，从未存在背叛，只是被外面世界的纷扰打破了原有的平静。现在李子凡想尽办法恢复关系，甚至搬出了他们共同的偶像周杰伦先生，张亦嘉哪里还绷得住？就算再假装拒绝李子凡，可怎么能拒绝偶像周杰伦先生呢？

两个周杰伦的粉丝，见面后眼里只剩下了对方，哪里还想得起周杰伦。男粉丝没有带上周董的女粉丝去后台见周董；女粉丝见到男粉丝的一瞬间，也把周董忘记了，甚至把李子凡说过的分手也忘记了。

一个温暖的拥抱，已经让他们以前所有的不快都烟消云散了。李子凡像是抱着心爱的女儿一样，把张亦嘉高高地举了起来。

“我告诉你个秘密啊！我要来中国拍戏了！”

“啊！真的啊！你没骗我吧！真的要来了吗？!”

“当然了！”

“快把我放下，”张亦嘉说完从包里掏出来一个饭盒，那里面装满了炖好的排骨，“给你这个！”

李子凡伸出手接饭盒时愣住了。

“拿着啊！你不是最爱吃排骨了吗？我一会儿不能和你去看周董了，我要赶飞机去了。”

李子凡哽咽了一下，双臂紧紧抱着张亦嘉再也不想放手。他不知道对这个这么用心爱他的女孩说什么，只是紧紧地抱着……

那天晚上，兄弟几个分享着香飘四溢的排骨，羡慕李子凡的好福气。只有李子凡吃得不是滋味，看着排骨感动得流下眼泪：“张亦嘉，我怎么做才能爱你更多？”

那天晚上，张亦嘉乘飞机飞往南方，开始了又一部电视剧的紧张拍摄。

69

满天的星斗，只想和你牵着手

张亦嘉的剧组在南方的一个村寨进行取景拍摄。那里民风淳朴、风景如画，让来自都市初到那里的他们仿佛进入了另一个世界。可是当新鲜劲儿过去之后，一些生活上的不适应开始显现出来。

南方山区潮湿的气候，加上一些蚊虫的叮咬，让不少工作人员身上起了很多小疙瘩，而且奇痒无比。整个剧组不得不通宵达旦地赶戏，争取早日离开。

“今天大家辛苦了，都加把劲儿，最晚到后天，我们就回城了，真快受不了这里了。好了，都睡觉吧。”导演说完坐到了篝火堆旁，打开了一瓶酒叫着几个副导演开始讨论第二天的拍摄计划。人群四散，有的在收机子、收线，有的围在篝火旁参与讨论，有的结伴回了简陋的房间。

只有张亦嘉对满天闪烁的星斗着了迷，她从来都没有见过这么密、这么亮的星星。那一瞬间她仿佛置身在童话世界里。她想寻找最美的一片星空，便独自一人离开了人群。

每走一步她都觉得自己和星空更近了一些，好似伸出手就能摘到星星。天上的繁星眨着眼睛，仿佛幻化出不同的姿态在跟她打招呼。她完全被这自然的美景所震撼，所征服，感觉自己已经融化在了这一片星空里。

她拨打李子凡的电话，期待和他一起分享这感动生命的美，但大山里一直都没有信号。

“牵着你的手，看满天星斗。”张亦嘉面对满天繁星在心里默默地许了个愿。当然，这是对李子凡的。

70

城市爱情，城市见

紧张的拍摄终于结束了。不适应山寨生活的人们，终于可以回到熟悉的城市了。在高速上飞奔的大客车里，剧组里的人有的玩着手机，有的在昏昏大睡。张亦嘉疲惫地靠在座椅上，连日紧张的拍摄让她很是吃不消，最后这几天一直在发着低烧。突然，她的电话响了，是李子凡打来的。

“喂？凡凡！”张亦嘉抱着电话就哭了起来，车上的人都很惊愕，纷纷扭头看她。

“啊，怎么了宝贝？不哭不哭啊。”

“凡凡，呜呜呜，你，来中国了？”

“嗯，别哭了宝贝，我用中国的手机号给你打电话一定是在中国啊！你怎么啦？我这几天都在上海，你在哪里？”

“我也不知道这是哪里，就知道在江西的山里。”

“江西哪里？”

“我也不知道，呜呜呜。”

“你出什么事情了？为什么总是哭啊？别哭了，我先告诉你一个好消息吧！我真的来中国拍戏了！”

“啊啊啊！什么戏？”

张亦嘉兴奋的号叫声，真的一点都不像一个还在发烧的人。

同样发疯的还有李子凡，他第一次背着团队做出了自己的决定。演出结束后他包了出租车，立刻出发前往江西，无论张亦嘉现在在哪里，他都要在第一时间赶到和她见面。他一分钟都等不了了，他也不想再等，就是因为张亦嘉哭了，就是因为他想见到她。

他带着呼啸的爱扑面而来，抱着她兴奋地转了几圈。

他觉得只要和嘉嘉在一起，什么都值得。

她觉得只要和凡凡在一起，什么都不怕。

两个人喃喃地聊天，聊到迷迷糊糊地在深夜睡去。李子凡看着根本不想离开的女人，不得不告别在梦中的她，因为他必须赶在第二天被发现之前，狂奔回上海。

哪怕他在路上来回十二个小时，哪怕他们在一起的时间仅仅只有两个小时。

“我最亲爱的宝贝，看你睡觉的样子，真的好美。今天上海阴天，可你就是我的太阳，我爱你。”发完信息李子凡突然精神起来，这一夜他一直都在高速公路上颠簸，可他一点都不疲惫。他回到酒店快速地洗了澡，让自己保持最清醒的状态迎接第二天的演出。

临出门时，他又补发了一条短信：“再说一遍，嘉嘉，我爱你。”

71
李子凡来中国拍戏了!

“同志，相信明天的太阳会升起，明天是属于我们的!”这是李子凡在中国拍戏所说的第一句台词。就这么一句话，站拍一遍，坐拍一遍，拉近镜头又拍了一遍，每一次台词都被他演绎得过分激昂，很是不自然。

导演只说：“下次注意。”李子凡第一天的工作就告一段落了。

但是新人李子凡不敢擅自离开，躲在导演身后看着前辈们的表演，在片场当起了学员，观察学习剧组里的一切。

说来也巧，负责李子凡在中国活动的经纪人，竟然是当初挖走张亦嘉的经纪人。他在中国安了家，有了小孩，人也渐渐发起了福，看上去很亲切的样子。他对李子凡的限制很少，偶尔会抱怨中方人员没礼貌，所以他不想过多和李子凡的新剧组打交道。只要李子凡当天的戏份结束，不管李子凡有多想实地学习，他都会带着他一起离场。

“张亦嘉！我自由啦!”李子凡有些兴奋。

“这么早?”

“对啊！出来吧！哥哥给你买好吃的!”

“你不怕被抓吗？你们管理那么严格。”

“怎么会？爱都爱了，还怕什么？我李子凡怕过什么！”

他们和所有的情侣一样牵手压马路，一样心无旁骛地拥抱接吻，那些加在他们身上的那些限制，都被他们抛在了脑后。

两个人的脚步停留在了一家小店前，门口招牌上写着“文身”两个字。

“宝贝，我又想了。”李子凡有些祈求地看着张亦嘉。

“我知道你有瘾，可我怕疼。”

“别怕，不疼的。”

文身，的确是会上瘾的。当年如果不是因为怕妈妈伤心，少年李子凡会选择文满后背、双臂以及大腿，他无数次幻想自己在篮球场上厮杀时，展示自己的“酷”。此刻他那颗燃烧的心又要沸腾，他想印刻他们的爱情，所以迫不及待地拉着小媳妇踏了进去。

店里的老板是一对相爱的小夫妻，他们热情地招待了一对相爱的小情侣。张亦嘉问他们有什么象征着终生相守相依、勇敢和可以战胜一切的图腾。

文身夫妻推荐了很多，都不入李子凡的眼：“那些都不适合我们，特别是我老婆，我怕她太疼，我会心疼，我舍不得。”说着，他看到了店里供奉的神佛，像着了迷一般被吸引过去，睁大眼睛看了很久：“这是谁？”

“他是印度教的天神，啊，来，我给你们讲讲他和他的雪山爱人的故事。”

有关天神湿婆的故事有很多，但他与他的爱人忠贞不渝的爱情故事，让小情侣听得入了迷，当下决定在彼此身体上人鱼线的区域，刻印上湿婆的头像。

文过之后，他们给湿婆神像上了香，祭拜湿婆夫妇以及他们的爱情。

就这样，他们把灵魂刻在了爱里，把爱刻在彼此的身体里，交换了独一无二的印记。

72 ➶ 水深的剧组

中国的影视公司多如牛毛，在这个行业里表面上看大家一团和气，其实里面帮派林立，各种关系盘根错节，稍有不慎就不知道得罪了谁。

比如一个跟多个公司有关系的大剧组，一旦不能处理好里里外外的各种关系，都可能会造成拍摄困难，即便所有镜头都拍完了，也可能说删减就删减，就算播出了，也可能说封杀就封杀。

张亦嘉一再嘱咐新人李子凡小心再小心，谦逊再谦逊。特别是她听说剧组的女一号和女二号是圈里出了名的对头冤家。这两个人单说任何一个在圈中的口碑都不错，但只要凑在一起拍戏，就会不顾形象地从头打到尾。张亦嘉更是叮嘱李子凡不要过多和任何一个人来往，以免站错队，招惹是非。

李子凡刚到组里的第二天，就见识到那两位女主角一段水池边争吵的戏，反反复复停停拍拍了很多遍，明明没有推下水的镜头，女二号就能把女一号一把推下水，之后跟导演说："我觉得刚刚那样演会更好。"李子凡进组的第三天，就见识到女一号借着拍摄情节对女二号大打出手，然后跟导演说是为了表演更加逼真。

每一次女一女二爆发冲突的时候，只有各自的助理上去拉架，工作人员一般都不敢上去劝阻，因为没人知道怎么劝这架，偏向了谁都会得罪另一方。导演的压力很大，不得不减少她们在一起飙戏的机会，但这又涉及改剧本。这才是头疼的事情，故事脉络一旦有变动，所有人的戏份都要调整，又要因为你多我少而争来抢去的。

改剧本对李子凡是致命的。作为一个新人，他掌控角色的能力很低，上一秒揣摩了很久的一个镜头，下一秒就被改没了。李子凡觉得自己要精神分裂了，他没有出戏入戏快速切换的能力，只能一直低着头可怜兮兮地背着新台词。

要学习的技巧那么多，需要察言观色的人那么多，要讲究的忌讳那么多，好在李子凡一直坚持着，好在他一直都踏踏实实地带着自身的勤奋和谦虚，向每一位前辈礼貌地请教。就算有人说他那九十度大鞠躬的谦卑态度假模假式，可大部分人还是愿意分享给他最珍贵的表演技巧和经验。

李子凡很感恩这来之不易的机会，常常给全剧组买咖啡，买水果，买巧克力，从来都不落下任何工作人员。服装妹妹们夸他是个好暖的帅哥，还告诉他，她们都是他的粉，也常常送他零食吃，可这一幕会被灯光组的几个兄弟看到，他们就会变得不高兴。

他偶尔还会被扣上“来中国赚大钱”的帽子，反复被问：“为什么要帮着韩国人赚中国人的钱?”李子凡很想告诉他们，这次他是一分钱都没有的，但是这不能说。其实他这次的身价不亚于一线，公司狮子大开口，H 姐姐从中抽大成，留给李子凡的，连个渣儿也没有。

73 ➶
强吻大戏

很快，北京的拍摄镜头结束了，剧组飞往了重庆。

李子凡在重庆的戏份并不重，都是一笔带过串场的镜头，但他出众的外形，加上认真的表演实在是令人过目不忘。拍摄现场越来越多的人往往会忽略主机位的人物，直接转向人群寻找最美的男配角。

这令导演十分激动，像是得到了一个意外的惊喜，他大赞这个新人没有辜负期待，随后破例给新人安排了一个大活儿——强吻大戏。

“导演，不能改吗？当时我没看到有这条啊。”

“大老远请你来，你再不给演点什么，不白花钱了？”

“导演，我，我不能拍和女人吻戏。”

“哎呦，说得好像和男人行？口味可以啊。”

“我不是，是我有女朋友。”

“怕女朋友吃醋？一个韩国人，她又看不到。”

“她是中国人，她就在中国。”

“嚯，也是演员吗？还是圈儿外的？”

“呃……”

“不是我打听你这些私生活，我是说如果是演员，谁还不知道怎么回事儿啊！兄弟，上吧，她不定拍了多少回了。”

“那，那就拍吧。”

全身僵硬的李子凡咬着牙硬着头皮上了，明明是需要他去强吻别人，哪里有紧闭牙关只是用嘴不停地在女演员的口腔区域上下左右蹭来蹭去的？

一遍又一遍地停，一遍又一遍地拍。

“舌头！给我伸舌头！李子凡你那嘴动都不动！太假了！”

李子凡一边擦着嘴，一边站起来鞠躬道歉。他有点失落，并不是经验不足反复拍摄的受挫感，而是他真不想打开他唇间最后的底线，那是他想完全留给张亦嘉一个人的空间。

女演员几次试探性地用舌尖问候他，柔软碰坚硬，李子凡的牙齿大门始终坚固，演对手戏的两个人都心知肚明这样的尴尬。

她想，但是他真不想。现实是，他再不想也不行了。

李子凡现在脸都是烫的，可总不能因为这样的戏份反复拍几个小时。那女演员说："凡凡，你放松，你可能太紧张了，你有没有谈过女朋友？"

李子凡一直低着头紧张地抿着嘴也不说话，也不抬头，没有半点反应。

"凡凡，走位过来的时候你就闭着眼睛，把我当作是你的女朋友就容易多了。"

李子凡突然抬起头，瞪大眼睛看着她。"这怎么可能？"心里反复的问号拍打着本来就一片空白的脑袋，"全世界只有一个张亦嘉，我怎么可能随便把一个女人当作是她！"还来不及回神，导演就在那边吼叫上了。

没时间假装谁是谁，这一条如果再过不了，李子凡的四肢就要彻底瘫痪，他现在已经全身麻痹，除了他的面颊滚烫地燃烧着他的忠贞，身体任何一处都是冰凉的，甚至是颤抖的。

开始！

李子凡箭步来到那个女人的面前，像是传球一样抓住那个女人的头，几乎都要没有知觉的嘴唇就像印章一样，扣上去了。吻得不是太逼真，是实在吻得太过分。

他看上去很用力，她看上去很开心。

"停！"

导演兴奋地大喊："完美！"

李子凡迅速撤回了脖子，找了一张纸巾把嘴里残留的口水吐了出来，把嘴唇周围擦干净，用水漱了口，介于不能表现得太明显，他只能又悄悄地把水吐到了瓶子里，但身体仍在颤抖。他捂着心口，心砰砰砰都要跳出来了。

晚上他忍不住给张亦嘉打了电话，总觉得亏欠了人家，但不敢说缘由。

“宝贝啊，你来找我玩吧，我很喜欢这里。”

“重庆有什么好玩的啊？你老家是重庆的啊？”

“是因为这里有嘉陵江啊，听上去就很美。”

“为什么？”

“因为里面有嘉字的，张亦嘉的嘉。”

“呵呵呵，开始我还以为是因为重庆的美女。”

“张亦嘉，我就知道你没我这境界，小妇之心，对，你是不是在武汉拍戏？我们都在长江边上。”

“是啊，你一会儿去嘉陵江放一只小船，也许就会漂到我这里。”

“对，给你在船上写一些密码，看你这样的智商够不够破译。”

“哇，你戏里也有密码？我在这里的戏就有这个内容哦，搞得总感觉这里有国民党特务的气味，好像摆脱不了那种历史感。”

“哈哈哈，明明是我在拍民国时期的大剧好不好？重庆不比武汉更有那种味道吗？”

“呵呵呵，那就要把你拉去渣滓洞里折磨一下，小心别被枪毙了。”

“怎么会？我是革命青年啊！怎么能被枪毙呢！再说了，我是大明星李子凡，你不来探探班？”

“臭美死了，什么就大明星，刚刚第一部戏，还是个七八线的配角。”

“这些不重要，我现在就想你什么时候来，我带你好好在这里玩一玩，这个城市感觉就像飞起来一样，像是立体迷宫呢，我等你过来啊！”

74

死生契阔，与子成说

来探班的张亦嘉听到有的工作人员议论那“强吻大戏”时，醋意直升，心里很不舒服。

“怎么回事儿？李子凡！你给我老实交代！”

“哎呀，剧情需要嘛，我就知道，女人天生小心眼儿！”

“你不是革命青年吗？怎么可以有吻戏！”

“我是一个演员啊！再说，当时我就漱口了，你来之前我又刷了两遍牙，还是用漱口水刷的。”

李子凡越是委屈地诉说自己的“没背叛”，张亦嘉就越要拿着个劲儿，耍着小性子起身就要走，李子凡一把抓住了她，轻轻一拽，张亦嘉倒在了李子凡的怀里，看上去他们就像跳起了华尔兹，动作连贯而流畅。

李子凡真的很想好好亲吻他怀里的公主张亦嘉，张亦嘉也很想念她心中的王子李子凡，但是两个人的唇，一直都在那里犹豫着，僵在那里。

“凡凡，你真的把牙都刷干净了？”

“我就知道。”李子凡无奈地笑了起来。

“那你是刷干净了没有啊？”

“就差用硫酸漱口，都要刷出血了，要不你检查一下？”

说完一场深情的吻戏真挚上演，他们可以不同站位、不同角度地试演很多条，这里没有人喊停，这才是最好的桥段。

“嘉嘉，给你看我的台词，我觉得这句特别好。”李子凡翻着自己的剧本指给她看，“你看，执子之手，与子偕老，拉着你的手，一起到老！是不是很浪漫？是不是很棒？”

张亦嘉凝望着眼前这个激动的男生，突然接不上话来，她想到了那片星空，想到了当时许下的心愿，怎么可能不浪漫？怎么可能不棒？当然浪漫！当然棒！

“凡凡。你知道上一句吗？其实我喜欢上一句。”

“上一句？还有上一句？”

“死生契阔，与子成说。你知道这是什么意思吗？”

“不知道，我都不知道这些是谁写的，你快和我说说你为什么喜欢？”

“死生契阔，就是无论生死我们都在一起，与子成说，就是因为我们说好的。虽然这出自《诗经》里的战争诗，但是我觉得也很适用在爱情上，誓死不渝的爱情。”

李子凡听得出神，或许他被中华文明的古诗词所打动，或许是他对张亦嘉有着欣赏和崇拜，或许他眼前已经出现了那样一幅画面，战士张和战士李在战场上生死与共，也许他被砍下一条臂，也许她被炸折一条腿，一个聋，一个哑，两个人却能相互搀扶，冲在前线一起杀敌；或者，他们在残阳的映衬下，两个人相互搀扶回了家；再或者，他们拼尽最后一口力气拥抱在一起，直到死去。

战士李回过神来，深情地看着战士张，伸出自己小手指：“死生契阔，与子成说。”

战士张也深情地看着战士李，伸出了小手指，相互勾缠：“执子之手，与子偕老。”

拉钩钩的约定，永生都不忘。

75

真是令人嫉妒的爱恋

“哎，走了吗？”李子凡剧组的女一号站在走廊里问着剧组里其他的工作人员。

“谁啊？”

“就是来的那个丫头，和李子凡一直在一起？”女一号问这个问题的表情充满了浮夸。

“呃，我不太清楚。”说完，工作人员低头离开。

女一号径直来到李子凡的房间门口，想直接推门而进，但门是锁着的：“凡凡，开门。”

“谁啊？等一下啊。”

李子凡起身开了门，哪里料到女一号从门缝里挤进来直接扎在李子凡的胸前，吓得李子凡连连后退了几步。张亦嘉本想站过来礼貌地打招呼，却看到李子凡一直后退到墙根这一幕。

“哟，屋里有人啊，你是？”

“你好，我是张亦嘉。”

“你？你就是那个拍果汁广告的那个？”

好久远的记忆片段，对，张亦嘉确实是凭借那个广告出道，一般人都习惯称呼她是“小仙女”或者“中国好闺女”，还记得她是拍果汁广告的女孩的，实在是少之又少。

女一号瞥了张亦嘉一眼，转过身却把手搭在李子凡身上：“凡凡啊，明天的戏你都准备了吗？导演让我和你先对一遍。”

李子凡没有应答，低着头走到张亦嘉身边，搂着嘉嘉的肩膀，抬起头对女一号说："姐姐，明天咱们没有对手戏的啊。"

"导演说改在明天拍了呢，我们的台词又不多，我们现在就对一下吧。"

那个女人带着咄咄逼人的气势，用下巴冲着张亦嘉昂了一下，示意她走开。

"姐姐啊，这是我的女朋友，我们很久都没有见面……"

李子凡的话还没有说完，女一号紧接着就插话进来："哎哟，真是的，你看我光顾着拍戏了，怎么这么不开眼呢，怪我，不应该占用你们小两口的私密时间，弟弟啊，不好意思了啊，你们先聊着。"女一号阴阳怪气地说完，扭着屁股出了屋子。

李子凡在后面说着谢谢，一边送她，一边关门。

女一号走到了门口，突然转身探过头来贴着李子凡的耳边，说："嘘，小声点，剧组连小姐都不让带回来过夜，你们悠着点。"迈出大门时，那风骚的小屁股扭得更欢了。

"宝贝，不要理会她。"

"我不介意这些，这些东西我见多了，只是这个女人好眼熟，快帮我想想。"她一直都觉得这张有点刻薄、有点风骚的脸，在哪里见过。

李子凡挠挠头，觉得刚刚那一幕让自己的小仙女受尽委屈，他不想再在那个房间里，甚至不想在酒店里，他只想离开那个被说成"连小姐都不让带进来"的地方。

"女二号会不会也来找你对词啊?"

李子凡被张亦嘉问得苦笑了两下："说什么呢。"

"说，有多少女的深夜单独找你对过词了?"

"没有啊。"

"骗人。"

"我发誓是真的，"李子凡一脸的委屈，"那你说，吃什么才能让你相信我?"

“让我想想，吃冰激凌，我想吃冰激凌。”

“走，买去。”

他们在小超市举着冰激凌和一堆零食等待付款时，一个男人急急忙忙跑进来：“套儿，最贵的，来两盒。”

“进口的行吗？”

“行行行。”

“九十八。”

“别找了。”那男人甩下一百元，才发现他买避孕套的钱扔在了一堆的零食上。

三人六目相对，时间停止，好尴尬的时刻。

“怎么那么慢啊，买个破套儿墨迹这么半天！”随声走进来一个女人。

四人八目相对，时间停止，气氛十分诡异。

“导演你好，姐姐你好。”李子凡的招呼打起来有些不自然。

“啊啊啊啊啊，好好好，都好都好。哎哟喂，这不是张亦嘉吗？”

“导演您好，姐姐您好。”张亦嘉被导演认出来后，尴尬地在那里笑一笑。

“我说呢，你俩一对儿啊，我跟你说昂，你知道你老头拍吻戏了吧？你管得太严了昂，你瞧当时给李子凡吓得那样儿！”

“没有没有，是我自己太紧张，我会好好演的。”李子凡赶紧接过导演的话说了下去。

导演笑意盈盈地看着他们，顺手拍了拍李子凡的胳膊，一下比一下重：“呦呵，小伙子有料，有料。哎呀，真好，回来接着给你加戏。”说完顺便又使劲儿在他胳膊上捏了一把，离开了。

“导演要给你加戏？”

“他刚刚好像是这么说的。”

“就因为他摸了你的肉？”张亦嘉也学着刚刚导演的样子掐了掐李子凡。

“嘉嘉，不要学坏！”

“我坏你坏？这么混乱的剧组，开始还会担心女二号也会找你对词。”

“不，她每天都和导演交流，呵呵，他们俩是一对。”

“你看这一晚上的，大开眼界啊，不过比起他们来，我觉得我们好幼稚，你看人家都爱得多潇洒。”

“宝贝，幼稚的爱很纯洁的哦。”

“那我也觉得我们好幼稚。”

“好吧好吧，幼稚的宝贝，我的戏份再有两三天就结束了。”

“是吗？那你就可以过去找我了，我带你去户部巷吃小吃。”

“对了，今天母亲节，你有没有给家里打电话？”

“打了，早打了，你没打吗？再不打今天都要过完了。”

“他们在美国，现在是大白天，所以我来得及。”

李子凡拨通了电话，直接开启了视频模式，他这个电话不仅仅是给妈咪送祝福，他也想直接给妈咪看看张亦嘉：“妈咪，来，我给你看看你的儿媳妇！”

“啊？！”张亦嘉瞪大眼睛慌张地站在李子凡手机屏幕前，看着以后的婆婆，听着她在美国说着的中国话，都不知道怎么回答好了。

李子凡一直都在她身后哈哈哈地大笑，幼稚地表达着一个男孩的幸福。

挂掉电话时，张亦嘉的脸都是烫的：“李子凡，你讨厌，我都没准备。”

早已经乐得和傻小子一样的李子凡双手捧着她的脸，此刻，他能做的，就是深深地拥吻张亦嘉，用自己的舌尖融化她。

76
爱与誓

站在重庆的南山上，令人心旷神怡的美景尽收眼底。

此刻心爱的女人就在眼前，李子凡忍不住想表达自己酝酿许久的心愿，他很想求婚。“嫁给我”这一句被他憋了半天，还是没有说出来。

看着张亦嘉在山顶上蹦蹦跳跳，啦啦地哼着欢快的小调，他又重新给自己鼓足了勇气，但“嫁给我”这一句又被自己卡住了。

他终于一把把这个像小鸟一样欢快的女人揽入怀中，第三次憋足了所有的力气，说了一句：“我们下山去吃宵夜吧。”

“好呀！好呀！走喽！吃好吃的去喽！”

李子凡忍不住责怪自己破坏了这么美的景致，浪费了这么浪漫的戏码。

来到了重庆的街头，看到有正在“炒料”的大厨，那些男人辛辛苦苦地用整夜不睡觉的辛勤在准备着各家餐馆的美味秘籍，顿时看得两个人心中充满了尊重与敬佩。

那扑面而来的不仅是辣椒的香，还有冲在心头的热，李子凡拉着张亦嘉的手更紧了，作为一个男人，他更能理解那些“炒料”的男人们，他们何尝不是在用铲子翻炒出对家人浓浓的爱。他也想给他的女人安定和幸福，如同所有辛勤劳作的男人们一样。

“嘉嘉，要不要吃火锅?”

“今天太晚了，明天吧，你看，旁边这家是……是江湖菜。”

“江湖菜?”

两个人好奇地看着对方，以为吃一个江湖菜，就可以变身成永远大口吃肉大口喝酒，有情有义的江湖儿女一样。

“老板，我们要江湖菜。”

服务生笑着问他们要吃什么。

“江湖菜啊！”

两个二货接过菜单瞬间明白了江湖菜的概念。李子凡看着菜单上那些令人垂涎的招牌菜图片，故作淡定地点了几个，等服务生走了之后，抓着张亦嘉哈哈大笑起来。

江湖硬菜很快端上来，两个人大快朵颐，酣畅地咀嚼着山城的味道，全身都像是被辣椒打通了七窍。

“辣得好过瘾啊！”

“辣得好香啊！”

“嘉嘉，你说我们吃了那么多的辣椒，以后会不会生儿子？”

“李子凡，你辣傻了吗？”

“没有啊，酸男辣女啊？”

“是啊，吃那么多辣椒生儿子啊？”

“对啊！所以你要多吃一些！要不要再要一个菜？”

“不要了，我看你是傻了，一会儿就要睡觉了，再过几个小时就可以吃重庆火锅了！”

李子凡点点头，可他一直都在专注地啃着一个鸡腿，嘴唇已经被辣得通红，额头冒出薄薄的一层汗。张亦嘉用没有沾到辣油的手背帮他轻轻拂去，李子凡也乖乖地闭着眼睛探出头，之后趁她不注意，用通红的嘴唇偷偷地亲了她。

“油，你看你那一大油嘴。”她嗔怪着他，在李子凡身上一顿拍打，“讨厌，讨厌。”

李子凡马上拿了餐巾纸帮她擦，之后拿起鸡腿低着头继续撕咬，脸上充满了骄纵与宠溺的笑。

这一夜他并未求婚，却满心都是对未来的美好畅想，他觉得这就是幸福，这就是结婚之后幸福的小日子。

饭店陆续来了很多晚归的夜班工人、开夜车加餐的司机师傅，他们来到江湖菜馆并没有要各种菜，只是点了面或者白米饭。李子凡好奇地看着他们，看着他们就着桌上一碟有萝卜、仔姜、海椒、豇豆的咸菜，吃得也很香甜。

他问了问服务员，那碟咸菜叫“下饭菜”，这是川渝地区一个家庭式的泡菜。

那些在为生活劳碌奔波的大叔们吃完很快继续赶路，有的下班回家，有的继续拉活儿工作。

一碟下饭菜，此刻神圣起来。平凡无华，简单实在，却能吃出家的味道。

看看时间，快凌晨两点了。那群为了家庭为了生活拼搏的男人们对李子凡的冲击太强烈了。他觉得他们对家人的爱，对生活的期待，才是真正的幸福。

想想刚才南山许下的愿望，看看眼前心爱的张亦嘉，他想哪怕只是吃着重庆泡菜和米饭，能够安安静静地享受质朴而美好的生活，也是平凡而快乐的幸福。

第二天，他们拉手跑到街边吃小面，两个人时不时看看身边的食客，再看看自己的面，不解地疑惑着：“为什么别人的面和我们的颜色不一样？”

“不知道啊，应该都是一样的啊！”

两个笨蛋，这家重庆小面的面在上面，酱料都在下面，他们谁都没有拌面，两个人就这样白面吃了快一半，才发现自己闹了笑话，暗暗用胳膊拱拱对方，尴尬地冒着傻气。很快他们又被小面那味道迷住，脸都要扎进碗里去了。

李子凡接到了导演的电话：“赶紧回来！给你加戏！一个小时必须到位。”

只是吃了一个早饭，说好的沸腾到一塌糊涂的重庆火锅还没有吃，张亦嘉都还没有离开，李子凡怎么就要走了呢？“老婆，我，真的很抱歉。”李子凡的眼里充满着歉意和不舍。

张亦嘉一脸的委屈，扭头冲着李子凡就是一句：“你真讨厌！”

“老婆，没办法啊。”李子凡噘起的嘴都要亲过来了。

“去死！”张亦嘉一把推开他。

李子凡很着急，他在路边买了很多小吃给张亦嘉，可那毕竟不是火锅的味道，就算自己奉上强吻，也依然代替不了说好的火锅味道。

李子凡很快赶回剧组接受“加戏”的重礼。

张亦嘉独自离开嘉陵江，独立离开重庆，独自离开李子凡。

77

演员要听话

“你怎么哪儿都有文身？化妆的话很麻烦的呢！”

“导演，那就不要拍了，合同上也没有。”

“我已经问你的经纪人了，他同意了，而且这边也同意加钱了。”

“导演，为什么受伤的戏非要脱衣服？”

“你一个大男人有什么可害羞的，让你脱你就脱！你是演员，你必须服从我！”

李子凡突然觉得自己像一只待宰的羔羊，反抗不得，他只提了一个要求，无关风月和基情，因为之前的吻戏真的让他把牙齿刷出了血。

“哎哟，这么纯情啊，你女朋友也是演员，你怕什么？”

李子凡不说话，一直还在纠结着裸露的问题。

“你女朋友不是也拍过那戏吗？”

“什么？她拍的时候真脱了？”

“不，我就是那么一说，甭管现场脱成什么样儿，播出来什么也看不见的……”

李子凡听不到导演在说什么，脑海里都是张亦嘉和小哥哥的激情戏，不管张亦嘉是脱了一个肩膀还是两个肩膀，还是真的脱了什么，小哥哥的手，小哥哥的吻还是都贴在了张亦嘉的身体上。

一下子李子凡情绪高涨，怒火冲天：“导演，拍吧！我脱！”

他燃烧着愤怒和伤痛，一个人撕烂了戏服，自己给自己消毒，自己给自己上药，自己给自己包扎，可他心里想的全都是张亦嘉的咿咿呀呀。

K 零点零二秒

78

王书纶死了，李子凡也要死吗？

拍摄进入关键时期，大家似乎都演疯了，每一位演员都以最饱满的情绪投入拍摄，场场叫好，条条过。这一天是大夜戏，女二号此刻的状态就像大病了一场，演绎着虐心的剧情。连平日里和女二号为敌的女一号都在心底里为女二号的表现鼓掌，导演在监视器前更像是一个投入看戏的粉丝，饶有兴趣地舍不得喊停。

终于到了那一组难度很大的长镜头，女二号必须要把潜伏的革命青年王书纶“枪杀”，这组镜头拍完，李子凡不算多的戏份就全部杀青了。即使这组镜头里他是没有任何正面镜头的出现，可他也被女二号的投入情绪带动，在心里默默同步着台词，即便是一个背影，也散发着一些哀叹和悲伤。

女二号全身疲惫地缓缓举起那把小口径的手枪：“书纶，只愿来世你我皆是自由身。”眼泪再次夺眶而出，特写推进，她几乎是用尽了最后的力气缓缓地说，“我——爱——你。”

“CUT！”

“开枪！”

……

开枪？

开枪？

开枪？

导演喊了 CUT，谁在喊开枪？

子弹破膛而出，李子凡倒下了。鲜红鲜红的血，在地上快速流淌。他倒在自己的血泊里，一动都不动，就像最鲜活的道具一样。

眼前发生的一幕，把所有人都吓呆住了，眼睛都快瞪出来了。

几秒钟之后现场一片混乱，尖叫声、哭喊声、脚步声、叮叮咣咣各种声音交织在一起，惊恐和慌乱在每一个人脸上无限放大着。

“快，快打120！快！”大家拼命找东西堵住李子凡那血流不止的伤口。

刚刚开枪的女二号，俩眼直勾勾地看着眼前瘫软在地的李子凡。

平时能罩住各种血腥暴力大场面的导演，在现场完全慌乱。

只有李子凡是静止的，他的世界里，一切都没有了声音。

如果突如其来的血案不曾发生，他会第一时间去探班张亦嘉；如果突如其来的血案未曾发生，他可能成为最红的影视小生。

现在，他却倒在自己红红的血泊里，不肯醒来。

如果，那天不是最小口径的手枪，李子凡已当场毙命。

如果，那天是一颗装满火药的子弹，李子凡恐怕都不需要进行抢救。

为什么一把上了实弹的枪会出现在道具里？

为什么？

为什么导演喊了CUT，还有人去喊开枪？

为什么？

影视剧里的枪战片为了制造刺激，渲染视觉效果做出了火花和脆响，可那根本就不是真枪实弹。电视剧里中枪者缓缓倒下，嘴角流着血，手捂着伤口，能痛苦地坚持说完成段台词，那是因为那演员根本就没有中弹。

把时间拨回到枪响前，所有人都沉溺在感情戏的长镜头里，根本就没人把“枪”这件事儿当回事儿。只用了零点零二秒，李子凡瞬间倒地，快到不够安排任何剧情，快到不能发挥任何表演，快到来不及眨眼，他就一动不动，没有任何征兆躺在了血里。要不要问问爱因斯坦先生，如何把时间放慢？看能不能盘查出什么线索？是什么让李子凡平白无故地挨上这颗特殊的子弹？难道李子凡遭人暗算了？可是一个新人又能得罪谁呢？一时间种种猜测传言不绝于耳，毫无头绪。剧组里甚至还传起李小龙、李国豪的离奇死因，难道和美国有关的李家都受了“死亡传奇”的魔咒吗？

79

子弹之后

武汉，阴天的武汉，闷闷不乐的武汉，张亦嘉由于之前去了重庆，现在所有的戏压在了一起，拍得很赶，可这不意味着她没时间想念李子凡。然而，李子凡已经有一天一夜不和自己联系了。打过去，他的电话关机，一直关机，也不回短信。

第二天剧组里开始传重庆有一个剧组摊上了大事儿，张亦嘉不自觉地紧张起来，不记得李子凡提过有爆破或者其他危险的戏份，可李子凡迟迟不回复，是真的出事儿了吗？她像一个八婆一样四处打听，听到他们说，好像是一个韩国来的出意外了。

韩国来的？意外？李子凡还关机！

张亦嘉六神无主，戏也拍不了了。真的是李子凡吗？不会这么倒霉的事情轮到自己的爱人吧？怎么可能?!

她没有车，她没有船，她不能立即逆江而上去找她的李子凡。

“我要去看李子凡！我要见他！”她哭得很焦急，脑袋后面好像拖着一块铅，拽着她就晕了过去，等再醒来，已经又是一天的光景。

导演问她还能不能拍了。

“我只想走，我只想去看看李子凡。”

“你走？你凭什么走？你走了戏怎么办？别神经病了！”

“导演，我不拍了，我不拍了！”

“你说不拍就不拍了啊！你以为你自己是谁啊！”

“我必须要走，我必须要走，我要见李子凡，我必须要走！李子凡！李子凡！”

张亦嘉和疯了一样咆哮着，抓着头发，不顾一切地离开了武汉。

80 ➶
再见重庆

潮热的重庆。

单行道的重庆。

阴气很重的重庆。

带着惊悚感的重庆。

到处都是爬坡的重庆。

晚上还是有点冷的重庆。

这里是山城，这里是雾都，这里是火炉，这里是重庆。

几天之前的重庆现在在张亦嘉的眼中，变得面目全非。在五月天的阴雨中，只看到了萧条和破败。起伏不断的陡坡，分辨不清的地平线，伴随着山上错落的灯火，汽车就在头顶上飞驰而过，看起来一切都是扭曲的，像是在盗梦空间的错误次元。

路边火锅店数不胜数，几天之前没有吃到火锅，现在连吃火锅的人都不见了，那些店看起来再也不是几天前的模样，一切都变了。

李子凡的剧组也停工了很久，剧组每个工作人员原地待命，配合调查。剧组的盒饭依然发着，但大家吃得很少，心情沉重，没人说话。现场拉着黄色的警戒条，地上还有一个人形图案，那里就是李子凡倒下的地方，那里没有李子凡，他的血却还在那里，呈现着发黑的暗红色。

“李子凡现在在哪里？”

“不知道，我们也不知道。”

“李子凡的电话在哪里？”

“不知道，应该被警察收起来了吧，好像警察也没找到吧，不知道。”

“导演呢？你们谁能带我去见见他！我要见我的李子凡！你们谁能帮帮我！帮帮我！”

张亦嘉找尽了全剧组的上上下下，但是大家都不能帮上半个忙。一个美国国籍，在韩国公司效力的男艺人，却在中国发生了意外。这涉及了多个国家，多个部门，多个程序的要案，太复杂。无论现在李子凡在哪里，都不是想见就能见到的，一切都是保密的。

张亦嘉每天像一个疯子一样去打探，每天跑着各大医院问有没有收过李子凡。她孤零零的一个人，无力而脆弱。她来重庆三四天了，所有的力气都用在寻找李子凡上，自己一顿饭都没有吃过。这样的每一天都是一样的，都是没有任何结果的每一天。她真的不愿意相信，也真的不敢相信，眼泪一直都在流，时而抽噎，时而号啕，但是现在没有一个人跟她说这一切都是假的。

李子凡，就这样消失了。

几天之后，蓬头垢面的张亦嘉在朋友的帮助下见到了导演等人。屋里的导演很憔悴，当年挖走自己的经纪人很恼火，他一直都在说着官司上的事情，一边还用韩文骂着街，另外一边可能是投资和制片，他们没有说话。

破门而入的张亦嘉声音颤抖地对着他们说：“李子凡在哪里？我求求你，让我见见他！”说完几乎瘫软在地。导演扶她坐好，给了她一杯水，说：“不要哭了，小嘉，李子凡的事情很复杂，公安介入之后，很多东西我们无权过问，抱歉，我也不知道。”

张亦嘉抽噎了两下，居然晕了过去。

医院走廊的尽头，在僻静的角落有一个房间，张亦嘉径直走过去，站在李子凡的床边，看着她眼前最心爱的男人慢慢醒来。

“嘉嘉，我一直都在这里等你，我很想你。”

“我也很想你，我特别特别想你。”

“可是凡凡要离开你了。”

“你胡说，你就躺在那里，睡一觉你就好了。”

“我是说真的。”

李子凡说完这些，像一道白光消失了，张亦嘉打了一个寒战，惊醒在凌晨三点十四分。这是李子凡出事之后，她第一次梦到他，那确实是凡凡，那是张亦嘉再熟悉不过的凡凡，真实得都不像是一个梦，可为什么醒来之后却是那么可怕，她怕他真的会变成一道白色的光离开她。

手机定格在凌晨三点十四分，屏幕是她最心爱的李子凡，翻看里面成千上万条的信息，成千上万条的通话记录，怕是以后再也没有你来我往的互动了，她又痛不欲生地哭起来。

天还没有亮，张亦嘉去敲了导演的门。

导演刚刚睡下，他很想对她发火，但还是给她开了门，给了她经纪人的电话，竭尽所能帮助那对苦命鸳鸯里的张亦嘉。

经纪人也在质量很差的睡梦中接了张亦嘉的电话，他还主动地问她：“张亦嘉，你还好吗？”

张亦嘉哪里回答得上来。

经纪人很快说：“李子凡还没有死，他还在昏迷。”然后他毫不遮掩地告诉了她李子凡在哪家医院。

张亦嘉匆匆赶去。

看到蓬头垢面眼睛肿肿的张亦嘉，小护士不免吓一跳：“啊！你找谁？”

“李子凡！中枪的，李子凡！”

"哦，他走了。"

张亦嘉的身体像被掏空了，一下子就瘫到了地上，此刻她最怕听到"走了"这样的字眼，就像有刀在戳自己的心尖一样。

"不要这样啊，是他家人把他接走了。"小护士连忙解释，"他手术做完了，只是昏迷，不是那种走了，他没有死的。"

"他没有死?!"她喊声震彻整个楼层，手紧紧地抓着那个小护士，眼睛瞪得都要掉出来。

"他家人昨天把他带回美国了。你，你能不能不要再哭了。"

来自美国的李氏集团为了李子凡能得到更好的治疗以及家人的陪伴，决定带他回家。同行的还有律师和翻译，场面十分震撼与浩大。只不过，李氏集团的人带走李子凡的时候，没有一个人通知张亦嘉，她被他们遗忘了。母亲节视频电话后不过十天的光景，刚刚被提升为"准儿媳"的身份就这么快被吊销了。

这一天是五月二十一日，重庆城的情侣都在庆祝"我爱你"的节日。她高兴地对自己说"我爱你"的人还活着，却悲伤自己见不到他。

81

李氏集团

找不到李子凡被枪击的原因，最离奇的是他的手机无故蒸发了，这更加深了人们对这是一起"谋杀案"的判断。

李家砸下来重金缉拿真凶，在重庆的剧组、首尔公司的上下都在被调查监听，张亦嘉和 THE ONE 的成员包括经纪人在内，都分别被警察带走调查过。

李家还通知了韩国公司停止一切有关李子凡的宣传活动，他们不允许自己的宝贝儿子在昏迷时期，被公司拿去做任何话题进行报到，他们认为那是对他极大的不尊重。

但韩国方面以尚未终止合约以及不能禁锢 THE ONE 集体宣传为由，继续以五人团体做着画面宣传，并声称：如若终止合约必先赔偿的原则，摆出一副死磕的架势。他们很在意这次意外造成的损失和后续的影响，忙着计算所有款项的赔偿。

横跨整个太平洋的气氛都很紧张，但李家肯出百万的侦查费，肯出百万的律师费，就什么都不怕。以前李子凡那些小绯闻，李家不出面是根本就无心理会。现在性质不同，儿子倒下了，他们不仅要给他最好的治疗，也要给他最大的维护和尊重，他们认为李子凡的苏醒、康复以及他的尊严同样重要。

至于中国的剧组早已身陷泥潭，被复杂的案件和各种赔款压得不能自拔，盒饭都发不出来了，无论真相是什么，参与投资的几个公司都赔惨了。

只有粉丝在网络上写满无尽的思念和谩骂。

所有人焦头烂额的时候，只有李子凡安安静静地睡着，不问窗外之事。他偶尔梦到自己出现在张亦嘉的梦境里，他喜欢抱着她入睡，可每次他都看到她在哭。

其实李子凡没有走，他在，他一直都在，“假使失去你，谁还要未来，谁愿芳心离开?”

ℒ 来自爱因斯坦先生的爱

82 ➶
唤醒生命的每次努力

李氏集团用庞大的资金为李子凡搭建了一条坚固的生命之路，不计代价，只要他肯醒来。

可是贪睡的小孩，对任何外界刺激毫无反应，继续他的深度昏迷，只是监测身体的数据变化值异常活跃，时而稳定，时而却游走在临界的边缘，最微弱的时候甚至探测不到任何的波震，信号也曾经一度中断，间断的时间曾经濒临“脑死亡”的极限。可有时脑皮层及神经中枢区域的迷走神经功能亢进时，信号又和一个健康的人在运动状态下一样。

医生对不稳定的数据不好做下一步的治疗方案，他们只能通过探测器，探测到他脑内的细微变化，只能解释那些时有时无，时强时弱，那些在潜意识区间歇发作的变化，可能来自他的意识和梦境。

李妈妈问：“我儿子能醒吗？”

“目前来看，是有可能的，我们开始还怕是不可逆转的脑死亡，但是他的信号从未间断过。你看这里不规则的波段，其实就是他体内神经元微弱地在放电。目前来看，也可以理解为他在释放能量波。”

“他是自己想强烈地表达什么吗？”

“抱歉，如果是他意识里的想法，目前我们的仪器解读不了。”

找不到答案的时间就这样流逝了，李子凡始终保持一个姿势，静悄悄地躺在那里用意识进行着自己的生命活动，无论有多少新高值的波动，他都躺在那里一动不动地不肯醒来。

李家为了唤醒沉睡的儿子，努力地在寻找着全美最权威的机构。他们坚信宝贝儿子异常活跃的高频脑波是他的自主反应，他很想醒来，可能欠缺了哪些唤醒因素，所以他们倾尽所能，无论花费多么昂贵的费用，他们仍然甘心倾尽所有，哪怕去月球寻找，他们也会毫不犹豫地包个火箭飞上天。

就这样李子凡又躺在了包机上，从一个州飞到了另一个州。那不是传统意义上的医院，那是更为高科技的人体中心，在全球最顶级配置的磁电感应监控系统下，他们探测出李子凡的脑磁波的脉冲信号，依照波段来分析，他有很强的自我知觉，正常人如果波动幅度峰值可以达到如此之高时，自身的能量早可以唤醒能动反应的神经，他却依然保持着这样的“静止的植物状态”。

李妈妈问：“如果我们进行干预，他能不能接受刺激而有身体反应?”

人体中心的 W 博士在可控制范围内尝试做了一次“脉冲振动干扰”，给他相应的频率振动的脉冲信号，达到一个干涉作用，看看能否引起他自身内部的“共振变化”。

李子凡躺在那里平稳呼吸，血流平稳而缓慢，没有任何的变化和不安。

李子凡像极了另一个空间的人，对机器散发的能量波毫无兴趣，一点都不对接，干涉行为失败。

W 博士皱皱眉，耸耸肩：“不可思议了。”他也解释不通这个不愿意醒来的“不受干扰的放电体”。

“为什么没有任何变化？难道我儿子的意识波不在这个频率里?”

“他现在这样的状态完全超出了生物范围，但是我敢肯定，他的意识很强大，也许是求生的愿望，也许是其他的心愿，我们却读不到，这可能是心理学界的课题。如果你看过科幻小说，我是说，其实我们也无法肯定意识是否能进入高维的平行空间里。”

“博士，我们可以呈现图像吗？用这些数据可以还原他的思维意向吗?”

“哦，目前医学临床还不能，如果进行试验是需要严格的手续的，可能还要注入一些医用添加剂发生微弱的化学反应来进行探测，要考虑进行介入实验吗，夫人?”

“不，不，我不接受，我不会让我的儿子当成一个试验品去冒险的。我宁可这么照顾他，等着他自己醒来。”

“他右脑的 α 波相对来说异常兴奋，他有着愉悦的想法。如果可以一直这样活跃，说不定会感染其他神经，唤醒能动反应。不过，既然干预手段没有成功，一切还都是他自己说了算。”

“能够刺激到那个波的还有什么办法?我们的意思是，不要这样强加干涉的。”

“右脑活跃，我猜测他在思考美好的事情，比如说爱情，你知道的，爱情这东西很奇妙。”

“哎呀，老李，我怎么没想起来那个女孩子!”李子凡妈妈对李子凡爸爸说。

“你前阵说视频的那个挺漂亮的女孩子?”李子凡爸爸也想了起来。

“对啊，快请她来吧，也许对我们的凡凡有帮助。”

“不管怎么样，确实应该让她见一下我们的儿子，唉，怎么疏忽了呢?”

妈妈转身又问了 W 博士：“他有一个女朋友，那个女孩子的到来能不能刺激到我的儿子?或者如果我们以那女孩子的频率来刺激我的儿子，他会不会就能醒来?”

“我真的无法解释，因为他没有被任何人控制，一切都是他自己大脑的反应，逻辑上来说，以现在的数值不应该还在昏迷，也许这和所有的刺激都没有关系，只是他自身的释放，或者是某种牵引力在吸引着他，但是无论什么，从技术上来讲，我们现在都无从知道。”

李妈妈不停地在李子凡耳边说着要把张亦嘉请过来的想法，想刺激振奋他一下，可李子凡的脑部探测仪器依然检查不出有异样的变化。可李氏集团对张亦嘉充满了期盼，希望她能让奇迹发生。他们为把李子凡直接带回美国而忘记通知她感到歉意，毕竟儿子出事前，刚刚那么兴奋地介绍了自己最爱的女朋友——张亦嘉，那个还在用生命寻找李子凡的张亦嘉。

一切都为了李子凡，李家上下的心都绷得紧紧的，爸爸、妈妈最近的白头发更多了，他们来不及染发，也顾不得自己，一切的重心都是自家的宝贝儿子。他们每时每刻地盼着李子凡能醒，也随时随地地担心李子凡会放弃这样的深度睡眠，离他们而去。

83

科普时间

爱因斯坦先生的相对论里没有绝对的速度，没有绝对的时间，一切概念都可以是相对的。平时我们用来衡量的参照速度还有参照时间，都是以“光”为基准。量子力学里，光是被认定具有波粒二象性的物质。这使得科学家们在致力研究“幽灵般量子形态的传输技术”，他们寻找以超越光的传递速度的传输方式，以便实现相对时间下的瞬间传送。

这样的科学尚未被成功证实，但还有些东西，或许就可以用相对理论来解释。

大多数人只知道有关意识的概念源自人类的大脑，是一种强烈的意志，但不知道的是，这按照量子力学的划分，意识应该属于一种虚子组成的流动形式，意念就是自己发出的虚子波。意念力集中不集中，坚持不坚持，其实应该说是那些虚子聚集不聚集，牢固不牢固，所以世界最强大的引擎就存在于我们自己的身体中。

而人脑里有着上千亿的神经元，它们之间相互接触连接，在立体的迷宫，每一个神经元都可能会放电，产生着属于自己频率的电磁感应。只有当振动波段和拍，慢慢影响激活各路神经元的能动性，身体和心理上才会产生愉悦共振之感，这就是为什么在热恋中的情侣内心深处精神反应最相似，用物理学家来解释就是，他们之间的发射和接受的端口匹配了，所以相互融汇的能量粒子多，共振大。

“植物状态”的李子凡经常漂洋过海穿越半个地球来到张亦嘉的身边，时时刻刻萦绕着她。即便爱的对接和传递会中断，可来自大洋彼岸爱的“粒粒”从未减弱过，一对可爱的恋人一直都在努力传递着他们的爱。

就算不够强烈，也足以真诚。

谁说这个时候的李子凡就是一个“只会睡觉”的人了？

谁说这个时候的李子凡就是一个“不再醒来”的人了？

李子凡很努力的好不好？

李子凡很主动的好不好？

当初他的神经网络被子弹冲击的瞬间，意识魂魄被挤出大脑外，可它们并没有完全消失。他来到一个模糊的边界里，钻在里面拼命挣扎，这股求生的力量来自哪里，我们不好定义，但所有的数据能推断出，他很努力，努力地想恢复，想醒来，想回到爱他的人们的身边，而且，他的意念强烈，异常强烈。

此刻李子凡也许正游走在边缘地带，对面是连恒星都能吞下的黑洞，李子凡徘徊不前，他努力把持着自己，用他仅剩下的意识，超常发挥着。因为一旦过去，他可能就再也回不来了。而重返人间的路途，又是那么艰辛和漫长。

从未放弃过的张亦嘉，一直都在拼命地呼唤着自己的爱人，拼命散发着把他拉回来的讯号，她不想失去他，她不想和他变成平行空间的两个人。

就是因为这样的引力，著名的万有引力，把他们拉得更紧。他们也许就在用爱的量子粒粒进行着生命和爱的交流和传递。强烈合拍的信号，才会造成李子凡脑磁波的变化，才会造成张亦嘉总能从睡梦中感受到李子凡，一起感受，一起颤抖。

只是张亦嘉能自觉醒来，李子凡还不能。

可他们之间的爱可以让李子凡脱离黑洞，逃脱死亡。

84

再见

当初张亦嘉找李子凡的道路崎岖而曲折，现在李家找张亦嘉却易如反掌。张亦嘉被一路护送，到了美国。

看着那么熟悉的人躺在那里。

看着那么可爱的人躺在那里。

看着那么爱的凡凡躺在那里。

在人体中心看到李子凡的一瞬间，张亦嘉心跳过速，呼吸急促，坐立不安，身体都要承受不住那样强烈的颤抖。

李妈妈期待着儿子的反应，李子凡却一如既往地昏睡。

“宝贝，不要和我开玩笑了，我来看你了，你看我一眼好不好?”她颤抖的声音依然唤不回来李子凡听力神经的反应。

如同以往一样，李子凡的那些波段数据忽高忽低，却没有人能解读其中的秘密。偶尔脉搏全无，出现可怕的“间歇性假死”，万幸的是，李子凡总会奇迹般地复活。

这让束手无策的张亦嘉一次比一次害怕。“我害怕这样的反复，凡凡那颗心脏能支撑得住吗？他会不会感觉疼痛？会不会难受？凡凡，你有没有不舒服啊？”

李妈妈听了张亦嘉的话后，抱了抱她，说：“这真是一个会心疼人的好孩子，凡凡一定会醒来的。”

自从张亦嘉回归到了爱人的身边，李家上下省了不少的心，他们信任她不是为了期待着她能有唤醒大法，他们对她的信任来自她对李子凡的爱，不是功名利禄下的虚荣攀慕，更不是年轻孩子们随便的激情，她的爱，就是最原始，最真诚，最质朴的爱。

自从张亦嘉进屋子开始，她的手就再也没离开过李子凡，偶尔她会抱着他的胳膊，偶尔抱着他的脚睡在他身边，她每天都期待着总有一天两个人能一起醒来。她也想过，就这样一直陪在他的身边，一直一直陪下去，想着想着就哭了，特别是晚上，她蜷在他身旁，尽力用自己的小身子保护好大个子，就好像宁愿把自己的生命分享给他一半一样。

她常常轻抚李子凡贴满了纽扣感应器的胸口，哪怕只有一指尖的空间，她也要轻轻用手贴住他的身体，就算那个位置摸不到心跳，但只要感受到他呼吸微弱的起伏，她就能感受到李子凡和自己同一个节奏的心跳。

两个人明明贴得那么近，她却还是觉得冷。

她曾经默默祈求李子凡不要死。李子凡真的没有死。

她曾经默默祈求见一见李子凡。她真的见到了凡凡。

她现在默默祈求李子凡醒来，可是李子凡没有。如果李子凡不醒来，那么自己要不要和不醒来的李子凡在一起？或者自己不和李子凡在一起，那么他就会醒来，那么还要不要和可以醒来的李子凡不在一起？

张亦嘉的签证很快到期，李家有些犹豫，如果继续让她留在这里照顾自己昏迷的儿子，觉得是剥夺了女孩的未来。所以，她不得不离开。张亦嘉心酸，疼痛，不舍，还有自责，自责自己没有给她爱的李子凡带来奇迹般的恢复能力。

就要登机了，就要离开美国，就要离开李子凡了，她一个人在候机场嘤嘤地哭了起来。一位慈祥的老爷爷走过来对她说："孩子，你好像丢了很重要的东西。"

是啊，她的护照，她的机票，她的手机都扔在了旁边的座位上，她不记得自己什么时候遗落了这么重要的东西。

"谢谢您，谢谢。"

老爷爷对她说："孩子，记住，得之我幸，失之我命。"然后，转身向登机口走去。

谢过之后，张亦嘉伸手要去拿东西时，手机的屏幕忽然亮了一下，屏保上李子凡闪进了她的眼里，她打了一个机灵："真是的，怎么能把这么重要的东西丢下呢。"

张亦嘉又检查了一遍随身重要的东西，此时人群一起涌了过来，她随着人群向前行走，前端是那个头发全白的老爷爷，他虽有些驼背，但健步如飞，行走的速度很快。

十四个小时的航班，张亦嘉从头等舱找到经济舱，却没有再见过他。

85

爱像一根毒针

张亦嘉陷入了深深的自闭状态里，可这样的自闭并不能换来真正的平静。看上去日子显得很安宁，每天无所事事，少言寡语，谁知道她心里是有多么慌张与惶恐。

她很渴望内心的安宁与平静，渴望改变这样灰烬一般的生活。

她报名参加了瑜伽训练班，就因这家店的宣传语是一句“引导失所的灵魂”。

瑜伽馆不是普通的瑜伽馆，那里的导师更注重让学员寻找内心的平静，更注重训练平静和放松。导师说：“冥想时，是内心最轻松的时刻，冥想并不是什么都不要想，反而是更为主动而强烈的自我内心的修行，引导自己去一个平和的世界，经常练习可以令自己从涣散里更集中精力，也更容易听到自己内心的声音。”

可初级班的学员张亦嘉一旦闭上眼睛，李子凡便会出现在她对面，好像和她在一起进行瑜伽训练，和她进行心灵和身体上的互动，睁开眼睛，一切不在。闭上眼睛每见到他一次心都会动，睁开眼睛看不到他心都会慌。她变成了冥想训练中微表情最多最夸张的学员，哪里还有什么心静。

“只要你觉得平静，愉悦，在现实生活中获得平和的力量就好，但不要沉迷于此，重点是自己获得平静。”

可她主观意识太强烈了。她向往达到和李子凡“在一起”的意识境界，但也苦恼自己这样过分的执迷，也怕自己沉迷到走火入魔不能自拔。可现实的世界里还有父母，还有朋友，不能把自己锁在只有自己和李子凡的世界里。可独自一人时，李子凡还是会举着火把朝她走来，在张亦嘉一片死黑死黑的心里，点燃奄奄一息的爱之火，他是她唯一的光。

那段时间她睡觉时只要做梦，李子凡都会一字一句在她耳畔呤呤诉说着他对她相知相守的爱恋。时间久了，张亦嘉开始相信，这不仅仅只是她自己一个人的梦境，她像是感应到来自大洋彼岸的微弱呼唤，两个人都在拼命找寻，拼命破解只有他们才能懂的磁场密码。

那只每天都被她抱着睡觉的“华莱士”，像极了李子凡找来的最佳替身，不离不弃，和她拥抱，相互温暖，履行着曾经许下陪伴彼此的约定。

“李子凡，你一直都没有离开我，对吗？”

“华莱士”不说话。

她每天都问它，它每天都不说话，因为替身始终是没有台词的。真正的主演 Mr. Wallace 的确非常想念她，他爱她的意识也从没有过任何松散，日日夜夜都在努力挤进她的灵魂里，只是为了能和她在一起。

感知的投射。

意识的汇合。

一切都像极了两个人当年一起看过的《阿凡达》，两个人需要灵魂的接轨。

86

我的男友也是偶像来的

十月十八日　十九点二十四分　张亦嘉的家

“亲爱的，我今天过生日，你不打算跟我说些什么吗？”

狗狗什么都没有说，那天的张亦嘉也没有梦到李子凡。

十一月十七日　二十二点四十九分　张亦嘉的公司

“能不能给我多一点时间？我不想接那么多的通告。”

“为什么？团队为你加班了那么久，你现在再不拼，你还以为要到三十岁再努力吗？就算你到了三十岁更努力，还有人买账吗？”

张亦嘉使劲咬着嘴唇低头不语。

主管瞥了她一眼，双手叉腰叹了一口气道：“我尽力吧。”他把下旬的工作做了调整，那是一个工作上追求完美，生活上也有情有义的主管。

散会之后，主管载着策划团队的姑娘们回家，夜很深了，姑娘们却兴奋地叽叽喳喳欢快地度过着十一月十七日最后的光景。

张亦嘉看着秒针无情地接近着零点，再过一分钟就是十一月十八日了，天知道她心里是多么害怕那一刻的到来，那个本该属于庆祝生日的时刻，主人公却不在场。

爱像一根毒针，越是到了晚上就越是会扎疼自己。

十一月十八日　零点零三分　主管的车上

“我，很爱你。”

她知道他看不到，她还是发给了他。随后放下车窗让那清冷的风吹散了长发，眼神扫过路上流动的光影，放空而去。

“哎呦喂，现在都十八号啦，后天我老头过生日！”

“你又搞啦?”

车内叽叽喳喳地讨论着什么星座女能够拿下天蝎座男人这样的话题。

“什么叫又搞了？一直都是炎亚纶好不好？我们都好了好多年了！”

“神经病，还一口老头老头叫着，我还以为是个能摸着的，活的呢！”

“他就是我老头！”

“切！”

张亦嘉被她们的嬉闹声收回了神儿，眼前经过“一家面馆”，她突然大声地说：“有谁想吃面？我请客！一家面馆！”

“我我我……”身边的小鸟们叽叽喳喳地应和着。

车掉头，女孩们纷纷奔入了面馆里，只有张亦嘉等主管找好了车位，倒好了车。车正好顶在了一家蛋糕店的门口。

“我靠，怎么还开着门呢？堵人家门口停没事儿吧?”

“我去问问。”

难道这是天意？不仅能吃到面还能吃到蛋糕？她心里翻滚着难以抑制的激动：“他们不营业了，停这儿可以，主管你先进去吧，我再买些蛋糕。”

“嘉嘉，你不想接工作不会是为了暴饮暴食吧？”

“没有没有，你先去吧，让她们随便点，我要炸酱面就好了。”

“唉，真搞不懂你们这些天天嚷嚷减肥还死吃的丫头们，人家不是不营业了吗？”

“哎呀，你别管啦。”

张亦嘉以全部包圆的方式说通了店长，终于从早已打烊歇业的店里买到了当日未售出的所有蛋糕。当她拎着奶油多多水果多多巧克力多多的各种甜品出现时，人们被那些芝士蛋糕、甜甜圈、曲奇饼、黑森林、拿破仑……征服了，妹子们都在惊喜地哇哇乱叫，好欢娱的时刻。

那天张亦嘉在自己的位置旁边一直多放了一双没有用过的筷子，至少十一月十八日的凌晨，那么多朋友开心地陪伴着自己，也算不孤寂。

到了家，看着手机屏幕上的他，看看书架上合影里的他，每看一眼就想多爱一点点，每看一眼心就更难过一点点，这么好的爱情却只能用来怀念，实在残忍。

她上了床抱着“华莱士”狠狠地拍了两巴掌：“还说自己是我男朋友，没有职业道德的男朋友，我还给你过生日！哼！”

狗狗呆呆地看着她，她又心疼起这只无辜的无敌掌门狗，又抱着亲了亲它。

“晚安。”

十一月二十日　二十一点二十四分　派对现场

喜欢炎亚纶的妹子们要给自己男人办一个生日派对，虽然她们没有任何一个人和炎亚纶认识，但各个都吵着要为自己的男朋友办生日大派对。

感冒很重的张亦嘉也要作为娘家人一起庆祝，庆祝别人“男朋友”的生日会。

同样都是十一月份的天蝎座，同样都是不在身边的“男朋友”，公司其他女孩子都那么欢乐，占着点歌机一遍又一遍放着自己“男朋友”的歌，时不时跑到屏幕前摸来摸去，妹子们用她们凶猛的荷尔蒙，爆发冲天的尖叫，震耳欲聋。

只有张亦嘉躲在一旁打喷嚏，流鼻涕，时不时咳出大黄痰，哦，这位嘉宾的表现好糟糕。

突然有人点了 THE ONE 的歌，下面又开始浪舞声动，一片欢乐。她们依然在屏幕上放纵着自己的玉指和舌头，丝毫没有在意张亦嘉，就那样公开调戏着她的男朋友。

张亦嘉很难过，不是因为自己的男朋友被调戏，而是自己不再拥有他。她想站出来一声喝令让姐妹们住手，停舌，但她又算是什么角色？

她转身要走，不知道谁放起了周董的《蒲公英的约定》，高兴过劲儿的妹子们在周董面前立马从女流氓团伙变成乖乖少女团，坐在一起摇晃着身体和周董合唱。屏幕里的人是周杰伦，那个伴随大家成长的周杰伦，所有人都在向偶像致敬，边唱边哭，因为他是大家的青春和记忆。

大分贝下张亦嘉幻听了，这是她和他一起唱过的歌，她总感觉李子凡的声音也一直都在，即使她的鼻音很重，耳朵也听不清楚，但还是能清晰地听到他们两个人努力地在一起唱着这首《蒲公英的约定》。

唱完，她的感冒更重了，眼睛也肿了起来。主管凑过来：“嘉嘉啊，你是不是特别不舒服？不舒服就回家吧。”

“是不舒服，但是我不想回家。”

“要不要去看个电影？今天刚上的《地心引力》哦。”

“什么片儿？科普的？”

“太空片儿，你想啊，地心引力，一定是把宇航员从银河系拽回地球来。”

太空？宇航员？银河超人？这是谁的梦想？这是谁总是对自己唠唠叨叨的梦想？想到这些，心口不免阵阵疼痛。

“怎么了你？感冒那么难受你就回家吧，我送你。”

“不用，你和她们玩儿吧。”张亦嘉的声音如果不仔细听都听不清楚，鼻腔早已被鼻涕堵死了。

“瞧你那难受劲儿的。”

“真的有太空超人的电影吗？”

“当然，口碑还可以，要不我陪你去看？”

“不用了。”

“那用我送你吗？”

“不用了，我走了。唉，主管！”

“怎么啦？”

“你帮我进去拿点纸巾啊。”张亦嘉的鼻涕快要流进嘴里去了。

她快速逃离出狂欢的怪圈，一个人跑去看《地心引力》。当周围的人都在惊叹着电影里太空的广袤和神秘时，头痛鼻塞的张亦嘉却被一上来那几分钟的旋转镜头差点给转吐了。周围的人为太空舱里的紧张剧情感叹时，她几乎睡了过去。

整部电影，她只记得克鲁尼很帅，一直都陪在那个女人的身边，还有耳畔一直响起的美国小调。剩下的她什么都不记得，不记得结局是什么，也不记得自己怎么回的家。

第二天清晨，李子凡趴在床边对她轻轻地说着“早啊”。那么自然，那么熟练，好似每一天他都在问她早安。

“你起啦，做早饭没？”张亦嘉的声音带着刚刚睡醒的调调，那么如常，好似每一天她都等他的早饭一样。

再一睁眼，还是只有她一个人。

刚刚问她“早安”的那个人去哪儿了？

他从来都没有出现过吗？

听不到晚安的人，去哪里听早安？

心，空落落的。

87

又见酒会

又到大大小小的年度盛典的活动季节，如果不是不得不出席，张亦嘉一定不会挤在这么多人里。热闹的现场，她却总觉得孤寂，一直都站在角落，像个维护墙壁秩序的保安。

小哥哥径直走来，拦住了那个独自踱步的“墙壁保安”。

“小哥哥？”

“你晃荡啥呢？走，我带你去见见很重要的老大们。”

说完他拉着她融入人群，把她介绍给很多看上去很重要的先生们。小哥哥喝多了？这么主动地在一群高层的面前进行自我推销。

一群大鳄级别的叔叔们对这对新人保持微笑，还开起玩笑：“你们到底是不是一对儿啊？”

“您说是就是吧。”小哥哥轻松地和他们有问有答着。

大鳄群中有一个中年男人一直笑意盈盈地看着张亦嘉。他就是那个主动和张亦嘉搭过话的人，那个小哥哥带着她去医院高级病房里拜访过的人。只有他没有玩笑和客套，而是问了张亦嘉最近有没有想拍文艺电影的想法，只有他对张亦嘉说：“注意身体，你的脸色看上去很差。”

没错，有太多人只记得张亦嘉的角色，却不记得她的名字；太多人想送她跑车珠宝，却没有人问她想拍什么类型的片子；太多人对张亦嘉说你真漂亮，却不会对她说你的脸色很差。

张亦嘉看着身边这个深情款款的绅士，想对他说一声谢谢，可他很快微笑转身，回到了属于他们的“高级西装”圈子里。

张亦嘉又退回到了墙壁地带，小哥哥也跟了过去：“嘉嘉，你最近在干吗？好久都没联系了。”

“不知道。”张亦嘉眼睛也不抬，清清淡淡地敷衍着。

“嘉嘉。”

“啊？”

“我们还都这么年轻，我不想看到你以后的日子就那么凑凑合合将将就就地过下去。”

“可我很好啊。”

“你是不是不想拍戏了？如果你想玩，我陪你啊。”

她不是不想拍戏，她只是掌握不好自己的情绪，现在的她，太悲观，这样的状态怎么能随便接戏呢？她不知道怎么接小哥哥的话说下去，只好低着头靠在墙壁旁。

“你还是一个人？”

“嗯。”

“也没找男朋友？”

张亦嘉瞥了一眼小哥哥，又觉得这样有些没礼貌：“嗯，我有大凡啊，你又不是不知道。”

小哥哥的脸有些严肃，深深地吸了一口气：“那男人在身边吗？你渴的时候他能给你递杯水吗？”

张亦嘉不说话了，她实在答不上来。

“张亦嘉这就是你想要的生活？”

确实，如此一个美人，心里装着此生挚爱的男朋友，选择单身，任何她的朋友恐怕都心疼得碎了吧。关系好的，会骂她“神经病”；

关系不好的，只是在一旁看着这么冷的笑话。她也自闭很久了，不接任何人的电话，也拒绝着所有人的关心。

“你不能这样一直过下去啊，瞧你现在的日子，这算什么？”

这时两个人的气氛很尴尬，明明是好意，明明是充满着真诚，可听上去小哥哥的口气充满了责怪，因为他知道，她过得并不好。小哥哥本想好好关心她，可为什么听上去他的声音让人害怕。

“你还想让他束缚你到什么时候？”

张亦嘉猛地抬头用她的大眼睛瞪着小哥哥，表示着对小哥哥拷问的不满。因为小哥哥关心的火花越擦越大，开始烧到了张亦嘉的禁区里，那里不能触碰。

“这样等他是没结果的，不值得，嘉嘉！”

“你说什么？”张亦嘉的眼珠子已经瞪起来了。

“嘉嘉，如果你真的不想活了，我都可以陪你一起死，但是你不能老想着他啊！”

“我死我活，要你管？你凭什么说他！”

“我是在关心你，我给你打了八百个电话你都不回我！我问了八百个人都找不到你！”

“关你什么事儿？你算什么？我不想理你，怎么啦？我愿意等，怎么啦？关你什么事儿？”

“张亦嘉！你清醒一点！他现在能娶你吗？你现在和守寡一样有什么意义吗？”

“你闭嘴！你是我什么人？你凭什么指手画脚？你算什么？你起开！”

“你干吗为了一个都醒不来的人瞎耽误你自己？”

“关你屁事！”

张亦嘉一把推开小哥哥，穿着礼服跑出了会场，这是她第一次和李子凡以外的人吵架，严格意义上讲，这才是张亦嘉和一个男人的吵架，这是要动了多大的怒气，才能撕破脸在那么多人面前那么声嘶力竭地吼。

小哥哥也气得把手中的酒杯砸向了张亦嘉刚刚徘徊过的墙壁，他从来都不会嗔怪她，他在生气地自责自己废物，把最想好好保护的女孩惹得生气了。

88

大救星

就要冲出走廊的张亦嘉直接撞进了一个老男人的怀抱里，她慌乱地道着歉："对不起，对不起。"

他几乎是伸开了双臂迎接着她，对她笑笑，拉着她大步走了出去："走，我带你去一个地方。"他们径直去了酒店后院的花园里。

"你冲过来的时候，我都怕你会把我撞倒了，你这么瘦，还能这么有劲儿?"

张亦嘉似笑非笑地叹了一口长气，一边摇摇头，一边捋了捋额头前的头发，她还不能从刚才对小哥哥的愤怒里平复下来，还在气呼呼地皱着眉头。

"对不起啊，吴老师，我刚刚，唉，气死我了。"

老男人不问她为什么心烦，只是一直在对她微笑。

"为什么你看上去从来都没有过烦恼?"

"那我给你讲讲我那段笑不起来的经历吧，那是很荒唐很颓废的时期，那会儿我二百多斤呢。"

"你？二百多斤？还颓废?"

"对啊，我怎么不能颓废？我也是一个人，是人就会有起有落有烦恼。对了，忘了告诉你，那天红地毯之后，我回去找了找，还真有你的照片。”

“我？我们以前认识吗？”

“我们去你们附中挑演员，那会你还小呢，我想说，你真的很像我初恋女朋友。”

“大叔，不要这么俗套啦！这样的笑话不好笑！”张亦嘉终于笑了起来，因为“你像我以前的女朋友”已经是俗到发霉的套话，他还在用来开玩笑。

“我这么大岁数，至于用这样的笑话讨好你吗？你俩长得真的挺像的。”老男人清了清嗓子，收拾了一下表情，继续娓娓诉说着当年一个不得志邋遢的胖子和他初恋女友的爱情故事。他说那个时候的生活真的不敢想，发誓再也不要那么过。

他还告诉她：“嘘，千万别再提以前我二百多斤啊。”

那天，老男人穿了一件蓝色立领的衬衫，镶嵌着白色扣子，简单而得体，温雅而精致。他四十二岁了，用他自己的方式告诉年轻的姑娘一段不能给予美好未来的悲伤故事，所以请她不要轻易效仿残酷的生活。

在这样一个孤独到发冷的时刻，这个男人用自己的体温给了她世界上最温暖的礼物，他的陪伴与分享。

时间过去了很久，酒会都散场了，很多人都注意到了他们。

有人打趣道：“论泡妞，还是那老哥有本事。”大鳄叔叔听到后，心里不爽。

有人打趣道：“谁说张亦嘉不近男色？人家是喜欢火候大的。”小哥哥听到后，心里不爽。

89

接招吧

“你想拍戏吗？”

“不想，”

“和我呢。”

“想。”她毫不犹豫地答应着，“我早就想和你一起拍戏了。”她急切地表达着自己：“在我眼里，你就是全世界最好最好的男演员！所以，当然要和最好的男演员一起拍戏了！”她没有用“您”，而是像平常的好朋友一样说着“你”。

“评价太高了，我会骄傲的。”

“你当然有资格骄傲啦。”

他用手刮了她的鼻子，浅浅地笑着：“小丫头。我觉得本子不错，确实不错，他们找我的时候，还问我会推荐谁，我第一个就想到了你。”他也听说过张亦嘉很久都没有接过戏，也很希望这个女孩能走出一直都没有走出的灰暗世界，开始自己的新生活。“可是小嘉啊，你还不知道大纲梗概，还没有看剧本，如果是很虐的文艺片，而且很有挑战，你也愿意接吗？”

“我愿意，无论多虐，无论多有挑战，因为有你，因为我们都想做好演员，我愿意接。”她当时根本不了解这部虐戏里更深的学问，能接下来，只是因为他说本子不错，只因为她对他充满了的信赖。

那天下午，阳光洒在了咖啡上。

那天下午，沉迷很久的张亦嘉决定重战江湖，她十分幸运，复出之作便得到了好的剧本和制作团队，以及人人都想求合作的大戏骨吴老师和依然鲜肉的小哥哥。

片场上，小哥哥低着头像是一个跑过来认错的小孩："我还怕你不会来。"

"我不知道你也演。"

"你要知道我来，是不是就不接了?"

"不是，不要那么想，是吴老师指点了我，我觉得我应该勇敢，努力接受一切挑战。"

"好吧，嘉嘉，加油!"

"加油加油，你也加油。"虽然再见小哥哥免不了有些尴尬，但毕竟两个人只要不谈李子凡，还是很合得来。

片场上所有人都在对张亦嘉暗示着演绎这部戏的难度，对她说着鼓励的话。她知道剧情很"虐"，剧本里简单的台词也充满了残忍和绝望。导演还是担心她对剧本的拿捏不够，怕她理解不了主创团队一直强调"惨虐"的意图，常常和她聊天，掰开揉碎了讲人物结构和性格特点，几乎搜罗了世间各种酷刑的方法给她讲来，让她脑海的神经里时刻感受体验，张亦嘉常常听得一身鸡皮疙瘩。吴老师都在一旁说："导演，你再说下去，她直接就吓成神经病了。"

"是啊，吴老师，要的就是这种精神状态，虐嘛，不虐她怎么能演出来呢，我还是怕她太年轻，没什么体验，您也帮衬着点，戏嘛，都是演员相互抬着演的，本来你俩在里面还是虐恋，张亦嘉，你没事儿多请教着点吴老师，让他虐你，哈哈哈。"

一切都被小哥哥看在眼里，由于自己和张亦嘉并没有对手戏，他只能眼睁睁地看着她和吴老师戏里戏外一直都在交流，在切磋。眼看着他们的关系越来越亲近，近到全剧组都在叫他吴老师，只有她一个人随时随地叫他"老吴"。

张亦嘉的眼里现在只有剧情，只有角色，只有老吴。

这让小哥哥很吃醋，每一天坐如针毡，他常常会站在吴老师旁边，也会模仿吴老师的言语和小动作，甚至摆出一副看上去更帅的模样，来求得张亦嘉对自己的关注。可他身边那个充满魅力，完美到无可挑剔的男人，总会把他衬托得很幼稚。他根本挤不进去，只能看着他们在戏里虐恋，在现实里虐他的一幕幕。国民好情侣马上就被这对忘年情组合取代了。

小哥哥更是紧张到每天晚上还支着耳朵探听隔壁屋张亦嘉回房间的时间，他很想和她每天说晚安，但是每天他们都对戏到很晚。

那天深夜了，小哥哥还是听不到门口有任何动静，他害怕过了十二点张亦嘉还没有回房间。“难道她和他对词一直都没有回来吗？”他有些坐不住地敲了张亦嘉的门。

门突然开了，“吓死我了，你怎么不问问是谁就开门啊？”小哥哥一边说着，一边伸着脖子往里看。

“看什么，我一猜就是你。”张亦嘉靠在门框上，楼道里的灯光打在她的脸上，带着疲倦却很妩媚，小哥哥看愣了，什么话都说不出口，脸越来越红。

“呃，没什么，就是，就是，呃……”他站在门口自己挠头，尴尬地接不上话。“呃，没什么，睡觉吧，嘉嘉，晚安。”说罢，他慌慌张张地扭身回到了自己的房间。

剧组开始进入外景“大片”单元的拍摄，这是一座五十八层楼高的建筑，特点是用特质的钢化玻璃密封了天井顶层，选择在这样的场景下拍戏，真的是很大的挑战，虽然安全有保障，可一般人一站上去心志一下子会被吓散，何况还要在上面说着成串的台词，还要在上面翩翩起舞。

吴老师有些紧张，张亦嘉还和他开玩笑：“长得好看的男人会很惜命吗？”

“不，和好看不好看没关系，是岁数到了，年龄越大，胆子越小，平时拍戏我都事先检查再开拍。”

“这么小心呐，怎么？你还担心有人害你？”

“职业病，都是吓出来的，你看这次，剧本上只写了日，外，楼顶，谁知道是这样的楼顶，再说，要了短儿了，我有恐高症。”

就算事先检查过了场地，就算导演已经亲自在上面预演了好几遍，还特意标记了几个站位点，来来去去那么多人，都验证了环境的安全，可吴老师还是很紧张。

张亦嘉虽然没有恐高症，在正式开拍之前心里甚至还有些小欣喜、小刺激、小激动，却没想到开拍之后，僵硬在那里。

腿根本不听使唤，人不能动换。

“停!”导演大吼着，从监控器后面跳了出来，站在他们的身边：“二位，放松一点好不好？吴老师有恐高症，我知道，你有没有我不知道，可是人家的脚都动了，你怎么不动?”

导演的嘶吼像是一个可以震碎那玻璃的声浪呼啸而来，让她更害怕了，担心玻璃会随时被导演吼裂，他们会随着玻璃碎片一起直接拍向地面，拍得粉碎，或者还没有拍到地面，就早已被那坠落时的失重感折磨而死。

“别往下看，重心别向下，那样容易腿软，就瘫了，咱们争取一条过。”有恐高症的吴老师还在宽慰、鼓励着张亦嘉。她能感受到他的手指冰凉，可他依然一脸微笑。

紧张和危险，容不得失误，容不得重拍。

监视器里两个悬空的大主演轻松优雅欢快地游走在五十八层楼高的天空中，跳起浪漫的华尔兹，演着陶醉的戏码。

拍摄顺利，表演精彩。

三十七天后，吴老师的戏份拍摄完毕，剧组还特意为他安排了杀青宴。这样的盛遇不是每一个演员都有，因为吴老师在影视圈的资历很深，声望也高，据说这还是出品人自掏腰包为吴老师饯行宴请的全剧组。

晚上全组都放假，在酒店里等待着出品人的到来。“啊？那不是那个人吗?”坐在吴老师旁边的张亦嘉看到一个款款而来的男人，小声地说着。

吴老师站起身马上迎了上去："您好陈总，太感谢了。"

"您好您好，吴老师，快，请上坐，请坐。这部戏能请到您，那是咱们的缘分，我的福分啊，把我高兴坏了。片子一下子档次就上去了，还能带着年轻的演员跟您学演戏，这部戏肯定好，准能火，您可帮了我大忙了。"

坐在中间的两个老男人相互寒暄，年轻的演员和工作人员们都在一边保持着微笑且谦逊地频频点头。

那天的座位安排得很有意思，圈内大名鼎鼎的出品大鳄陈总左手边是小哥哥，吴老师的右手边是张亦嘉。第一制片人、总导演、总摄影师、总剪辑师们围坐在他们四个中心人物的两边，所有人频频向中央人物举杯敬酒，小哥哥和张亦嘉整晚也都是频频点头微笑。

宴会接近尾声时，张亦嘉悄悄地在吴老师耳边说："能不能晚上和你打电话?"

吴老师话音未起就被陈总拦去，几个大鳄模样的人准备换一个地方继续谈天说地。

"那你们年轻的今天晚上就放假吧，都好好玩儿，后面好好拍，我还指着你们破八个亿票房呢，不然我这顿饭可白请了啊！哈哈哈。"

说完，几个老男人离去，小哥哥悄悄地站在张亦嘉身边想问她一会儿去哪儿玩儿。张亦嘉却不错眼珠地看着吴老师被那个一直都出现在自己身边的男人接走了。她很想给吴老师打电话，特别是在知道这部片子是陈总的单独投资之后，她更想知道，为什么这么大投资的电影蛋糕，会通过吴老师这个勺子送在她眼前，喂给她一个小演员吃。

幸运地有点失真。

90
先给你一点点颜色

这次的本子堪称文艺片的极致，脆弱的人恐怕都会经受不起，很多内行看过摄影方案之后都感慨怎么这么虐。这里根本就没有小打小闹，导演直接把那些虐的元素设计为“濒死”的挑战，大大超出了常人的思维，超出了常人承受的范围。

“张亦嘉，禁得住摧残吗？怕不怕把自己虐死在角色的桎梏里？”

“那我就当涅槃重生了。”

零下十几度的户外，她只身穿着被泼过水的薄薄的衬衫。严冬时节的北风一下子吹去她的体表温度，寒冷直接像锥子一样扎进了她的身体，她还要走向那个冰冷的湖。

她之前吃了很多的感冒药，喝了很多的姜糖水，她也很渴望自己是一个发热体，或者有一件能够保护自己的保温衣，但是她没有。远处的湖面上还飘着冰，而她，要一直走向那个不算深的湖心。

她很害怕，但是没有退路。

入水的瞬间，刺骨的寒冷马上侵袭了她。那种难受迅速蔓延全身，那种冷，似乎可以直接撕裂身体。膝盖和关节的疼痛就像冰刀刺入身体一样，这看上去完全是一个自杀行为。她不自觉地大声叫了起来，听上去的哀号更像是垂死挣扎。

水里的张亦嘉脑子一片空白，她不知道动作是怎么完成的，她甚至连说话的口型都是僵硬的，连眨眼这么简单的动作都已经做不到。

岸上的工作人员都披着两件军大衣，只有一件单衣单裤的张亦嘉却在冰冷里重拍了好几条，谁都不知道要拍到什么效果才能过。

这时片场来了一位超级嘉宾，陈总，坐在了导演的监控器旁边。他不轻易开口，也没人敢上前和他说话。他不露声色，没有期待与兴奋，也没有紧张和担心，只是细细地看她演戏，静静地品味着一个年轻女演员用生命诠释的戏份。

看到张亦嘉那么拼命的样子，他也只是在监视器前平静淡定地说："好，真的很好。"

导演也终于喊了卡，张亦嘉被众人拽上了岸，她很快失去了知觉，再多的暖宝，再多的军大衣，再多的红糖热水都激发不了她模糊的意识。她身体早已被冻到僵硬，膝盖和胳膊肘也不会打弯，怕是稍微用力动她一下都要折断。

她连个高烧都不发，体温也在一点一点地下降着，嘴唇越来越白，看上去她的生命迹象都要消失了。

陈总扒开人群，直接把她抱上了车，一路飞速送往最近的医院。一路上他紧紧地抱着这个瘦小的女演员，这是他们之间第一次的亲密接触，无论之前他是否有意，无论之前她是否躲闪，此刻飞速的车上只有他用他的身体为她取暖，让她依偎。

张亦嘉昏睡两天之后醒来时，眼前的一切令她相信，这里根本就不是医院。奢华的装潢，犹如是贵族的宫殿。她以为自己在做梦，试图发声，却喉咙干涸，有着撕裂的疼痛。自己的身体上有一件白色但说不出质地，泛着光的睡衣，这让她一下从柔软的大软床上跳了下来，她甚至忘记了自己还输着液，以致不小心把支架拽倒了。

陈总和另一个戴眼镜的男人很快出现在卧室的门口，陈总示意戴眼镜的男人离开，转过头直步走了过来，扶好支架，坐在床边，嗔怪地说："醒了就这么不老实？"

他穿着一件看上去很暖的白色衬衫，嘴角边的笑容洋溢着宠溺的爱。

这让站在床边的张亦嘉有些不知所措："啊，我在哪里？"

“在我家，你先躺好，不然更严重了，你知道你昏迷了多久？”

“我不知道，就是很冷，导演一直都没喊停，后来我就不知道了。”

“你这个小丫头，你自己不会说停吗？”

“呃，我，我，我忘了。”

陈总突然笑了起来，他觉得眼前这个女孩真的太可爱了。

“快睡觉吧，睡醒了再说。”

“呃，我想回家。”

“液都没输完，你病得那么重，我这里有医生，小丫头，放心吧。”

“不行，我要回家，我怎么能在你家过夜呢？不好意思，我还是要走的。”

“听话。”

“不，我要回家。”

无论神志还是体力都降到极点的张亦嘉的自我防范和保护意识还是很强，无论他说什么，她都坚持说不，坚持要走，对方再牛，地方再好，她也不。她誓死都不要在这个男人家里过夜。

91 ➚
一部虐戏

康复后的张亦嘉回到剧组继续接受“虐”的挑战，导演几次都在问她：“还好吗？还好吗？剧本都能明白吗？”

她一直都在重复：“可以，我没问题。”

“不怕吗？”

“我是演员，我什么都不怕。”

导演拍了拍她：“那就别怕，死也要演好，我不喊停，你不能停。”

她看着远方，紧接着看着导演的眼睛说出了“我是演员，我什么都不怕”这句掷地有声的话。

今天的戏，导演建议她参照《红字》里的情绪来酝酿，想象着自己是接受那所谓“审判”，被钉在十字架上的女人。

随着导演开始的喊声，风沙都跟着起劲，带着强暴的气势，把气氛烘托到了极致。第一口吐向张亦嘉的唾沫，瞬间被吹散了，第二口直接吐到了张亦嘉的脸上，明明吐在身上就可以，可白色的沫子呼了她一脸，这比打脸还要有羞辱感。

羞辱本就是这一段的情节，钉在十字架上的女人接下来是一场被众人辱打的戏。开始大家都有些手下留情，但这样的镜头不够真实，导演要求达到最大残忍之下的真实还原。这里没有表演艺术，没有剧情升华，躺在地上的女演员只是一个肉饼，一个被撕扯衣服虐打的肉饼。

她的衣服被撕扯，近乎全裸的身体躺在沙地上，被无数黑手摸脸、胸，还有她的腿。她的肉体几乎没有一处再属于自己，完全被玩弄在镜头前和那一双双魔手下。

这出戏，是真是假?

在恐怖的沙地里，一个女人惨遭蹂躏，受尽屈辱。她就像三毛的《撒哈拉沙漠》最后一章《哭泣的骆驼》中那哀鸣的骆驼。

骚动的人群，拥挤上前。

凌辱的审讯，荼毒生命。

三毛笔下的“沙伊达”（《哭泣的骆驼》里的人物），“仰着头，闭着眼睛，咬着牙，一动也不动”，看似那么简单形容下的连贯动作，在张亦嘉的理解中每一项却都带着沉重的意义。

的确，她从来都是一个不屈服的女人，即使被迫害的时候，她依然会昂着头。

可她毕竟还是一个柔弱的女孩子，即使她有勇气面对残暴的真相，也会害怕闭起眼睛。

就算眼睁睁看着恶魔迫害着自己，可这样的女孩子还是会选择自己咬着牙扛到死。

她不停回忆着剧本上的每一个字，可一点都想不起来这样的场景，脑海里浮现的就是书中的沙伊达。

张亦嘉的血和眼泪一直都在流，那些围攻仍在继续。这场戏导演一直都没有喊停，很多工作人员都看不下去了，一些男演员也下不去手了，可导演依然没有喊停，一直眉头紧皱，手捂在嘴上，默不作声。无论别人怎么求情，导演都深深吸一口气，但是停字始终都没有说出来。

她已经被那些“坏人”打出了血，他们还围着她进行凌虐，透过那些鞋子和脚，她突然看见了李子凡，就在这么紧张，这么疼痛的时刻，李子凡生生闯了进来，但离她很远。他指指那些围殴她的“坏人”，指指监视器拼命地告诉着她什么，一闪而过，消失了。

张亦嘉突然心里阵阵发凉，她突然知道了什么才是真正的可怕。那些在她身上动手动脚的男人，她不在乎，无论他们使出怎么样的招数，她都不怕。

露胸，不怕；扯裙，不怕；辱打，不怕；流血，不怕。

但她在沙地里看到了监视器旁缓缓站起身来的陈总，她害怕了。她似乎知道谁是恶魔阿吉比（《哭泣的骆驼》里的人物），眼泪喷涌而出，觉得心好痛，那种疼痛并不是因为片场上对她的鞭打，而是真相，她好像全都明白了，眼神里充满着疑惑和愤怒地看着那个站起来的影子，那个影子缠绕在自己身边多年，那是一个很可怕的影子，那个影子影响了剧情，那个影子在故意行凶。

“啊！”一声惨叫，震破天际。

“鲁阿”（《哭泣的骆驼》里的人物）出现了。

小哥哥不管不顾地冲了进去，一把扒开人群把半死的“沙伊达”抱在自己的怀里，激动地吼道：“她都快被打死了！你们要干吗？叫救护车！快点！”小哥哥眼圈红了，脱下了自己的外衣小心翼翼地披在张亦嘉的身上，紧紧地抱她在自己的怀里，说：“张亦嘉，你真傻？你怎么能这么傻，你怎么不喊停？”这天小哥哥有他其他的戏，没想到赶过来却看到了这么虐心的一幕。他一边抚摸着她凌乱的头发，一边低头用脸贴着她，他和她的眼泪都流在了一起。

张亦嘉的眼睛却从未离开陈总，好似现场发生的一切混乱都和自己毫无关联，脑子里一直出现的是李子凡的一级谋杀案，直觉，就是直觉，那一定是李子凡在告诉张亦嘉，真相和他有关的直觉。

“一定是他。”张亦嘉终于扭回了头，用微弱的声音，贴在小哥哥的耳边，“他也想杀了我。”

“谁？”小哥哥的脸瞬间严肃了起来，“张亦嘉，你怎么了？谁要杀你？”

她闭上了眼睛，直接晕了过去。

92
“彻底”曝光

张亦嘉用生命拍“虐戏”的时候，并不知晓外面无良媒体的恶意炒作。各大媒介平台，一切能够广而告之的地方都在曝光着一对苦命鸳鸯。她和李子凡的恋情被挖了出来，两个人近几年同台出现的照片，佩戴的情侣款的首饰，甚至连两个人的名字、面相都有“无名风水大师”细细八卦解读……

之前被炒得沸沸扬扬的李子凡各种“黑事件”，令全社会都在质疑李子凡的人品，甚至有人猜测李子凡的“枪击惨案”是张亦嘉故意买凶的报复行为，还有说是“张亦嘉的情夫”一手策划并实施的传闻。

《娱乐播报》：

“为什么新人女星面对一个花花大少依然在外公开表示‘只爱他，只等他’这样的煽情宣言，是因为张亦嘉早已看好‘李氏集团’幕后的巨大金矿，特别是李氏家族花重金和韩国公司大打官司的巨额花费，令全亚洲的粉丝惊叹其实力雄厚。张亦嘉便将自己不再年轻的姿色及青春全部献给李子凡，坐等‘李氏集团’能分给她一杯金羹，饱食一生，无忧无虑，这样的女人好精明呢。”

那时的张亦嘉在血肉模糊地拍着惨虐的镜头，毫不知情。她的公司看到旗下艺人遭受了如此不道德的诋毁，去和媒体交涉，但各个编导三缄其口，不透风，不说半个字。

“究竟为什么？”

“就当给你们炒作呢。”

“你这是毁她呢，张亦嘉的口碑和艺德大家都是知道的，她不是走那种搏出位路线的。”

“禁得住多大的诋毁，就能……”

“别说了，我只想知道后面是谁？”

负责张亦嘉的经纪人直接问了最终的问题，编导都选择了沉默，像是面对了一个不能说的巨大秘密，或者说大到他们也不知道是谁在这样安排。

另外一家电视台的娱乐节目开始点评众多与张亦嘉“交过手”的男演员，从小哥哥到吴老师，从李子凡到任何一个男人。中间还反复插播着张亦嘉唯一的一次床戏画面，其中小哥哥的镜头被掐掉，只有张亦嘉在镜头前露着肩膀闭着眼睛的画面，就这样，她被形容成“性经验”超丰富的女星。

《娱乐前线》：

“最近娱乐圈总爆出女星艳照门事件，据悉因和多人不雅视频流出而不堪压力自杀的女星金慧珠，在练习生时期正是张亦嘉的同门姐妹，看到金慧珠选择士可杀不可辱的节气，请问张亦嘉，你的内衣还贴身吗？”

这种驴唇不对马嘴的恶意诬蔑太多了。连和吴老师一起赤脚走红地毯的事情也被挖出来，报道成：“两人在车内进行未知的举动，迟迟不肯开车门，也许车上发生的精彩怕是连司机都羞得不敢看，不然怎么会慌张地忘记穿鞋就下了车，请问张亦嘉你的节操是否也忘记捡起来了呢？你可是口口声声说你是只爱李子凡的女人，还能这么花心，你还是跳楼算啦。”

在不断的诽谤中，跟张亦嘉有关的什么“国民好闺女”“国民好孙媳”统统不见了，“婊子”“浪货”等词语跟张亦嘉联系在了一起。

大部分人都不太相信那些谣言和诽谤，可还是有很多人一起跟着大骂张亦嘉骗了他们对她的信任和喜爱。电视台上都能这么公开诋毁她，可想而知网络上对她的声讨。

积累多年的声誉碎成渣。

到底是谁这么歹毒？张亦嘉不是娱乐女明星，却被毁得那么惨。

所有的戏份杀青回家时的张亦嘉被眼前的景象惊呆了。当她完成了虐戏后，发现外面的世界更加“辱虐”。她完全被骂得不知所云，几乎彻底被击垮了。

公司上层问她：“你最近得罪谁了”？

“我不知道啊，怎么会这样？”

“那是谁这么不要脸干这么下三滥的事儿？你知道对公司有多大影响吗”？

“我才是最大的受害者，你还对我嚷？”

“你知道后面几个广告商都撤资了吗？你知道公司还要给你垫违约金吗”？

“我不知道是谁这么下三滥，去告他们吧。”

“公司的法律顾问说了，可以告，而且肯定赢。但是不要期待能挽回你原来在公众心里的形象，就算他们诽谤，但是人们还是对这样的话题更有兴趣，你从此就完蛋了，你知道吗”？

作为大众口中玩过头的话题，官司势必要打。那些黑色烟雾弹已经影响到了很多广告、影视剧的项目合作，投资商纷纷撤约，损失惨重。

可是金钱在声誉面前，算什么？她的声誉和伤害，没有人去计算，没有人为她昭雪，像是被人误踹进了粪坑，即便被拉上来，她还是会臭臭的。她甚至可能从此被公司雪藏起来，或者被封杀。

圈中一直不乏好友力挺她。但是男星则被传是她众多男朋友之一，女星要么就说是同样的花心放荡，要么就说她们之间是暧昧的“同志”关系。

她真的吓到了，天天躲在床上抱着狗狗哭。

朋友们心急如焚，姐妹们选择陪着她，哥们儿只能打个电话。

第一个电话是小哥哥：“嘉嘉，你在哪里？我要见你。”

第二个电话是吴老师：“嘉嘉，不要理会那些，带着家人先出国一段时间吧，几个月之后那些屁就烟消云散了，现在太臭。”

第一个电话里张亦嘉说：“不要，你不能过来，不定有多少人在盯着你。”

第二个电话里张亦嘉直接听得捂着嘴哭，说不上话来。

93
看不下去了

电话又响了，陌生的号码，她不接，对方没有再打，只是发来一个信息，说自己是李子凡剧组里的女一号姐姐，有话要说，张亦嘉才回了电话过去。

“张亦嘉，我知道你不喜欢我，我也不喜欢你。”

“姐姐，那为什么给我打电话？”

“我虽然不喜欢你，但是我也不至于那么坏，我不想你们两口子都那么惨。”

“怎么了？李子凡怎么了？”

“哎哟，我的傻妹妹，你不会连你们俩得罪了谁都不知道吧？”

“我不知道啊，我没得罪过谁啊，李子凡更没有啊！怎么回事儿？”

女一号姐姐有一个不能见人的秘密，她从来都不敢穿露脚趾的鞋子，她右脚的小脚趾被割掉了。凶恶的黑手就是她出道时依仗的大鳄叔叔——陈总。那种人，表面上一副绅士的姿态，实际为所欲为，心狠手辣。那个男人亲手带着她进了圈子，给她不用经历风雨的彩虹，时间久了她比任何人都了解他，所以才想逃跑，哪怕掉一根脚趾，她也要离开他。

张亦嘉在电话另一端听得一边恶心得想吐，一边吓得瑟瑟发抖。

“他有枪吗？”

“他什么没有啊，中国黑市上都买不到的，他都有，别提枪了。”

“姐姐，那你当初离开他，他为什么没有杀了你？”

姐姐深深地吸了一口气：“怎么说也算是留了我一条命吧。”

“那他为什么要杀李子凡？”

“我可没这么说啊，我只是让你自己小心一点。”女一号姐姐虽然时常很讨厌，可李子凡倒下的时候，她也很心痛，她也不想看到一对情侣前赴后继地被“谋杀”，就算自己不善良，也不至于那么残忍。

画面回到了强吻大戏的那一天。

她看到了情绪很高的女一号姐姐，她在剧情里的角色是一个交际花，和王书纶一样是卧底，她经常扭着小屁股朝自己走来，告诉自己熟记台词的诀窍、走位的技巧，眼神看自己的时候也全都是充满了爱。张亦嘉很快意识到她现在眼前的世界，就是当时李子凡的世界。脑海里也会想起李子凡的声音："姐姐，你再漂亮，我怎么可能和你演亲密的对手戏呢？我怎么能和你接吻呢？再说你之前对张亦嘉那么坏的态度，还想让我把你当作她，我真的受不了。但是你再坏，你还是会想揩我油，所以，怎么舍得暗杀我呢？"

所以，不是你。

画面回到了枪案大戏的那一天。

她看到女二号是一个干脆利索的小姐姐，她是导演的女人，剧组里的人一般叫她嫂子。她的角色是军统的人，她也有着她的一腔热情，只是大家效力的对象不同，不能说她就是一个坏女人。台本上原来的梗概是，女二号发现了王书纶和女一号秘密接头，开始只是以为深爱的男人沾染了风月，要把女一号碎尸万段，但最后改戏成了女二号选择枪毙王书纶这个被发现的革命青年。

在最后仅有记忆的零点零二秒里，大家同时听到了"停"和"开枪"，子弹出膛，吓得她够呛，看上去她根本就不知道那道具枪里有子弹，她也不可能自己把自己送入凶手的名单表。

所以，也不是你。

至于导演，一直都在为了剧本和拍戏的事忙得焦头烂额，争取把每一个镜头都拍得出彩。那些整段的台词、整段的打斗和长镜头真的全拍下来很不容易，他只是想把剧情推动到最高潮，他只是为了让戏更好看一些。而之前的剧本根本不是这样的，不知道为什么要改戏，重新设定的脚本王书纶是死在了"爱人的枪下"，导演嘴里一直还念叨着："是呢，我他妈怎么没想到，这多有戏！"可是谁让他有了这样的扭转？扭转了一个这样的结局。

但他不至于给自己挖坑，谋杀自己组里的演员，更没必要把自己推向一个面临巨额赔款的深渊。

所以，也不是导演。

到底是谁上子弹，又是谁喊了“开枪”？

至于嫌疑最大的道具小哥，看上去很善良，很敦厚，全剧组都不会怀疑他，他不可能自砕饭碗，也根本没见过国外黑市上才有的特质子弹。他还跑过来对他说：“大凡，我表妹是你粉丝！”如果真的是他受到了什么人的指使或者贿赂，故意为之，那么他的良心会跨过他心爱的小表妹那一关吗？

都怀疑了一个遍，凶手，根本不可能是剧组里的人员。

更不用怀疑制片人和出品方了，他们何苦花了那么大的价钱，然后再赔进去更多呢？

究竟是谁？究竟是为什么？

张亦嘉发抖得厉害，突然在夜里惊醒。她开始回想那个曾经争风吃醋，大打出手的剧组，可一切都和李子凡没关系，连这样有关他的一个梦，他都从未出现。可刚才的那些经历，像是被神奇的力量还原在了张亦嘉的脑海里。无论是否是梦境，她都能感觉李子凡在一遍又一遍地还原现场，就算她能梦到所有现场的人，却看不到他，也没有任何线索和头绪。

张亦嘉常常感到冷，特别是晚上，不停发抖，也常常伴随着一声“救我”在夜里惊醒，她喘着粗气，抱着“华莱士”大声地痛哭。如果当时是自己替李子凡挨了一枪，也比自己这样无力回天要好。

“凡凡，为什么要折磨我们两个呢？无论是谁，他为什么不直接把我们两个杀死呢？我现在很怕，因为我不知道该怎么办！你告诉我，怎么办？怎么办？”

那个大海对面的美少年不回答，他一直都在沉睡。

她开始回想这几年与所有大鳄之间的瓜葛，那些想送她珠宝、跑车、豪宅的大鳄叔叔们，也只是为了得到她，从而嫉恨李子凡，可自己都不信这样幼稚的说辞，那些顶级的老总，何苦呢？他们连那些想抱着他们的大腿服服帖帖往上爬的倾国美女都拒绝不清，干吗非要折腾一个小小的张亦嘉？如果找不出他暗杀李子凡的理由，可为什么李子凡偏偏会在自己受虐时出来指认呢？

陈总，是你吗？

陈总，你要干吗？

M 你像杀李子凡那样，杀了我吧

94
折磨你，更有意思

在这个特殊的时期，出了这么大的乱子，那么自己所有的戏份会不会全部被删掉？那么那些受过的罪，岂不白受了？

太多没有头绪的问题，在张亦嘉的脑子里嗡嗡作响。

“如果，因为我而导致那部电影有问题，会不会有赔偿？”张亦嘉的声音在发抖。

“我看了你们的合同，嘉嘉，确实，你这次合同和之前的不一样。”经纪人的眉头一直紧皱着，“因为这次的合同给你片酬是按票房分成的，当时咱们还觉得这次你赚到了，因为给你的比例很大，但是，如果，如果违约，公司势必赔偿一些，但是你个人承担的太大了，哎，当时那些附加条件咱们还觉得没问题，谁知道怎么出了这么大的事儿，如果出品方要求赔偿，那谁也没办法。”

经纪人严肃地说完，张亦嘉吓到头脑空白，像傻子一样呆住了。如果，真的涉及赔偿，恐怕张亦嘉十辈子都赔不完。

“吴老师，我是不是被设计了？”

“嘉嘉，很抱歉，我也有责任，当初他们拿着剧本找我的时候，我还觉得剧本真不错，陈总问我推荐谁做女主演的时候，我真没多想就想到你了，让你受了那么大的罪，我真的很抱歉。”

“吴老师，不要这么说，你是不是也在设计之内？你是不是也是一个受害者？”

就算他们所有人都是受害者，也没有人知道其中的秘密。

就算所有矛头都指向陈总，他的动机又是什么呢？可如果不是他，又要去怀疑谁呢？

张亦嘉马上给小哥哥打了电话，怕他年轻，怕他在不经意间得罪了不能得罪的人而惹上祸害，何况他还是陈总公司的A级签约演员，时间久了，谁知道哪句话会惹来杀身之祸。

接到电话的小哥哥，约她在西餐厅见面，细细说，慢慢听，在小哥哥的眼里，听什么都不重要，重要的是听张亦嘉在说。

“我能感觉得到，就是他。”

“你怎么这么肯定他那么坏？”

“我能感受到，那些重头戏让我觉得现在的自己更像在刀口下溜达的小孩，不知道什么时候就被砍了，因为喊‘砍’这个字的人，不是导演。一切都要他说，才能过。”

“他真的对你这么坏吗？真有这么坏吗？”

“可是我的李子凡却醒不来了！”张亦嘉直接趴在了桌子上呜呜哭了起来。那么瘦小的身体趴在桌子上抽噎，像是隔绝了一切。

小哥哥马上起身坐在了她的旁边，他很想抱抱她，却无从给予他的拥抱还有他的爱。

此刻张亦嘉需要踏踏实实的安全感，此刻张亦嘉哭得那么没有安全感，此刻张亦嘉哭得好像是谁都给予不了她那种踏踏实实厚重的安全感。她突然不想和任何人保持亲密的关系，她觉得身边的人都有阴谋，处处都是诡计。她又想起来吴老师曾经给她打电话道歉，带着怜惜和歉意的口吻，说之前推荐她的时候没想到让她受了那么大的罪。

她原谅他，是因为她觉得吴老师也是被设计了。

她现在关心小哥哥，是怕小哥哥也会被设计，也许被拉去空中跳舞，也许被砍掉一个脚趾，也许会吃上一颗子弹……

女人，直觉就是警报感应器，她坚信那个像幽灵一样藏匿在自己生活里的男人，就是他。

张亦嘉在还没有准备好语言时，手却鬼使神差地拨通了陈总的电话，接通之后，她的心跳得扑通扑通的，支支吾吾地不知要说什么？

“你好，小嘉，怎么了？”

“我，我想问问你，你知道是谁在毁我吗？”张亦嘉的牙齿发出了碰撞声，声音也颤抖得都要碎了。

“什么？毁？谁舍得伤害这么可爱的姑娘？”

“我觉得你知道他是谁，你应该明白我在说什么。”

“要不你来我家说吧，见面谈。”

“为什么去你家？换一个地方吧。”

“怎么？家里不好吗？你又不是没来过，你在我这里还睡过两天呢。”

“那你家里有人吗？”

“你想家里有没有人？”

“我们要不换一个地方吧。”

“我家没别人，我在家等你。”

“那我们谈什么？”

“你想谈什么就谈什么。”

陈总坐在豪宅里等待着那个当初生病都不肯留宿的小女人，不自觉地把玩起来自德国的半空心子弹，那款射入李子凡头颅的半空心子弹。他在思考李子凡，却偏偏不太记得李子凡的模样。他不在乎他的模样，他也不在乎他的生死，在人人都爱李子凡的时代里，他只在乎他是他的宝还是他的眼中钉。当初他也想签下李子凡，如同张亦嘉公司老总的遭遇一样，韩国方面很拿劲儿，让他碰了一鼻子灰，谈判失败。

却没想到李子凡不久出现在对手公司投资的剧组里，要知道如果一部大戏火了，会压制同期的其他作品不得翻身，因为观众就那些，市场就那些，票房就那些，都被抢走了，别人吃什么？

在粉丝眼里李子凡是男神，可在陈总眼里，李子凡就是一个重磅飞弹，所以在他爆炸之前，他决定要先把他拆成残落的碎片。

陈总一直都是以一个儒雅的绅士形象出现在众人面前，看上去很温和，好似“阴谋”“险恶”这些词从来和他都没有关系，即便上了战场，也是一个只会通过和谈的方式解决争端的人物，和那些视商界如战场的老总们完全不同。因为在陈总的眼里，确实不存在战争，他一定会在战争爆发之前，先消灭对手，这就是他的逻辑。而他是一个生意人，做的都是实打实的买卖。李子凡这个戏不能存在，他要保证过亿的投资没有竞争的风险。而那一颗子弹也并不是真想取他性命，谁知道本想抹上一点黑色，实际却成了一片血色。

至于一会儿上门的张亦嘉，陈总也实在是觉得这个女孩子很有意思，他不一定爱她，平日里身边那么多的莺莺燕燕为什么感兴趣的非要是一个张亦嘉？只是多年来这朵不求肥料独自绽放的娇艳小花，就是有那种拒人千里的劲儿，再委婉也会显得冰冷，毕竟自己和自己的圈子都是有身份的牛人，岂能容许这小辈几次三番无视自己热情到讨好式的问候？而他越是被拒就越是来劲，反而默默地给了她很多的帮助，可能一句“这丫头不错”，就能为张亦嘉带去很多机会。陈总也曾因此而觉得欣慰，至少自己还帮助了一朵干干净净绽放的小花。

直到他发现，张亦嘉的男朋友正是李子凡，他容不下了，小恋人就是这样成为盘算和嫉恨之下的殉葬品。

95
未遂

张亦嘉踏入了这个皇宫一般的豪宅，房子空旷得都能听到回响。

大鳄叔叔看着眼前这个终于主动找上门来的女孩，笑了起来。这个女孩，他们相识了多年，她站得离他很远，他们仍然不会因为时间而变得亲近。

张亦嘉很紧张，越是紧张就越不知道如何开口，越是不知道如何开口，就越是开门见山："是不是你杀了他？"

"嘉嘉，你想多了。"他看着张亦嘉，给她倒了一杯茶，"过来喝茶。"

张亦嘉一直在问，问着很多不着边际的问题，大鳄叔叔从不说是或者不是，对或者不对，至于张亦嘉问什么说什么，他也根本没有听。

他现在对她的感觉实在是奇妙透了，他喜欢她的聪明，喜欢她的拒绝，喜欢她的质问，虽然他什么都不承认。当然，他也喜欢她的美貌，特别是此刻她又出现在他的房间里。如果说张亦嘉进屋之前，他还可以保持冷静和理智，可一见到这个小妮子，他的思维便停留在一个好色之徒的世界里，特别是夜色渐深时，而且，她一个人来了。

"过来。"大鳄叔叔起身笑意盈盈地朝那张床走去，坐下，拍了拍大腿，"来，坐过来。"

那张白色的床，还是很干净，他也穿着同样白色的衬衫，可是那些白色却再也没有温暖。

她一直都想要一个答案："为什么要这样对我们？"

大鳄叔叔此刻却只想着怎么上床。

如果和大鳄叔叔上床换一个想知道的答案，这样的交易换不换？可换与不换李子凡都醒不来。幼稚的张亦嘉，上门谈谈能谈出什么？如果自己认定了他就是杀人犯，那么自己早就应该带好刀枪有备而来，可就这样两手空空上门，这不就是白白来送死吗？

"你就只是想睡我？"

"你不愿意可以直说，现在是你主动来找的我。"大鳄叔叔站起身来，缓缓地一边说着，一边站在了张亦嘉的身后。

“所以你杀死了李子凡？”她拼命转身，却被他用双手把肩膀控制得死死的。

“李子凡？”大鳄叔叔皱了皱眉头，低下头来，凑在她耳边，“他不是没有死吗？”

张亦嘉一边挣扎，一边大吼起来：“放开我！一定是你干的！”

他在张亦嘉身后严肃了一下，一把把抓在胸前的张亦嘉转了半个圈，继续抓着她的肩膀在手里。他看着她的眼睛里带着杀气，可看上去她这样认真的对峙有点幼稚，便说：“嘉嘉，你这种女孩不适合在演艺圈子里发展，因为你常常保护不好自己。”

“回答我！李子凡的事儿，是不是你干的？你想干吗？”张亦嘉根本就挣脱不了，也反抗不得。

大鳄叔叔突然笑了起来，但很快脸色就拉黑了，那一瞬间的变化吓得张亦嘉下意识地往后仰了下去，身体打了一个哆嗦。他还怕摔了她，一把把她拽起来，直接扔到了床上。就在这时，张亦嘉的手机也响了，吓得自己“啊”地大叫起来，手机也从衣服里掉了出来，掉在了大鳄叔叔的脚下。她想快速地爬下床，就在她快爬到床边时，他也正好捡起来手机，堵在了床边。

他站在床边，她趴在床边，这个姿势，实在太尴尬。大鳄叔叔突然笑了起来，吓得张亦嘉瑟瑟发抖，他把她的手机递给她，却在她接过时转了一下手腕，这样张亦嘉反倒抓到了他的手，吓得她又尖叫起来。他笑得更厉害了，又伸出了手，把手机递给她，还抬了一眼眉毛示意她接过去。

张亦嘉看到是小哥哥的来电，直接接了电话：“喂？”伴随着紧促慌乱的呼吸声。

“喂，嘉嘉，你在哪儿呢？”

“我在外面，太危险，你别过来。”

“什么就我别过来，你在哪儿呢？我看到你的车了，你怎么在这儿？”

“什么？”

这样的局面确实有点乱。

小哥哥怎么会有豪宅的钥匙？他进了屋子就叫着：“叔！叔！我来了。”他在不停地张望，寻找张亦嘉，但他被眼前的场面搞得有些莫名其妙，即使大鳄叔叔转身坐回了沙发上，可张亦嘉还没有从床上爬下来，头发也被刚刚那一扔，显得有些凌乱。

小哥哥走了过来，看着身边怨念那么重的张亦嘉：“嘉嘉，怎么了？你怎么会在这里？”

“你怎么会在这里？”

“这是我叔家啊，是他不给你戏吗？回来我跟他说昂，别哭了。”他几乎是环抱着张亦嘉，一只手搂在她的腰间，一只手一边帮她擦擦眼泪，一边摸摸头发，往自己怀里靠一靠。

张亦嘉没有躲闪，是因为自己早已僵硬得不能动换：“我说的人就是他。”

小哥哥莫名其妙地看着张亦嘉：“他怎么了？”

“一定是他暗杀的李子凡，一定是他造绯闻毁我，一定是他因为得不到就报复我！”

“嘉嘉？你在说什么？这是我叔叔，亲叔叔。”

“我说，你亲叔叔刚才想和我上床！”

“叔，怎么回事儿？你刚刚对她做什么了？”小哥哥的脸瞬间拉了下来。

“你听她胡说八道，赶紧给我滚蛋。”说完之后大鳄叔叔喝了一口茶，他当然知道自己的亲侄子喜欢张亦嘉，从两个人“结婚”开始，他就听到侄子总把这个名字挂在嘴边。没想到叔侄两个人注意到的是同一个人，这可怎么下手？他甚至想过张亦嘉做不成自己的情人，做侄媳妇也行，便使劲儿地撮合他们，不然他们哪里有那么多的机会去合作？

当时张亦嘉的快速蹿红，确实得益于大鳄叔叔给的诸多机会。

直到阻碍叔侄二人事业、阻止叔侄二人感情共同发展的同一个强劲敌人李子凡出现时，大鳄叔叔十分愤恨，愤恨李子凡是他事业上最大的障碍，愤恨李子凡夺叔侄俩人的宝贝。

这个劲敌，不得不除。

别看剧组里处处都是镜头，可不是处处都有摄像头，加之人员关系复杂，溜进溜出太容易了。他的眼线众多，随意就可以安插在导演的周围，可能一句话就能改变剧本的结构，再找身手利索的油子上好了枪，就可以借拍戏名义把李子凡“当场灭掉”。李子凡死活对他来说并没有意义，只要那颗子弹打在他身体里，有这样一个天大的失误，就可以毁掉一个大剧组。他成功了，涉及的几个公司，无论多有钱，也不是能随便扔个几千万还不眨眼的。

只是他没想到张亦嘉对那个男人那么不死心，更没想到自己的侄子会那么在意张亦嘉。那天酒会上“国民情侣”的吵架，人人都听得到。那天酒会之外“忘年组合”的谈天，叔侄俩都有看到。

96

他怎么就死了？

“叔，她说的是真的吗？你想睡她？”小哥哥的单眼皮几乎撑大到了极限。

“你刚才不是要睡我吗？我让你睡！当着你侄子的面睡！但是你还我李子凡那一枪！”

“叔，她说的都是真的吗？你还动了她男朋友？”

“小宝，你带她走，都给我滚蛋！”那男人的声音大过天，一个字比一个字浑厚而嘹亮，听得出来大鳄叔叔发怒了，那声音就像暴风雨来临之前那咆哮的雷声。

小哥哥回想起片场上张亦嘉当时的惨象，被众人羞辱、殴打，甚至被扒了衣服。当时的导演不敢喊停，那是因为上头说话了，“上头”，正是眼前这位他的亲叔叔。小哥哥说：“那你为什么让她拍那么苦的戏？让那些男人打她？”

“你为什么非要侮辱我？你就是个禽兽！你连畜生都不如！”

张亦嘉还没有说完，小哥哥已经变脸了，眼睛里全是怒火。

“叔！你是不是真的想得到张亦嘉？是不是？”

“你还我李子凡！”

质问声，叫喊声越来越凶，火药味道弥漫到令人缺氧窒息。

一个叔叔的威望和尊严被阴险和猥琐全部扫空。可他不想和自己疼爱的侄子吵架，小宝是他世界上唯一的亲人。他越来越严肃，严肃得像一把沉重而锋利的斧头，但他还是什么都不说，只是在那里听着两个激动的年轻人不厌烦地和他吵闹。

直到他猛地站了起来，摔了茶杯：“小宝，你别太放肆！”从来没有见过大鳄叔叔这么失控，那么沉稳的男人，现在更像是一个火药桶，随时都能炸毁一切。

“一个女人而已！你当什么真！”

“你不就是为了上床吗？玩儿了那么多还玩儿不够吗？你干吗动我的女人？”

“狗屁就你的女人！”

“我爱她，她就是我的女人！我告诉过你我爱她，你怎么还敢动我的女人！我没你这样的叔叔，你不配当人！你根本就不是个人！”

在叔侄二人争吵的时候，张亦嘉不知道哪里来的勇气和冲动，冲过去狠狠打了大鳄叔叔一个耳光，响声很大，其实没什么力量。

一代大鳄岂能容许一个女人打自己的脸？

他抡了胳膊，一个大巴掌狠狠地扣在了张亦嘉的脸上，张亦嘉整个的脸被他重重地拍打下去，人一下就躺在了地上，血很快从鼻子里流淌了出来。小哥哥直接扑过去把她抱在怀里，一直喊着她的名字，可她半天都不醒。

这是大鳄第一次挨一个女人的打。

这也是张亦嘉第一次在生活中被打。

“妈的，小王八崽子，你他妈居然为了一个女人跟我吵！”大鳄叔叔还没有说完这句，小哥哥就已经歇斯底里冲过去了，咆哮，厮打……

在张亦嘉模糊的视线里，小哥哥冲在前边用自己的身体为她挡住一切伤害。

直到大鳄叔叔咣当倒地，小哥哥喘着粗气站在那里。

“小宝，宝……”

地上的那个老男人看上去有些呼吸困难，好似是在高原缺氧的状态，他一直抓着心口，很虚弱无力的样子，看上去很危险。

小哥哥有些懵，直到张亦嘉弱弱地叫了他一声。他很快跑到张亦嘉身边。两个人同时想到大鳄叔叔可能心梗了，因为嘉嘉爸爸心梗住院时，小哥哥正是去看望自己的叔叔。

现在这样的情形，就是心梗突发的症状。

大鳄叔叔几乎疼到手足无措的样子可怕极了，小哥哥只是在一旁看着自己的叔叔那么难受地挣扎，而没有任何反应，他知道药放在哪里，却没有在黄金抢救时间里做出任何施救措施。

“怎么办？”张亦嘉吓得声音都在颤抖，她捂着脸瑟瑟地倒在小哥哥的怀里不敢看。

“嘉嘉，我是爷爷、奶奶带大的，我的父母早早就去世了。”小哥哥镇定自若地说着，毫不理会在一旁挣扎的叔叔，“你知道他们是怎么去世的吗？”他顿了很久，叹了一口气：“是他，为了那些钱，制造了一起车祸，这样爷爷家的钱以后都是他的了。”

“你爷爷告诉你的？”

“没人告诉我，因为我了解他。”

“那你怎么没被他杀死？”

“我死了爷爷、奶奶就会疯了，他不等于把家里人全杀了？那他自己活着有什么意思。”

“小哥哥，他现在是不是要死了？”

多么难堪的局面，仿佛是一个犯罪现场。这个时候大鳄叔叔已经没有了动静。

“小哥哥，我的腿好麻。”

“我扶你。”小哥哥一边拍打着张亦嘉的小腿，一边四处张望，“我们要快点离开这里。”

“那他怎么办？”对啊，躺在地上的这个男人无论做过什么错事，都能做到无罪可咎。年轻的他们能吗？这么危险的时刻，他们能不能逃得出干系？“现在怎么办？他家有没有摄像头？会不会有人知道我们刚刚没有救他？”

“没有，只有门口有，还有他的书房有，但那里一般不让人进，这间房子没有，他不喜欢被监视，他怎么能在他的卧室里装那些。”

小哥哥把水杯收好，擦拭了很多能够留下嫌疑痕迹的地方，然后和张亦嘉整理好自己的衣服和妆容。

“就这样走吗？他呢？”

“不知道，我再看看？”小哥哥直接走到床边想去拿一个枕头。

“小哥哥，不要！”

“如果他没死呢？”

“不要不要，你要是那样就真的出事儿了。”

“好吧，我们快走吧！”

张亦嘉真的吓到腿软，就算她从地上被扶起来，也四肢麻木，手脚冰凉，还要装作很轻松的样子离开那个豪宅，这才是最有难度最有挑战的表演。

真的轻松吗？

真的不轻松。

从开始有摄像头的拍摄范围开始，小哥哥一直都在揽着张亦嘉，她深深地依偎在他身上，两个人都很紧张，心脏的跳动声很强，分不清楚是谁的心跳惹乱谁的心跳。作为非典型意义上的谋杀案主犯和从犯，两个年轻人要怎么才能轻松呢？还要佯装轻松的笑脸，一副欢愉的模样离开那里。

其实两个人的手脚都在发抖，把握方向盘和离合器都显得吃力，但还是平稳顺利地逃离了所有监视区域。两个人走着之前说好的路线，她跟着他，镇定，不害怕。两部车保持着匀速行驶，深夜里所有的路都只有他们两个人。两个人生怕有人看到他们，但是两个人也希望有人看到他们，没有任何一辆车擦身而过，这到底是轻松的画面，还是有破绽的画面？

平时四十分钟的路程，依然还是开了四十分钟，但两个人都觉得像是四十年那么久。

97

中国好哥哥

他们像是一对可怜虫，都想用自己的温度来温暖对方，但发现自己也是冰凉的。

“嘉嘉，忘记这一天吧，不要有负担，什么都没有发生，你只是刚刚拍了一部不能说的电影而已。”

“小哥哥，他真的死了吗？我们真的杀了他吗？”

“不，怎么可能呢？我们什么都不知道。”

“小哥哥。”张亦嘉直接把头砸在了小哥哥怀里呜呜哭了起来，这不是第一次有男生为了自己打架，严格意义上说这也不算是打架，“对不起，都是因为我，我不知道他是你亲叔叔，你还为了我出头，对不起对不起对不起!”

“嘉嘉，我说过，我为了你可以去死。”

张亦嘉堵住了小哥哥的嘴，现在他们都没有死，是陈总去死了，警察会不会怀疑他们？他们又怎么才能逃得出这样的麻烦呢？

“我们报案吗？”

“等等，让我想想，我真的很乱，脑子里都是乱的，现在 120，110，114，119 我都不知道是什么。”

“要不我去和警察说吧，你别去了，我去。”

“说什么傻话呢，这次如果真的有事，我顶着，一切都和你没关系，你什么都不知道。”

“那怎么可以？”她失声尖叫了起来。

“总不能两个人一起死吧，我想你好好地活下去。我也不知道我能为你做些什么，也许只有这些，嘉嘉，你记住了吗？”

突然间的安静，只剩下呼吸的安静。张亦嘉幅度轻微到不能再轻微地摇了摇头：“不要再为我做什么了，这辈子我会欠你的，我还不清的。”

“你可以的。”

张亦嘉当然知道小哥哥说的可以是指只要她接受他，他只要她能让他继续爱她，就够了，但张亦嘉只是觉得自己负担不起这样的爱，她扭过了头，又用沉默拒绝了他。

小哥哥，现在的体温几乎是零。

回想一下，小哥哥的举动足够让张亦嘉对他宽衣解带，迎接小哥哥真诚而炽热的爱，何况自己也在某个瞬间对小哥哥动过心，这个男人对自己的呵护超过一切，自己为什么还不能接受呢？

难道因为自己无名指上一直都戴着一枚“被属于”的戒指吗？如果送戒指的李子凡不是现在的深度昏迷，而是一枪毙命，张亦嘉是不是就和小哥哥顺利地在一起了？

不要儿女情长风花雪月了，化解一下这一夜的惊恐吧。

他们整晚都没有睡，沉浸在当夜的恐惧中，不敢回想，回想起来更是害怕，害怕警察找上家，用冰凉的手铐把他俩带去看守所。两个人甚至连“过失杀人”的量刑都查阅了，还演练了各种被审讯的场景。

第二天保姆过去打扫卫生，发现了那吓人的一幕。

她先拨了110报了警，随后拨打了小哥哥的电话。

电话响起的声音令两个年轻的孩子全身战栗，小哥哥鼓着勇气说着吃惊但不慌张的台词，随后小哥哥把一切都交给自己，上演着这辈子最大挑战的戏码。

他和警察都在现场，看着那个和假人一样的叔叔面目狰狞地躺在地板上。这一幕看起来让他觉得恶心，但要表现出悲恸与惋惜，时不时还有真实的泪水和哭喊。

小哥哥的体表温度现在已经低于三十五度了，再这么演下去，他就要倒了。

他昨天没有选择拨打120，可能是因为慌乱，可能是因为他就不想救他，而是选择收拾好现场，快快逃走，一切听天由命。

此时警察只是拿着本子登记，问了情况，让他去所里登记。120出了心电图，讲了讲尸斑，让他去医院准备死亡报告。

若是普通人家，小哥哥完全可以摆平后事，还惊动什么110？可他叔叔的社会关系太复杂，公司最大的股东突然撒手人寰，身后的事务陷入了混乱。集团的各大股东们此刻需要重新整理和划分钱权角色。

他们所有人都怀疑这是一起谋杀案，凶手一定和集团内部的高层有关系，特意成立了调查专组，想把凶手从内部揪出来。一切并不是为了给陈总一个交代，仅仅是为了分陈总留下的蛋糕，尽可能地把“分母”变小。

有关陈总所有账目往来、通讯记录，一一被调查，当晚的监控录像也呈现在大众面前，看到“国民好情侣”两个人一前一后地进入，相伴成双地离开，作为“犯罪嫌疑人”的张亦嘉又一次被列入嫌犯调查名单里。

之前和小哥哥做过功课，两个人口径一致地说应邀去陈总家谈事情，一起离开，其他一概不知。这么简单的桥段他们排演过很多次，真实上演时，心理压力还是能大到要压垮自己，好像自己真的是故意杀人的凶手。

就在董事会急于调查时，小哥哥突然反应过来，作为叔叔唯一的亲人，他在法律规定上是唯一的遗产继承人。他马上找来律师咨询：“我想放弃我叔叔公司里所有的个人股份以及连带的利益。”

“请你理智一点，你知道那有多少钱吗？”

“我知道那有很多很多钱，但是我不要了。”

“据我所知，你们公司的法律顾问现在都忙着应付各个老总，而你……”

“我对他那些头衔和背后的利益关系，一点兴趣都没有，或者在遗产继承里涉及所有股份份额的问题，全部交由董事会折现处理，他们随便钻空子，他撤股下来给多少就是多少，我也不参与任何股权股利的分配，只继承他私人财产里可继承的就可以。”

没有人再关心陈总的死因和后续，没有人再进行调查，人们更关心的是谁来出钱购买那些大股权。陈总的生死砝码，只在于他留给董事会多少股份，多少钱，与他的生，与他的死都无关。

上一分钟还在被专案调查折磨，下一分钟突然如释重负了。

既然一切交给董事会，其余的都是小哥哥家里的私事，他们没有过多地插手干预。叔叔留下来的那些财产，小哥哥宁可去换一份踏实和心安。

好像一下子事情全部解决了，葬礼举办过后一周的时间，就这样轻松结案了，真是千算万算算不出的结果。

陈总不在了，连他的私人司机也都不见了踪影，他跟随了他多年，此刻就这样消失了，很多人开始还在怀疑他是嫌疑犯，可就在小哥哥发了声明后，司机是不是嫌疑犯也不重要了，也没有人追究调查他人间蒸发的事实。想起来，他也是经常穿着国外名牌服装的男人呢。

就这样吧。

谁在乎呢?

现在的小哥哥真成了富豪孤儿，这让他觉得很孤独，常常和张亦嘉在一起，因为他不想孤零零地被这个世界抛弃。

前阵诋毁诽谤污蔑张亦嘉的官司，张亦嘉胜诉了，执行期里所有媒体开始公开道歉，潦草又不真诚的道歉，关键是没有用的道歉，大众早已相信“负面”的印象，现在的道歉有什么用呢?那些曾经给予“好闺女”“好孙媳妇”称号的大妈级的观众也就是带着惋惜地说一句:“哎呀，怎么让人说成了这样?”

偏偏又加上“离奇命案的神秘嘉宾”的头衔，虽然没有被无良媒体大写特写炒作，没有人加油添醋胡说八道，可还是会被人猜测着，非议着。

这让人讨厌极了，她想逃脱到一个不受非议的地方。但哪怕是在飞机头等舱，她仍摆脱不了被同行人问有关大鳄叔叔命案的话题，有关与小哥哥关系的话题，还有李子凡死活的话题。

逃都逃不掉。

𝒩　《寻找消失的地平线》

98 ➚

离开，只要离开

香港，张亦嘉留下自己少女时代的地方。

她又见到了年少时期认识的朋友们，他们带着张亦嘉吃遍香港每一条街。生活像是给了她一把崭新的钥匙，开启了一个完全不同的世界。她开始了见朋友和见朋友的朋友的群体生活。

一天在弥敦道小聚时，一个个子高高的男孩带着一大袋子热狗进来，在场所有男孩都和他以单手击掌或撞肩的方式打着招呼。那个身高绝对超过一米九的男孩，问候了一圈，眼光停留在张亦嘉身上。他厚厚的黑框眼镜片的反射很强，看上去眼睛就是弯弯的两条缝。

他问她："妹妹，吃不吃热狗？"

张亦嘉笑了笑说了不。

朋友们都在说靓仔 190 带来的热狗好美味。190 再次问她，她说了好，又马上摇头说了不，因为她真的吃不下。

"吃，不吃？不吃，吃？"

她的头在那里一会儿上下颤抖，一会儿左右摇晃。190 哈哈大笑起来，紧接着问了她一句："你有没有男朋友？"

哦，风马牛不相及的问题，吃不吃热狗同有没有男朋友有什么关系？

"什么啊？"

"男朋友啊。"

张亦嘉被问得一时缓不过神来，男朋友的概念早就消失了很久，突然被问到，有些反应不过来。之后她拿着手机给190看，手机屏幕是李子凡。

“哇哦，THE ONE的队长。”男孩带着调侃和不屑的眼神继续问道，“他知不知道你是谁啊？”

张亦嘉尴尬地笑了笑，什么都没有说，也不再急于辩解什么，低头看着190把一份厚厚的热狗推到自己面前。

“我想找你拍录影带。”

“哇哦！嘿！”那群吃着热狗的男孩子们嗷嗷大叫起着哄。

“喂，我是很认真的，第一，她很好看。第二，她好瘦的，轻飘飘。你看，她今天还穿着白色的裙子，看上去就是一只很有镜头感的鬼，而且是真的很靓的鬼，我都愿意做鬼陪着她，因为真的好靓啊！”

张亦嘉被说得很尴尬，其他刚刚哄笑的朋友们却很懂190在讲什么。190是当地小有名气的鬼才，他有才华，有自己独特的看待世界的方式。他的作品虽然不多，但在业内有着很好的口碑，可打过交道的工作人员对他也有些微词，他工作起来有些霸道，什么都得听他的。如果不谈工作，他还是一个幽默、仗义、无可挑剔的好兄弟，人很大方，兄弟们也很多。

“你想不想出去走走？”

“去哪里？现在吗？”

“去印度。”

“印度？”

“对，你快去办签证，我们一起去印度。”

“为什么？你是不是喝多了？”

“我很认真地说，我们一起去印度寻找一些东西，很重要的东西。”

“找什么？你的热狗丢在印度了？”

“哈哈哈，难道你不认为你丢失了一些东西吗？一些重要的东西？找不到的？”

他们不知不觉地已经站在了在路边有吸烟标识的垃圾桶旁边，190滔滔不绝地讲述他想去印度寻找失去的灵魂的想法。张亦嘉听得云山雾绕，一直都在认为他在讲笑话，什么找灵魂，什么找自己的骄傲，还有什么香格里拉，她不解地摇着头，听190讲他的天方夜谭。

“就像那本书《消失的地平线》一样，寻找灵魂，寻找奇迹。”

“其实，你讲的，我都听不太懂。”

“你去买本《消失的地平线》看，看原版，然后我们去寻找香格里拉，寻找灵魂，寻找自己的骄傲。”190用着蹩脚的普通话对张亦嘉认真地说着，眼神里坚信她一定会答应和他们一行踏上“寻找灵魂之路”。

“是你要找啊，我没说我要去啊。”

“你不要逃避好吗？我看得出来，你明明就是在逃避，你一定有在逃避的东西。”

“好吧，对，被你看出来了，是，我逃到了这里。”

“如果现实让你不知所措，还不如跟我们一起寻找消失的灵魂，做骄傲的自己，难道你从来都没有丢过东西吗？我们一起去找好吗？”

“找得回来吗？”

“我只知道如果不找，肯定回不来。”

99

初到不安的婆罗门

张亦嘉想象中的印度遍地孔雀和莲花，人人在菩提树下念着梵经，可现实中印度根本不是这样的。这里确实能触摸到千年前的古迹，人们的世俗生活也保留着上古的遗风，但在现代人的眼光中，这里有些不发达，也有些没规划。路上永远都是挤来挤去的混乱，即使有指挥交通的警察也无济于事。敲玻璃要饭的小孩，不时出现在你面前，让人无所适从。

此刻 190 完全就是在拍写实片，他记录下了自己眼中的印度以及他们一行人的水土不服。

队伍里的每一个人身体的反应大大小小都不同，他们找过几个小诊所，开了几十种的药品，一点都没有疗效，因为那里根本就没有有正规行医资格的医生。

一张张的卢比花出去，也很难治疗自己的水土不服，一张张的卢比花出去，也很难把自己融入印度的生活。

因为他们是游客，这里对游客讲的是金钱法则。所到之处，所有行动，都离不开一个前提——金钱，他们甚至还因为拍摄引来了敲诈和勒索。

拍摄许可，需要钱，机器太多也要给钱，不给很快就会遭到围堵，那些人也许只是来看热闹，每一个眼睛都很大，看不透里面的光。如果报警了，警察可能会帮你解围，或者给你开一张写有巨大罚金的单据。

好吧，给钱，全部都是钱说话，一张一张地给，没完没了。这里有着古老的文明，这里有着最纯净的智慧，这里还有可以帮助自己洗涤肮脏和罪恶的神灵，但这里一切向钱看的做法让人感觉很糟糕。

100 ✈
灵修学校里最不合格的会员

张亦嘉提议大家先去灵修学校休整。他们很快离开了城区，去郊区找寻瑜伽健康中心。这里的设备很齐全，可以休养、治疗、成长和觉悟，在融合宗教和古老智慧的最自然状态的课堂里，唱诵圣句，聆听自己，获得安宁和快乐，好好休整一下上吐下泻的生命。这里还有掌握印度古老医术的大夫，那些药品的味道怪异，但治疗水土不服非常见效。

几天之后，张亦嘉找到了归属感，她也忍不住给老师看了自己的文身。

老师问她："你是印度教徒吗?"

"不，SHIVA 代表了我的爱情。"她说。

学校有幸请来了大法师，很多信徒都在虔诚地朝拜他，渴求他的智慧雨露。短期培训班的同学是根本没有资历去听讲的，老师唯独叫走了张亦嘉，190 好奇地追上去，他渴望记录下这珍贵的时刻。院长征求了大法师的意见，大法师欣然准许了他的跟拍，而且也没有人提拍摄要给钱，所有人都在微笑。

大法师慈眉善目，很是和蔼，用充满爱的眼神微笑着，像神一样接纳着一心朝圣的孩子们，丝毫不吝啬地分享自己的感悟，也化解着每一位信徒的困惑，他认为帮助每一个人是至上的伟大。

他特别注意到这个东亚面孔的女孩子，他说她是火相生命的女人，由于自己本身缺土，这样会压不住像风一样的人。

“什么叫风一样的人？”

“就是像风一样，拂撩而过。”

“大法师，如果我真的爱上了这样的男人，我也留不住他吗？”

“我亲爱的孩子，失去他你还能继续生活下去吗？”

“也许可以，但是我总觉得我没有了灵魂，他是我所有的记忆和年华。”

“你还能听到自己内心的声音吗？请你放松，静心地让神灵指引你。”最后他对大家说着，“感受你们身上强烈的灵魂力量，真正的爱是在沉默中给予与接受的。”

他离开的时候对着张亦嘉微笑着，像是一个神对她的格外关爱：“你从来都不是一个人。”

张亦嘉整个人呆住了，那个停不下来的风真的一直都在身边吗？郁郁寡欢的大美人，微微皱眉若有所思，一副忧郁的样子。她想不明白：“为什么我的孤独与悲伤，全世界都知道。”想着想着，眼泪又成串滴下来。

190 忠实地记录着她的幽怨。

“别老拍我了。”

“可我觉得你很美。”

101

迷失的空白

他们开启了新的拍摄征程，190 对泰姬陵的拍摄主题定义，并不是只拍摄爱情。他告诉大家，他想拍出这里“动人心魄的美”。

张亦嘉变成了身着印度传统服饰，眉心点着红色吉祥痣的大美女，她翩翩起舞，把自己变成了一幅动感的画。她不停地跳，不停地跳，拍摄组不停地进行着拍摄，并要和时而紧密时而松散的人群保持距离。直到赞叹声越来越大，游人越围越多，190 不得不停下了拍摄。游客们纷纷上前和张亦嘉合影。这个时候的张亦嘉脑海里一片空白，就算她再倾国倾城，她也不是那个被国王宠溺的爱妃。当友好的人们爱慕的眼光投向自己时，她心里阵阵发凉，好像棺椁里的爱情映射在了自己身上一样。

102 ➶
恒河

张亦嘉买了好多念珠，戴在脖子上、胳膊上，还有脚上。在每一个路过的庙宇里她都许下最虔诚的爱情愿望：“我们要在一起。”

诉说的每一个字，都像雕刻在生命里一样。

夕阳下的恒河，平静而安详。很多男女在恒河边诵经、祈祷，希望河水带走他们所有的烦恼。张亦嘉去了据说最灵验的许愿地，在恒河水里浸湿所有的念珠，渴求湿婆能听到她虔诚的膜拜与祷告，从而带给她爱的力量。

103

在印度的最后一夜

香港禁烟的法令很严格。来到印度，烟民们得到了彻底的放松。

190 一边抽着，一边歪着嘴对张亦嘉说："哎，你千万不能碰这些啊。"

"为什么？"

"因为你想象不到这玩意儿有多难戒。"

"那我也想试试。"

"不要胡闹，你是一个女生。"

"什么来的都一样，在这里加大麻的奶昔我也喝了，我那杯还是纯的！凭什么只可以你们抽？我也要抽，不抽我会很不快乐。"

说完张亦嘉任性地拿起大葫芦，狠狠地嘬了几口，尝不出美好的味道，也没有快乐感。其实"零点零二秒"之后，她就再也没快乐过，"意外的夜晚"之后，她一天比一天更不快乐。"为什么我还是没有快乐？"她看着街道上那些欢乐的人们，看着 190 等一个个快乐的男孩子们，只有她自言自语地问着不快乐的自己。

这是他们在印度的最后一天，不知道赶上了什么节日，街上聚集了很多的人，大家一起踏脚，一起拍手转圈，载歌载舞，还有的满地打滚，用身体释放欢乐的激情。整个城市都是沸腾的。

街上有游行的队伍，组成者有些是普通游客，有些是嬉皮士味道很浓的青年，还有些提供大麻以及其他粉末的"超脱者"也混在里面。他们向人们兜售一些能到达极乐世界的小包装毒品，那些已经吸食过的游客有的已经沉浸在虚幻中独自狂欢了。

没有快乐的张亦嘉，忍受力已经到了极限，眼前的一切在她眼里开始变得越来越混淆，曾经修炼过所有对“自我”和“内心”的概念也开始模糊。她不敢直接面对那些真假“超脱者”，偷偷地从刚刚买过小包装毒品的白人男子那里买了一包“Happiest drug”，直译过来叫“极乐毒药”的毒品。

光劈天袭来，眼前是一片发光的白色世界，大家都在赤裸裸等待进入被湿婆赐予的美好轮回的世界里，所有人都在跳舞，只要不停跳舞就能到达理想的世界，那个世界里充满了快乐和爱情。

“哈哈哈，哈哈哈。”这是张亦嘉唯一的台词。她一边叫喊，一边傻乐，跟着广场远处传来的若隐若现的音乐声，扭动着自己的身体，身体里被中枢神经调动起来的荷尔蒙，不停地燃烧着，忘情地展示着她以为的“湿婆的舞蹈”。

190 看了看扔在一边早就空空的袋子，看了看神经错乱、满地打滚的张亦嘉，直接把她从地上拽起来，扛在肩头，背起就走。

上一秒还躺在地上哈哈大笑的张亦嘉突然安静了。她趴在他的肩头，脑袋一甩一甩的，眼泪就那样流了出来，有的甩了下去，有的顺着上眼皮流过了眉毛。她自己知道自己胡作非为了些什么，她也知道自己享用 Happiest drug 之后，自己的潜意识里在说什么。

“我去了一个新国度，

我在那里没什么好担心的，

我没有记忆，没有过去，不想未来，也没有期待。

我去了一个新国度，

那里可以出卖愿望，重新洗牌，可我手中怎么还是那一把破牌。”

104 ➚
彩色王国

他们伴随着恒河逆流而上，来到了花花绿绿的尼泊尔。这里经济相对落后，更像是缩小版的婆罗门。

伴随着恒河的油脂灯，张亦嘉越发惆怅，她怀疑湿婆骗了她。她那么虔诚，烙印在身体上的 SHIVA 图腾却什么都没有唤醒。一直被给予希望的湿婆作用，失效了。湿婆对自己的子民都无法庇护，又怎么能保护好别人的爱情？

可怕的是，她认为这一路上她从未获得过平静，没有淡然地放下，也没有豁然地开朗。更可怕的是，她不再执拗自己郁郁寡欢的愁迷，而是越发地丧失自我，动不动就满地半人半鬼地跳舞。这样的疯癫看上去更像是自我放纵的把戏，片刻欢愉失效后，仍是面对该打寒战还是会打寒战的生活，她越发地渴求 Happiest drug。

“不准！”190 严肃地说着，告诉她不要这样胡闹，她需要安静，需要理智地面对自己。大家很快就要回到中国，他不想她离开的时候是一个女神，回去的时候变成一个女神经。

尼泊尔很小，拍摄时间很短。通往回中国的小土路上都是碎石，偏偏赶上前方山体塌方，路面被毁，他们不得不停止前进了。前边就是樟木口岸，国门近在咫尺，两两相望却到不了岸边。

张亦嘉又开始发懵，感觉自己并没有出国，并没有去过陌生的城市，并没有体验过不一样的生活，并没有和一些假超脱者做过不法的交易，甚至什么信仰祷告都和自己没有过半点关系。

她甚至不知道怎么在车上睡了一觉，就回到了中国。

“醒醒。”

“你是谁啊?”

“190 同学。”

105
一本书的力量

190 是一个具有冒险精神的影像制作人，听说他少年时期是在拉美长大，近些年对一本《消失的地平线》饶有兴趣。他坚信那本书的原创作者不是希尔顿，就算希尔顿把那些壮美的自然景观写得再生动，也只是一个臆想者。190 仍然会认为他在剽窃国家地理杂志记者洛克先生的手记。他认为希尔顿只是洛克先生的高级粉丝，依靠洛克先生赋予自己的灵感，杜撰出一本影响甚广的书。他一定要去洛克先生去的地方，所以他的重点在中国，至于印度只是书中的起点而已。

他真正寻找的是北纬三十度下的洛克和自己。

一路的劳累外加高原反应严重的几个兄弟实在无法适应整个大西藏的环境，190 改变了线路，像《消失的地平线》主人公康维那样坐飞机来到了大香格里拉圈的首站——迪庆。

这里是让人变得虔诚、纯净、安宁的人间天堂。

这里有让人窒息的美，有圣洁的净土让人跪拜。

世界在这里变得简单而纯粹，那处处令人着迷的风景让所有人惊叹眼前的一切都不是真的。

巍峨神圣的雪山、广阔无垠的草原、蜿蜒曲折的河流、宁静优美的湖泊、金碧辉煌的庙宇、虔诚而朴实的牧民、成群的牛羊、随风翻动的经幡、大大小小的玛尼堆、老老少少的喇嘛、承载祈祷的转经筒、刻在石头上的六字箴言、藏民热情的笑脸……

调皮的梅里雪山在日光下变换着自己的色彩，无论是在太阳还是月光的照耀下，闪烁出不同但摄人心魄的光，如梦如幻。那些来自冰河时期的长眠积雪，傲然挺立在那里，宛若高耸凌空的画卷。

当地人说，只有心灵和眼睛都干净的人才能见到如此圣景。张亦嘉做到了，她所到之处，风和日丽，山峰全景尽收眼底。

夜晚冰峰上的星斗，毫不羞涩地在夜空里凝望保佑着这里的神山和积雪，沉静而璀璨，一切归结在了空灵的状态。如同重现的仙境，张亦嘉一时间很恍惚，好似这一幕的天顶在哪里出现过，她看了看手机，这里信号强烈能打得出电话，上得了网，她却不敢拨通他的电话，怕有承受不起的寂寞。

此刻的张亦嘉穿上了买好的藏袍，学着朝圣者一脸虔诚地满地跪拜打滚，看上去她就是个发疯的游客。无论她是什么状态 190 都不干涉，无论是朝拜还是打滚，只要美人能出现在镜头里就好，只要美人不再沾 Happiest drug 就好，只要美人处在安全的范围内怎样都好。她膜拜过印度那些苦行僧，也敬仰过路上那些虔诚的朝圣者，其实她对爱情的纯粹和执念，对李子凡的挚爱和忠诚，也足以让她成为朝圣爱情的路上最虔诚的信徒。

“看，远处的雪山，又在闪耀。”

“张亦嘉，你又疯啦。”

106 ➚
大香格里拉圈

进入了大香格里拉，这里没有印度洋的暖湿气流，雪山终年不化。此刻云南还下起了罕见的大雪，旅游局发出温馨提示，路上的雪有结冰的危险，会导致山路不好走，可能封路，提示大家注意安全。

美景永远都和危险并存，这就是拍摄的代价。

大家鼓起勇气在最神秘的山麓里跋涉，悬崖峭壁，山路险峻，崎岖难行。他们在崇山峻岭中盘旋，穿行在飞瀑之间，跨越在急流之上。特别是在这么高海拔的山路上，路上结着硬硬的冰凌，汽车很难保持平衡。

即使轮胎上拴了链子，车子也止不住地飘，坐在最后边的张亦嘉看到了窗下的山崖。车试图爬坡但车头打滑直接冲向了山崖边的桩子上。车上其他的人都在睡觉，司机很快叫醒了大家："赶快下车，什么都不要拿，赶快从里侧下车！"大家还没有完全睡醒就被轰了下去，贵重物品都在车上，无论是钱，还是机器，所有人都冻得瑟瑟的。看到车在山道上的样子，所有人更发抖了。

张亦嘉突然跑回了车上，司机大声喊着："危险！回来！危险！"她不是为拿衣服或者钱包而是直接从座位上捡起手机匆匆又跑了回来。她可以冻死，也可以跟车子一同跌入山谷里，但她必须要拿回自己的手机。手机上有李子凡留给她唯一的纪念，她一定要和他在一起。

车子可以扔在那儿，但是大家如果再搭不上车，怕是会被冻死。

190 递给每一个人一支烟，几个人蹲在地上一颗接一颗地抽，这会儿没有人拍摄，机器都在汽车上，没有人敢去拿。

不知道过了多久，有的人嘴唇都发紫了。

190 看着瘦得和纸片人一样的张亦嘉问："怕不怕?"

"我可能没有恐惧感了。"

"胆极大。"

"我觉得，只要没有死，就是赚。"

一时间公路瘫痪了，往来的车辆上下来很多年轻的男人过来想办法，还有好心司机让大家先往他的车上避一避风寒，自己下车去帮忙了。车厢里开着暖风，放着歌唱蓝天白云的藏族歌曲，可刚上车的一行人却各个面无表情，只是目不转睛地盯着前方，看着一群黝黑、壮硕的当地司机们围在那辆摇摇欲坠的越野车前想办法，看着他们用钢绳慢慢地拖着车，失败，失败，失败……

远处的盘山道上也开始有了拥堵的车辆，190 扭头看向了张亦嘉，张亦嘉也扭头看着他，两个人继续面无表情地四目相对。持续了几秒钟后，他们一同叹气，一同低下了头。就在这时，所有人开始欢呼！他们再抬眼，车已经被拖回到了路中间，虽然车头已经变形，但至少他们还能继续前行。

一路上见过了无数飘扬的风马和经幡，远处的白云，像是雪山喷射出来的棉花团……他们为了在雪山上寻找这样的美，继续顶着风前行。发动机的轰鸣声，就像是在向神灵致敬。

107 ➶

惊魂泸沽湖

到达丽江后，拍摄部队休整了很久，人们打算在丽江好好享受一下安稳的城市生活。在丽江周边的拍摄期间，无论在哪里都会有很多游客认出张亦嘉，并热情地跑过来与她合影，还有人更是直接问她："这些是不是你的新男友？要不要和我们也艳遇一下？"

这本是一场灵魂之旅，却被说成风月。身边的一群男人，没有一个是她的阿夏（情人）。微笑也不是，置之不理也不是。随着过来合影的游客越来越多，问艳遇的也越来越多，190 索性直接揽住了眼前这个娇小的美人，告诉那些粗脖子上戴着金链子的求艳遇的游客："我的。"面对男人的怀抱，以前的张亦嘉一定会躲，现在的她没有反应，何况这般小儿科的表演。

他们很快包了一辆车，离开了这个遍地找艳遇的古城。他们的目的地是泸沽湖。想到达那个被称为天堂的眼泪的神秘地方，同样又是一路艰险的挑战。由于主路修路封道，绕路的盘山道实在太危险，所有的人都不建议在这个时候去。

他们还是费尽周折出发了，路上红色的山土，混杂着白色的雪，被汽车碾压过去就是血一般的泥泞。沿路的风景也没有香格里拉那边动人，车开得很慢，大家都很安静，没有人说话，连续八个小时，他们一直都在山间绕来绕去。

车终于驶入一级公路，只是转了一个大弯，一颗巨大的"蓝色宝石"闯入了眼帘，泸沽湖就那么安静地镶嵌在这个高原的山脊里，所有人的生命被这样的蓝色冻住了，那么美的蓝色，美到时间好似都静止了。

190 惊呼着，好似他真的找到了行走的真谛，找到客栈后来不及休息就带着一群男孩去探路了。

张亦嘉一个人坐在清静的湖边休息，看着夕阳下变换的云彩，听着水花轻轻拍打。若不是扔着面包喂水鸟，她还没有注意到相隔不远已有一个摄影大叔对着自己咔嚓咔嚓地拍照。摄影师知道自己被发现了，直接主动走了过来，拿刚刚拍的照片给她看，并且绅士地问道："你介不介意？如果介意，我就删掉好了，但是真的很美。"

这个举着专业摄影器材的大叔，想必也是一个资深文艺青年，他镜头里记录下的美景，张张精彩，他镜头里记录的张亦嘉，美得张亦嘉自己都不好意思说介意。

"那你想不想要？我传你？你用微信还是陌陌？"

"哦，不用了，谢谢。"

"哟，看来美女介意了，看来还是我没拍好。"

"不，谢谢你把我拍得很好看。"

"那美女就是被拍习惯了，哪里有不愿意要自己照片的？"

张亦嘉只是低下头礼貌地笑笑。

"你从哪里过来的？上一站是？"

"丽江。"

"丽江。"文艺大叔哼笑了两声，皱了一下眉头，欲言又止的样子，很快眉头散开，睁大了眼睛，继续问道："你有没有去香格里拉？"

"啊，去了啊。"

"好巧，看，这些是我前几天拍得梅里雪山，还有普达措。"

两个人开始攀谈起来，聊熟悉的景区，聊雪山，聊震撼，聊人类在宇宙中渺小的地位。他滔滔不绝地讲述着人与自然，讲述着镜头与空间。他们一直聊到太阳下山，聊到张亦嘉和大叔说再见。

他确实是一个很有才华的摄影家，但也是一个猥琐的色狼。他有意凑近给张亦嘉看照片时，心里便有了不轨的念头。大叔当下没有暴露猥琐的习性，但他难改流氓的本质。此时他不对她动手动脚，不代表彼刻他不会一路尾随。

张亦嘉刚刚用钥匙开了门，还没等迈进门槛，一个男人的声音突然出现在她身后："你也住这里？一个人吗？"她吓得一激灵。

"呃，对，你也住这里？"

"是啊，我是说你要是一个人的话，可不可以把另外一个床的电褥子借我一下，他们前台都没有人了，我的坏了。"

"哦，好的，你等一下。"张亦嘉没有任何设防和怀疑，便进屋去拿电褥子。转身的瞬间，那个男人一步迈了进来从身后一把抱住她，一只手绕过她瘦小的肩膀捂住了她的嘴，一只手直接从她的腰间抓到了胸。

他的力量很大，凶残地在她的胸前用力揉来搓去，胸衣早被扯得脱了轨，大手向上一抓，张亦嘉的毛衣直接就被套在了头上，而捂住张亦嘉嘴的那只手一直没有从她那巴掌大的小脸儿上松开。

他的行径真的太残暴了，像极了一个发情的野兽。

咸湿的嘴唇伴随着腐朽的唾液，在张亦嘉雪白的脖颈上肆意地舔舐着，他的舌头很灵活，游走在没有被衣服遮挡的皮肤上。他脸颊的毛孔里渗透出来的油脂，蹭在了她光滑的皮肤上。而且，他还从后面一直顶她。

他已经成功地把她压在了床上，眼看他的暴行就要得逞了，他迅速地脱掉了自己的裤子。

但是张亦嘉穿得是一条保暖和两条牛仔裤，其中一条还是连体的背带牛仔裤，当下的云南真的是太冷了，她只能把所有能穿的衣服都穿在身上。

这些难以被扒掉的裤子，拖延了大叔的时间。

张亦嘉的双手一直都在拼死地阻止着这个背后袭击者，可是她太瘦了，她根本就没有任何反抗的力气和余地。当猥琐大叔已经解开了她背带裤的背带扣子时，她只能继续拼命抵抗，她知道如果松懈半点，她就真的成了“粗暴强奸案里的受害者”，总不能这么多年的贞操毁在一个粗暴强奸犯的手上。

突然，大叔停止了一切的动作，用力地发出了憋闷的声音：“呃……”

抵抗的时间不算短，耗到兴奋的大叔不兴奋了。

他的手终于从她的嘴上移开，任凭张亦嘉哭喊呼叫，他都面无表情从容淡定地收拾起自己的家伙。眼看张亦嘉爬起来要向外跑，猥琐大叔一把抓住了张亦嘉的头发，向后一拽，张亦嘉被他拉了一个趔趄，紧接着大叔的手扣在了张亦嘉的脸上，使劲儿地向地面拍了下去，转身夺门而逃。

被打倒在地上的张亦嘉，吓得全身发抖，胆都已经被吓碎了，本来这里就冷，牙都在打磕巴，现在她更是觉得冷得要死了。她一直在哭，同行的港男们还没有回来，她也不知道客栈的老板住哪间房子，旁边的房子里也没有客人，灯也是黑着的。看着手机上的李子凡，张亦嘉一把用力捶了过去，最应该出现的是他，可是他为什么不出现！她怕极了，即使把所有的门窗都锁死，把所有的灯都打开，还是会害怕。

探路的港男们回来时看到保护一路的女神差一点就被强奸犯摧残，他们自责坏了。大家把她围在中间，一起挤在火塘边，老板还给她倒了一些果酒压惊，大堂为了她打开了所有的灯。

要不要报警？可是这里没有警察。

要不要去抓那个淫魔？可是那太容易吵到其他游客。

怎么办呢？坏人就可以这样被放纵吗？

大家急坏了，有的在安慰，有的在愤恨。这时老板娘说：“要不今天我和你一起住？但是我希望你心里不要对泸沽湖有阴影，不要因为一个流氓影响你对这里的看法，这里的美，不是错，你的美，也不是错。”

冬天的泸沽湖晚上非常冷，潮湿混在寒冬的空气中侵袭人的每一寸肤骨。张亦嘉一个人手脚冰凉地在自己的屋子里吹着白色的哈气，不敢睡觉。

新闻台开始播送国内天气预报，看看云南，看看北京，真的很遥远，看着国外的天气预报，首尔却显得那么近，连新德里、洛杉矶都是那么近，只有这里看上去，是那么那么远。

清晨，张亦嘉鼓足了勇气站在了里格岛的小山包上，双手合十，在寒冷中享受着尚未苏醒的安静。

她相信太阳会出来，用光和热驱走一切黑暗。

108 ➹
重庆才是最后一站

路途上，再次充满了颠簸和疲惫，大家几乎要支撑不住时，他们到达了韬城。

“终于到了。”

大家有些兴奋还有些疲惫地感叹着，像旁边悠闲的牛儿一样，躺在松软的草坪上放松自己。

眼前颜色错落的碧池和远处的雪山相偎相依，不离不弃，祥和的宁静就真的被定格在那雪峰下的秘密里。

“你觉得这里是蓝月谷吗?”

张亦嘉没有扭头，没有说话，只是呆呆地看着天空中行走的白云。

“你找到自己了吗?”

张亦嘉还是没有扭头，没有说话，还是呆呆地看着天空中行走的白云。

她觉得190一路艰辛的寻找，对她来说重要吗？不重要；消失的乌托邦是否真正存在过，对她来说重要吗？不重要；这里是不是洛克先生考察过的地方，对她来说重要吗？也不重要；寻找消失的地平线的初衷是什么？对她来说都不重要了；经历了那么多的艰辛与危险，此刻对她来说，一切都已经不重要了。

因为旅程结束了，一切都不重要了。

不重要，什么都不重要了。

寻找自己，更是不重要了。

所有人要说再见的时候，190突然大声宣布："这里不是终点，重庆才是最后一站。"

"重庆？"

这两个字眼撞击了张亦嘉，让她慌了神，好似一下子捡起来过去的生活，完全回到了曾经的状态中，再也不是在印度，在尼泊尔，在滇川地区的张亦嘉，她好像昨天刚刚从重庆回来。

"为什么是重庆？"

"因为重庆才是消失的终点。"

"不！"那是一个彻底扭曲了她所有生活的地方！李子凡在那里倒下了！

"我不去，我不要再回到重庆！"

"嘿，醒醒，不要叫了！虽然我不知道你和重庆有什么关系，可那已经过去了，就算是一个轮回，你要重新面对，不然你在印度、尼泊尔那些祷告有什么意义？为什么不能接受现实？为什么不能有新的轮回？"

"我不去，我真的不能去！我不要去！"

"你可以面对一个最糟糕的自己，为什么不能面对可以重新开始的重庆？为什么？你自己告诉你自己为什么不？"

真的要去那个曾让她伤心欲绝的重庆了吗？真的要面对曾经那段残忍无力的岁月了吗？

那是一座阴气很重的山城，但每一块山石里又好似印刻着两个人曾经美好的爱情传说。

那个让李子凡期待过着平凡生活的重庆，那个让张亦嘉心灰意冷的重庆，能否真的作为一个新的起点重新开始这一切？如果可以还原所有的段落，是要那次甜蜜的夜晚，还是要那哀怨的诉说？

“如果地平线真的有终点，那么迈过终点之后又会是什么？”张亦嘉问着自己。

⓪ 李子凡，你的笑话不好笑

109

唤醒

时间一晃很久了，李子凡依然不肯醒，没有一丝一毫的变化，执拗地像是要睡到天荒地老。世界顶级的精密仪器运用在他的身体上，从微精电子床到各种数据记录仪，跟踪探索着他的生命气息，生怕游离在外太空自娱自乐的他忘了回家。

张亦嘉又来看望他，给他戴上了刻有 SHIVA 图腾的许愿手链，碍于那些电线只好将其缠绕在李子凡的脚踝间。平时倾力照顾李子凡的她在美国没有任何社交活动，这一天她的邮件里收到了一封邀请函，发件人是多年前一起合作拍戏的“爸爸”，那位美籍华裔帅叔叔邀请她去纽约，一起聊聊这几年如戏的人生。

同样都是为了见一面，同样都需要跨过千山万水，张亦嘉飞跃几个州就可以见到老朋友，而张亦嘉跑遍半个地球，李子凡却不曾看她一眼。同样都是美籍华裔，相爱多年的李子凡真的还不如一个合作几天的帅叔叔。

帅叔叔在纽约大道上迎接了张亦嘉，像一个爸爸一样拥抱了她。

“我的小姑娘，长大了很多。”

“您一点都没变，就像穿越了时空，时间在您身上是停滞的。”

“你都长大了，我肯定变老啊。”

“一晃快十年了，我都要三十岁了。”

“三十岁会对人生有什么新的看法?”

“不知道，可能还是这样子，这些年的样子。”

“我听说了，这些年你的样子，你的坚持，真的令人敬佩。”

“我能为这些年苦笑一下吗?”

“当然，苦笑也是笑，能笑出来就好。”

“我常常觉得，我就像掉进一个无底洞里，再也见不到光了。”

“为什么我听不到有太阳照射的希望?”

“我不知道，我寻找了很久的光明，寻找了半天还是黑暗，睁着眼闭着眼，永远都只有黑暗。”

“那你还打算穿越黑暗吗？还是决定做一个夜行者？乐观一点我的小女孩，地球上没有黑暗，因为地球永远是圆圆的，总会看到太阳，看到光。”

这一天和平日里的每一天都一样，这个时刻也不是什么特殊的时刻，天刚刚黑了下来，李子凡像是遭到了磁暴干扰一样，全身在颤抖，这是躺了这么多年的李子凡第一次有了动静，触摸他的皮肤居然会有微微发麻的触电感，电子记录仪也出现了异常波颤，干扰很大。

明明没有注入任何的强化兴奋剂，他的能动神经反应区域却发生了异常的变化，很多人都解释不了这个疯狂的现象。

磁暴过后，他恢复了平静，刚刚颤抖地像被电击一样的身体，此刻又是那么平静。平静到生命迹象若有若无，希望就在那直线上下虚弱地颤动。时而它还会静止成为一条几乎没有波动的直线，之后一切的数值消失了，指示灯是亮的，但是屏幕黑了。

这是科幻时间吗？这是外星人闹入侵吗?

所有人做了最坏的准备，李妈妈一直迟迟不让他们撤掉各种监护的仪器，一直还在观察毫无迹象的李子凡，哪怕这次是真的超过了临界时间。

“儿子，你在调皮吗？我的宝贝儿子，坚持住啊。”

李妈妈给张亦嘉打了电话：“嘉嘉，你还在纽约吗？今天能不能回来?”

“妈妈，怎么了？是不是凡凡怎么了?”

“没事儿，凡凡现在很好……”

“他醒了，还是怎么了？”

“你抓紧时间过来吧。”

数据归零之后的李子凡四肢开始发凉，但他的眉心区域一直在慢慢发热，这里是中国人俗称的印堂，这里是印度人称的梵穴。所有人都在期待着奇迹的出现，可那里就这样慢慢地发热。又过了很久，突然间，李子凡的眉心越来越热，越来越红，像是一个被点燃的炮竹，等待着爆炸喷涌的那一刻。

那一刻的到来实在是有些戏剧性，这么多年试过了各种刺激都没有被唤醒的李子凡居然是被一个喷嚏打醒的。

他做到了，他真的醒了。

大大的“阿——嚏——”回荡在病房里，真是振奋人心的声音，很多年没有再听到过那个熟悉的声音，这个声音惊喜了所有人。

他慢慢地睁开了眼睛，人们怕光亮会刺激到他的瞳孔，把屋里的光线调得很暗，之后慢慢调节亮度，直至他能看清楚每一张期待的脸。

“凡凡！”

“儿子！”

“宝贝！”

“你终于醒了！”

幸福的眼泪瞬间淹没了整个病房。妈妈扑上去，李子凡身体上电线太多，不方便拥抱，妈妈只能拍拍他，爸爸也过来摸摸他的头，姐姐直接抓住了他的脚。

他没有任何不适的症状，所有检查结果都是指标正常。

李子凡现在很害羞，一直都在低着头。

110
二十一公斤消失了

一切事物，都会因一个临界点而发生变化，就像冰变水，水变蒸汽，那就是因为有零度和一百度这两个临界点，如冰遇热变水，水加热变蒸汽，是由于有了新能量的注入，达到并且突破了临界值时，改变发生了，旧结构变身成了新结构。我们普通的思维总是将“新能量”和“旧结构”看作是两个独立的概念。其实，能量和结构是一体的，它们相互供给，相互转换。

这么多年李子凡在电子床上的重量没有变化，就算是深度昏迷最严重的那几年，也没有虚弱或者消瘦半点。可就在一个喷嚏之后，他轻了二十一公斤，眉心间从此多了一道浅浅的疤。

没有人能解释这样的灼烧，没有人能解释那消失的二十一公斤，也没有人能解释到底是什么交换了李子凡此刻的回归，二十一公斤很轻很轻，说没有就没有了，这个不再年轻的男人，为了苏醒付出了很大的代价。他拼命地挣脱了过去的自己，只是为了能在现在回来。

111
李子凡，你的笑话不好笑

张亦嘉像火箭一样跑进来，她保持着紧张，不停地晃动，她不能停，不然她会发抖。她终于见到了醒来的他。

眼泪哗哗地涌了出来，带着激动和害羞，带着紧张和期待，她走近了他，他也用那双温情的眼睛望向她，嘴角微微翘起。

像是要求婚的前奏一样，李子凡还深深地吸了一口气，憋了很久很久，面露腼腆和羞涩地说："对不起，我想不起你，你是谁啊?"

张亦嘉还在单纯天真地以为那是李子凡在和她开玩笑，可那确实不是玩笑，他是真的忘记她了。

"你不记得了吗?"

"我不记得。"

所有人翘起的嘴角都耷拉下来，大惊失色地吸着气，表情异常惊讶地看向彼此。

"凡凡，你不是认识我们的吗？你怎么会不认识她了呢？张亦嘉啊，你的女朋友!"

"儿子你再想想，是不是你们太久没见过面了？很多年前，十年前?"

"十年前?"李子凡挤着鼻子咧着嘴，一眼大一眼小做着夸张的鬼脸，看上去像是一个被质问而拼命回击的顽皮孩童。"十年前？十年前我刚上小学好吗?"

要命了。

家人全部出现的时刻，他没有出现异常，可是现在，他居然不记得张亦嘉了。他所有的记忆，只停留在了美国，他以为自己只是一个十七岁的少男，醒在他十七岁的某一天。

“凡凡，好好看看她，她是你相爱多年的女朋友，张亦嘉。”

坐在病床上的李子凡想说些什么，但一直语塞地在那里皱眉毛：“呃……”

看上去他真的尽力了，他是真的想不起来站在他面前哭成泪人的美人是谁。

“凡凡，什么都不记得了吗？”

“对不起，我只是不记得你。”

张亦嘉的腿都软了，她扶住了床边，李子凡还下意识保持距离地躲闪，这样的举动深深刺痛了张亦嘉的心，看上去她更难过了，李子凡却淡淡地对她说：“对不起。”

她曾经有过很多种设想，其中一条就是只要能看着他活着就好。这个心愿的确戏剧化地如愿了，却是很悲伤地如愿了。

“李子凡，你怎么能做到醒来后把一切都忘掉？”

“李子凡，你真的忘记你们爱过了吗？”

“李子凡，你的玩笑不好笑。”

一切疑问，都抵不上李子凡的一句对不起。

守护了那么多年，飞过大洋彼岸只是为了看到他醒来，最激动的时刻，她又忙着在天上飞越整个美国。她错过了最重要的时刻，李子凡也不能重新打一个大大的喷嚏给她看。

特别是当阳光照射在两个人身上的时候，张亦嘉会深情望着他，而李子凡却没有恋人之间动心的共鸣，他不会回望张亦嘉，只是在对视的时候觉得羞涩低下头。他没醒的时候，她还能轻轻吻着睡熟的恋人，现在她却不能亲近他半点。一个“十七岁的男孩”每时每刻地和一个三十岁的“姐姐”保持着陌生和距离。

她照顾他的时候，他总是有意躲闪，他觉得怎么能让一个陌生的女人来接触自己的身体呢？而且那个女人扶自己的动作都是那么驾轻就熟，他时常想："她是谁？她一定对我的身体了如指掌，这好可怕。"

他所有的记忆停留在了自己十七岁的时候。离开美国之后的一切，他都不记得了，去韩国吃苦努力的记忆，来中国活动恋爱的记忆，还有那些亚洲兄弟们的记忆，连同最后那零点零二秒的记忆全部消失了。

"我不记得你，你还是要对我这么好吗？"

她苦笑了一下，叹了一口气，睁着大眼睛对他轻轻地说："没关系，哪怕只是朋友。"她苦苦守护了这么多年，这么竭尽心思地陪伴，还要委屈地说出那么心酸的一句"哪怕只是朋友"。

他再是十七岁，也能听的懂"哪怕只是朋友"这句话暗藏的含义，看着一直忙碌的身影，他知道这个女人爱他，可善良的男孩不接受姑娘不求回报的爱。

李子凡也不敢上前询问他眼里"很老"的女人，他一直在思考："那个女人是谁？她为什么要一直留在这里？她为什么和我的家人那么熟悉？为什么和家人一样照顾我呢？"李子凡常常自己发呆的时候思考这些，一旦张亦嘉坐到他身边，他就停止了思考，然后害羞地低下头，刻意和她保持着礼貌的距离。这些细微的举动，令张亦嘉十分难过。

"凡凡，你是不是很害怕我？我有那么让你不安心吗？"张亦嘉水汪汪的大眼睛带着哀怨看着眼前这个不想接受她的"十七岁男孩"。

"对不起，我不知道应该怎么和你相处。"

"重新认识我，也不能接受我吗？"

"我——不能——"

"是我做得不够好吗？"

"不不不，你很好，非常好，我觉得，你完全没必要这样对我，我会接受不了。"

李子凡直接说出这些话来，应该说他过分坦诚还是什么？这样的坦诚和直率让张亦嘉的心如同刀割一般。

至死不渝的爱情在这里失效了。

他现在的世界里，自己只是自己，她只是她，她和自己没有关系，即便她对自己千万好，但那和自己真的没有关系。

其实，他不是不爱她，只是他现在还不知道他爱她，或者说那个冲动的热浪以他现在的身体状况翻滚不起来，他只是一个十七岁的男孩，而且是“力比多”降落为零的十七岁男孩。

112

停止这样的爱

“妈妈，我有些话想对你说。”

“凡凡怎么了？哪里不舒服？”

“可不可以让那个女人不要再来了。”

“为什么？”

“我觉得她可能把我当成了她自己的什么人，而我知道我不是。”

“儿子，这样的陪伴不好吗？这个女孩子很好。”

“我能感觉她很爱我，可是我不爱她，我不能接受她这样一直毫无所求对我好。这对她不公平，而且，我也给不了她什么。”

“她只是希望能和你在一起，这就是你给她的。”

“我拒绝她是因为我知道她可能很爱她的李子凡，我是李子凡，但我不是她的李子凡，爱是有尊严的，我也要尊重她的爱，她给那个李子凡的爱，我不能要。”

“凡凡，你明明知道她爱的是你，你一躺这么多年，她一直都在你身边。”

“这样的爱很辛苦，我负担不起，我想停止这样的爱。”

“你知道这样很残忍，她已经习惯这样的付出很多年了，你不能辜负这样的爱。”

“我知道，可我不能骗她，我不是她爱的那个人，我也不想承担她那份爱。”

“不要再打击她了。”

“好，我自己来解决，我会亲口告诉她。”

“儿子，如果你以后真的恢复了记忆，如果你还能想起今天的话，想到你现在的决定，我希望你不要后悔。”

“妈妈我知道我在说什么，如果有天我能想起来，我会像她现在对我这样加倍弥补给她，如果我不能，我也不接受不求回报的爱，何况我是一个男孩子，不能随便接受的。”

“什么男孩子，你已经三十岁了，还男孩子。”听着“逆龄”的儿子说出来这么幼稚的话，李妈妈突然笑起来。

“我就是男孩子啊，好像刚刚打了联赛。”

“凡凡，像一个男人一样思考人生吧，包括你的女人，不要太幼稚。”

李妈妈对儿子一点余地都不留拒绝自己女朋友的事情，感到很无奈，她也在为张亦嘉感到可惜和痛苦。

张亦嘉签证的时间还没有到，李子凡就提前结束了自己被宠爱的时光。他认真地对着那个深爱自己的姑娘说：“请你过自己的生活。”

张亦嘉愣在那里：“李子凡，你在说什么？”

“你走吧，请你过自己的生活。”

他醒后就这样打击了想把生命都给他的姑娘，幼稚的“伪男孩”李子凡以为这是对张亦嘉最大的尊重，这么做也是最好的结局。

全世界只有李子凡认为这才是对张亦嘉最好的方式，可是全世界都在为张亦嘉心痛。

对那个女孩子来说，太残忍了。

对那个女孩子来说，太委屈了。

那著名的《最远的距离》，是不是要含着眼泪唱颂一遍。

世界上最远的距离，

不是生与死的距离，

而是我站在你面前，

你却不知道我爱你。

她曾经历尽千辛万苦的寻找之旅，彻底失去了意义。

那些许愿，那些祷告，算个屁。

现在，什么都没有了，那么爱他的张亦嘉就被他一句残忍无情的话，打发了。

113

缺失力比多的无欲绅士

李子凡初愈后的体检报告上面标注着他体内“力比多”的含量为最低点，这意味着，他只是一个苏醒过来的人，具体来说，他的男人特性反应还没有完全苏醒。这也是他对张亦嘉无感的原因。

这样“绅士的品格”把李氏集团急坏了，他们担心宝贝儿子会以“无欲绅士”的身份度过后半生。他们不想无后，他们想让他快快长大。医生说，这个能恢复，只需要适当刺激就好。

难以想象那样正统的一个家庭刻意做一些有颜色的举动，弄来成堆的世界高水平的无码“深夜录影带”，在最高级的酒店会所重金砸来“金发大长腿”来开启荒淫派对。

他们自己都觉得荒唐可笑，更可笑的是，李子凡仍然是一个讲原则讲操守不轻易乱怀的男孩，他没有兴趣也不屑光顾，在他的意识里，自己只是重返十七岁的处男，一个只是天天打球偶尔会打架的男孩子。有关文身他依然着迷，但他对他胯骨位置的文身很不满意："怎么能文在这里？一定是你们搞错了，这样一点都不酷，很有成年人的味道。"

他甚至还问了医生，那湿婆 SHIVA 的印记代表了什么，是不是给他打了麻醉剂才文在了那里。不过，幼稚鬼非常喜欢缠绕在脚踝的 SHIVA 的手链，看看咒符和胯间的图案，又觉得这个巧合有点怪。

"你们谁给我讲一下这是什么？"

"哦，我们也不知道，你怎么不去问问那个女孩？"

114

秘密花园

大脑是世界上结构最精密、最复杂的器官，脑中有上千亿个脑细胞，可储存上千亿条讯息。

专家对李子凡的大脑和记忆进行深层沟通和引导，一切都是暗示，都在激发潜意识。这样的催眠疗法并不是要诱发妄想症，也不是强行的致幻剂，只是让他重新感受自己——今天的自己、昨天的自己，还有那些年的自己。

人脑对记忆信息是有加工能力的。人的部分记忆或者会不自觉地说谎，或者会挑选自己喜欢的碎片编码悄悄地重新构建一个不存在的世界。

李家不想对李子凡进行记忆重塑，觉得那是在剥夺他的人权，他们选择了尊重李子凡内心的选择，唤醒还原一个“本我”给他。

如果李子凡潜意识里还有过去，那么就进行更清晰的探究和强化。

如果李子凡潜意识想忘记过去，那么就直接帮助他淡化那些记忆。

专家说可以，但这个时期很漫长，不然会对李子凡的心理造成断层和伤害，没有记忆的人，已经很可怜了。

“那么我们只希望自己儿子的未来，没有压力，只有晴天，安稳舒服就好。”

李子凡进入了新一轮的恢复训练中。

“告诉我你去了哪里?”

“我不知道那是哪里，我想去哪里就去哪里，好像一眨眼就能去想去的地方，可是，一般我也不知道我要去哪里。我可以和自己分开，没有疼痛，什么感觉都没有，我可以飘起来，在上面看着你们，你们有的时候对我很悲伤，有的时候也对我说很多话，还哭，不过我听得不太清楚。”

那个时候正是他深度昏迷的时期，潜意识里所有的讲述细节和场景与现实人致吻合，他的意识一直都没有消失，同步着生活，这真的很罕见。

“你都看到了谁?”

“我看到爸爸、妈妈、姐姐，他们老了很多，姐姐的小孩子也是，每次见到的都不一样，长大得很快。”

“有没有其他人?”

“有。都是我高中的同学，我们在一起打篮球，但是他们现在都很胖。”

“有没有女孩子?”

“有，她经常来，还有很多行李，她很喜欢摸我的胸口，你知道，这让我很害羞。”

“你认识她吗?”

“我不认识她，对她完全没有想法。”

“你对其他女孩子有想法吗?”

“没有。”

“有没有很多亚洲的黄皮肤的男孩子?”

“呃，在美国亚裔那么多，怎么能在美国说人种的问题呢?”

“你跳舞唱歌吗?”

“我在跳舞，我在打篮球，不，我在，我在哪里，那是哪里……”

李子凡的思维开始发散了，眼神依然空洞，他的言语里，回想的碎片已经拼接不起来。脑海里时常分离出来很多李子凡，有的在唱歌，有的在演戏，有的在打篮球，有的在打游戏，碎片都不连贯，这让他开始怀疑那不是自己，这个时候催眠大师会喊停。

对话训练反复上演，他每天“寻找过去的自己”，每一次的回答大同小异，但他永远找不到十七岁之后的自己。

明明双侧的海马记忆区没有任何一侧是损坏的，苏醒后的他依然不再记得离开美国之后的生活，很明显那一段被他主观地封锁了，一直到他醒来之前，那些好的、不好的记忆，都没有了。连同那段时间的张亦嘉，也被他抹去了。

他能想起来十七岁之前飞中国，能想起来十七岁之前飞日本，却想不起来十七岁之后飞韩国。催眠大师说：“他对那段时期很抵制，本能地排斥，所以抗拒了整整一大段的时间，那片区域很大，不过他一切指数正常，不用再担心会沉睡不醒。”

“李子凡?”

“是，我在这里。”

“从始至终你都没有爱情吗?”

“没有爱情。”

“你的爱情在哪里?”

“我没有爱情。”

“你有爱情，告诉我在哪里?”

“我不知道那是哪里，有一片花就在空气里，又像在海里，她就在另一头，我过不去。”

每一次李子凡说到这里，他的眨眼频率非常快。他很努力去还原那个女人的模样，但每一次都得到一个老太太的轮廓，即便进入深层诱导，他的彼岸花依然只是一个看不清楚的老太太。之后他便很快自行进入深度睡眠，如果他已经睡过去了，说明他的思维消耗很大，从而会产生不可抗拒的疲惫感，导师也会顺势让他休息，怕脑细胞会因过度疲劳产生不可逆转的死亡，怕李子凡会变成世间最美的大号痴呆先生。

“李子凡?”

“是，我在这里。”

“还记得醒来之前吗?”

“好像有一个通道，很黑很长很长，快到尽头的时候出现白色的光，那个光很长，但是非常快。穿过去的世界那里没有颜色，无法形容，没有存在感，什么都没有了，我能感受到身体每一个关节都对齐了，慢慢的，你们在叫我，身子一沉，就像刚刚从钢筋水泥地中爬出来一般，马上要窒息了，差一点会憋死。”

李子凡紧张地说着，语速越来越快，伴随着停顿和急促的呼吸，连汗毛都立起来了。如果这些在他的潜意识幻象里是真的情景，可想而知，当时的他是有多么无助和害怕。

“孩子不要怕，爱你的人都在等你回来。”

“我知道。”

“李子凡?”

“是，我在这里。”

“一二三，醒。”

𝒫 倒数第二张牌

114

那些和李子凡有关的男人们

人体血小板的更新周期是一至二周，还不及演艺圈明星大换血的速度。THE ONE之后，各家公司推出了很多团体，男男女女，成绩还不错。人人都在期待像THE ONE那样强心剂一般的组合，但注定这已经成为一个无法超越和复制的神话。接下来几年之内，仍然没有一个团体的势头超越THE ONE，新团体常常出来亮一个相就被后浪拍死在沙滩上。

偶像崇拜的娱乐事业说不上萧条，但粉丝的热情很久都无法全情释放。

时间，一等就是好几年。

终于有了强劲的血液再次注入到了娱乐圈，那热度直逼当年的THE ONE，疯狂的粉丝们声嘶力竭地呼喊着一个叫“Joseph吴子恒”的名字！

那个舞台上花一样的美少年，是一颗冉冉升起的新星，他的光芒超越了一切。

他几乎成了可以统霸全亚洲的红人。

他有着凹凸精致的五官曲线，修长的身体，喜欢在舞台上跳来跳去，霸气耍帅，偶尔耍宝做鬼脸。粉丝妹子们很久没有集体喜欢一个优质男神了，大家简直快被这个可爱的男孩子萌翻了。

令人吃惊的是，同样作为队长兼Rapper的吴子恒和李子凡有着惊人相似的外貌，Joseph Wu简直就是Wallace Lee的高级翻版。他除了没有李子凡高以外，几乎处处优于李子凡，他的活泼与大胆，他的机智与幽默，使人们更容易被他的笑容和热血所打动。

新的时代开始了。

虽然市场早已轮番地被未成年“小明星”占领，但老去的明星仍在一线奋斗着，努力绽放着不再青春的自己。

承灿成了广告商的宠儿，成勋也早已进军影视界，BEN成了知名的音乐人。

至于杨骁，曾经想成为最帅气模特，或者最帅气武打明星的他，也褪去了一身的孩子气，走上了主持之路，成为活跃在主持界的一哥。

他是在中国和韩国最受欢迎的金牌主持人。刚出道的想上他的节目，被更多的人认知；已出道的想上他的节目，进入更高的平台，被更多的人认可。艺人纷纷挤着上他的节目，能作为嘉宾出席他的节目是一种荣耀。

此刻的杨骁从容地在镜子前整理根根发丝，不停地换各种款式的项链、耳钉，让自己看上去帅得更精致更完美。这只是他的故作镇定，即使在镜头前从业这么多年，他还是会在后台不自觉地紧张起来，而精益求精自己的造型也只是他的掩饰，是他缓解自己紧绷的神经和情绪的方式。

张亦嘉从电视里看到了这个也不再年轻的弟弟，很快认出他佩戴着李子凡曾经留在韩国的饰品。她观察了很多期，发现杨骁几乎戴过李子凡所有的配饰，而且每一次都要在节目结束时，以各种帅气的造型亲吻那些饰品，或者吻一下戒指，再指一下镜头，或者一手捂着胸前的项链，一手做着飞吻说：“节目结束了，快给亲爱的人道晚安吧!”

张亦嘉没有嫌弃杨骁动了李子凡的私人物品，她明白杨骁的用心，那个再也没有联络的哥哥，他也很想念，只能用李子凡留下的一切饰品传达他对李子凡的爱。

这个举动让张亦嘉很难过，她除了一个被他都记不得的戒指，什么都没有。

可自己的名字和李子凡的配饰一样，反复出现在杨骁的节目上。

人人都知道杨骁的经典问题是问男女嘉宾“最想入非非的异性艺人”是谁，每次听到男艺人说出“张亦嘉”三个字时，银幕外的张亦嘉一点反应都没有，而银幕内杨骁的心每次都咯噔一下。因为杨骁每次听到张亦嘉的名字时，脑海里总会浮现哥哥的脸。

吴子恒此刻就坐在杨骁的节目直播间，他大声地说出来，最期待与张亦嘉合作，表达了自己对女神的崇拜、迷恋还有爱。

杨骁看着眼前同哥哥一个模样的男孩，有几个瞬间思路都是停滞的，他看不清楚眼前的这个人是谁，他们还选择了同一个女人。

“为什么是张亦嘉?”

“作为前辈，她值得我尊敬，作为男人，我会爱这样的女孩子。”

“你知道张亦嘉几乎比你大了十岁。”

“那根本不是问题，问题是，她值得去爱。”

杨骁给吴子恒鼓了掌，很真诚地鼓掌。虽然心里发怒地责问他：“怎么拿我嫂子开涮?”可是听到吴子恒这样说，还是认可的。张亦嘉对爱情的痴迷与固守，对李子凡的忠贞与执念，在圈里已经是公认的全极典范。这一切是因为张亦嘉做到了，所以吴子恒说得没有错，而自己这些年除了对哥哥的想念，并没有为哥哥做些什么。

但一个新新男星突然说出自己想和张亦嘉搞对象这事儿，实在让杨骁觉得接受不了。粉丝也惊呼接受不了，认为吴子恒竟然选择比自己年长近十岁的张亦嘉，实在是令人吃不消。

115

我不能死在一个被遗忘的时光里

北京的雾霾肆无忌惮地摧残着每一个人。

张亦嘉一到冬天就开始反复感冒，高烧不退，吓得身边的人以为她感染了超级病菌，大家都在担心这么弱的身子会不会随时死掉。公司也没有给她安排任何通告，她的生活只剩下静养。

静养一个孱弱的身体和一颗破碎的心，这些年里，她也早已忘记自己是一个演员，也不闻不问窗外之事。

之前拍摄的《寻找消失的地平线》被很多电视台买了播出权，一个小众作品投入市场后获得了巨大的收益，这得益于190港男的选择，他选择了主题，他选择了路线，他选择了她，用她的美征服了全世界。无论是当时在印度时她的瑜伽还是舞蹈，无论是在尼泊尔时她的哭泣还是欢笑，无论是在大香格里拉时她对雪山朝拜的虔诚，还是最终在重庆时她那难以琢磨的表情和神态，每一个镜头都那么迷人，哪怕是一个眼神都带着故事，好似她有很多秘密，令那个纪录片，罩上了一层又一层鲜艳而不失神秘的面纱。

加上之前“史上最虐的电影”由于种种原因推迟了公映时间，现在一上映便在各地院线炸开绚烂的花，票房大卖，好评如潮。

消失在人们视野里的神秘女郎张亦嘉，现在火极了，大名也早已响彻海内外。公司帮她推掉了很多小的奖项，但是年底的大奖候选，实在不能再推掉了，张亦嘉再身体不适，也必须出席。各大媒体得知她将要出席颁奖礼早已做足了噱头，“张亦嘉淡出娱乐圈后首度曝光”的标题横扫各大娱乐版头条，所有人翘首以待她的闪亮出场。

久居深闺的张亦嘉，早已不习惯面对外面的世界，公司预定好的二十五号的机票被她自己甩开助理改签了。她讨厌人群，讨厌闪光灯，她早已忘记了自己是个明星，自己是个演员，她现在觉得自己只是一个人。虽然答应了出席颁奖礼，但她坚持独自一人出行。

二十四号的北京机场门口贴着圣诞老人的欢乐贴，来来去去的行人也都很欢乐，此刻如果不欢乐，就会显得格外的孤独和寂寞。

她形色匆匆，暗暗告诉自己即便没有欢乐也没有孤独和寂寞。

她还是习惯性南飞的时候坐左边，北飞时坐右边，“这样，只要一直往东看，就能看到韩国，就能看到曾经的你，看到美国，就能看到现在的你。”这个习惯到现在还是没有变，她还是放不下，即使那个男人不再认识她，她还是死死守着那些过去放不下。

坐在最后一排的美人，没有人知道她在想什么，看上去她那么安静，就像天边那明亮的月亮，孤独地凝望远方。

安静很快被惊魂打破。

到底是哪里飞来一只鸟？用自己的身体直接平拍在了机头，导致当时已经开始下降的飞机必须要迫降。广播里只说气流颠簸，让各位乘客系好安全带，可飞机俯冲的角度很大，而且颠簸得厉害，嘎啦嘎啦地一直响，人的耳膜都要被穿透了。外面很黑，窗户上有划过的雨丝，让人们才知道外面还下起了雨。

坐在她旁边的是一对夫妻，他们默默地抓住了彼此的手，十指相扣，没有一句言语，没有一个眼神，闭着眼睛。

她双手合十，闪过了三个念头。

“机长，拜托你，求你平安地降落。”

“爸爸、妈妈，对不起，来生再报答。”

“李子凡，我先走了，在那边等你。”

机舱里异常安静，所有人都闭着眼睛，大家在命运面前，什么都做不了，谁都不知道一下秒发生什么，只能在痛苦中等待了。

飞机几乎没有缓冲就着陆了，所有人睁开眼睛后不敢相信自己还活着，但心里还担心着下一秒是否会有爆炸发生，直到空姐广播安全着陆，大家才反应过来，纷纷说着“谢谢机长”，只有张亦嘉一个人在飞机上放声大哭。

她并不害怕死亡，她当时在想，李子凡还没有认可她，就这样死了，她有遗憾。

十二月二十四日的平安夜，年轻的孩子都在准备着狂欢的派对，只有她自己静静地在这个热闹的城市里度过一个每天都一样的夜晚，一个人的夜晚。

116

又见盛典

又见盛典，又被提名。

“看，大明星张亦嘉来了!”

“看，那个漂亮的女演员!”

再也没有了第一次出席时的紧张与尴尬，她再也不是慌乱的新人娃娃。她现在是一名演技了得的女演员，可以把难度最大的虐心戏演绎得丝丝入扣，惹得观众泪水涟涟，心痛无比，巴不得杀了那些坏角色解救她。一切都是生活的烙铁生生烫在自己身上的疼痛，那种连肉都会被烫出吱吱声响的疼痛，那些疼痛造就了她，也算安慰了。

加冕之夜，实至名归。

拍了十年戏，对着镜子练了无数次领奖情景和获奖感言的她流下了真挚的泪水，不像其他那些女嘉宾激动起来哽咽都那么做作，她像一个孩子一样，实实在在地哭着。

杨骁在一旁带着打气的节奏：“张亦嘉，张亦嘉……”台下也一起呼喊着她的名字，给她最赞许的掌声，鼓励着这个最佳女演员。

“感谢过去的一切，也感谢一直陪伴着我的你们，谢谢。”

下了舞台，她走去自己的VIP化妆间，再也忍不住失声大哭，妆是防水的，还是被她抹花了，刚刚人前的风光此刻面目全非地破碎着，只有自己知道拍摄这部得奖的影片时的自己有多惨。公司的人不敢上前说太多，只是劝慰着：“嘉嘉姐，我给你再补一下妆吧，一会儿晚会就结束了，怎么也得回现场啊。”

舞台上新晋偶像团体劲歌劲舞着，镜头都很偏心地打给了吴子恒，他也卖力地带动着全场气氛。台下的粉丝们跟着节拍一起晃动，脸上都洋溢着陶醉的神情，饶有兴趣地跟着哼唱。A区的VIP嘉宾席里呆滞的张亦嘉显得和这里的气氛格格不入。

颁奖礼很快结束，她被邀请上台谢幕，身边所有的人都在以热烈的拥抱表示着祝福，她站在人群一边，也没有注意到杨骁叫她站在主持人身边，站在最佳镜头范围里。

吴子恒四处搜寻张亦嘉的身影，他想亲自上前表达对女神的祝福，还想邀约张亦嘉一起合作下一步合拍的电影，可还没等他走过去，张亦嘉自己先跑下了台。

杨骁也顾不得其他，像是着了火一样追上了张亦嘉，什么都不说，上来就是拥抱，带着泪水，带着哽咽，带着十几年前喜怒于色的本质，两个人在后台的门口抱头痛哭。

作为同年去韩国的中国练习生。

作为很久都没见过面的两个人。

作为同是李子凡最重要的至亲。

“姐，对不起，我一直都没有联系你，我哥怎么样了？后来我也不知道。对不起，这些年也没有主动联系你们，你不要怪我好不好？”

“他醒了。”

“啊！姐，我哥真的，哇哦，那你们，怎么也没告诉我？”

“可他不记得我了。”

“你开玩笑吧，切，你还有工夫和我说电影。”

杨骁在工作的时候说的是字正腔圆的普通话，现在看到张亦嘉聊起李子凡，他还是像一个来自青岛的少年一样，青岛话突突往外冒，开心地说笑，以为那只是一个玩笑。

“像电影是吗？那比电影可怕多了。”

“姐，我不信，我真的不信，这几年我不在，那我也不信。”

“没事杨骁，就这样吧，我给你地址，你有空去美国看他。”

“姐，”杨骁想说，“你还好吧，你要好好的，因为你看上去一点都不好。”人人都知道张亦嘉这几年一点都不好，曾经的“果汁女孩”“小仙女”“唯美的牛奶女神”“中国好闺女”“中国好孙媳”这样的大众形象早已淡出人们的视野，她像是经历了好几场惨案，变成了最严重的孤独症患者。

“姐，你，你，要好好的。”

“不用担心我，杨骁，我先走了。”她只想逃出人声鼎沸的光影世界，甚至连化妆间都没有回去，她知道后台会有很多的摄像机和话筒在等她。

聚集在化妆间前的很多媒体，争相想采访这位久居未出的女星，没想到女主角却跑了，她用自己的执拗躲避了明星世界，却不知道她也躲避了一直都在那里等待她的吴子恒，那个长得和李子凡一模一样的吴子恒。

送别后的杨骁走过那间被包围的化妆间，拍了拍等候在那里的吴子恒，小声告诉他：“小子，过来，告诉你，你女神已经走了。”

117 ➚
当李子凡遇到吴子恒

李子凡一边和姐姐的孩子玩耍，一边看着电视里 K-POP 的节目。

“哇哦，嘿，看没看到那个男孩好像我。”

姐姐听到这里以为是电视放送 THE ONE 曾经的音乐节目，看着电视上那个用韩文唱着歌，用英文说着 Rap 的帅气男孩子，姐姐也被惊呆了。电视上播放着最新的音乐录影，那个说着 Rap 的男孩子和李子凡有着相似的外形，连讲英语的节奏、重音和分拆都是那么相似。二十几岁的李子凡大部分时间一直都是在韩国度过，偶尔一年或者两年与家人见面，这令姐姐早已模糊了当时弟弟的真实模样，姐姐半天不敢接话，因为她也分不清楚，她也模糊了。

这让李子凡对电视上的男孩有了无法阻挡的好奇，甚至连他自己都认为眼前的这个男孩就是自己。他拼命还原曾经的记忆，所有的记忆代码却都是混沌的，那些碎片的记忆全都被模糊成一片。

“这真的不是我吗?”

“他真的不是你，可你们真的太像了，你原来就是这个样子的。”

“我以前是不是一个明星？像他这样?”

“凡凡，是的。”

“我想找他谈谈。”

“找这个电视上的男孩？你们又不认识。”

“我总觉得他可能就是我自己，带着我的记忆存在的我自己。”

“不要猜测了，长得那么像，只是巧合而已，凡凡你现在要开始你自己新的人生了，不要给自己过多的负担。”

“姐姐，其实这些年我甚至连你的脸，爸爸、妈妈的脸都记不清楚，如果没有家庭照片和录像带，我都感觉我就是一个无家可归的男人。”李子凡激动地表达着他对丧失记忆后的不安全感，如果记忆不在，如同被世界销户了一样。他插着腰，一直摇头：“我原来已经接受了不再寻找过去，可为什么我看到了他，就感觉我的过去和未来都在他身上？”

“那怎么可能？你们只是长得很像而已。”

“不，他可能偷走了我的记忆，不然怎么可能那么像我？”

“可能你太帅了，全世界都在你睡觉的时候整容成你的模样。”

“哇哦，姐姐，你真的太会赞美我了。”

日子一天一天过，李子凡也在日益恢复成一个正常的男人，男人特有的对同性的敏感和敌视，在这个“力比多”逐渐增至正常值的李子凡身上开始逐一显现。李子凡的好奇心令他查找了所有吴子恒的资料，并且幼稚地认定吴子恒是一个“偷窃者”。

特别是在看到和自己一模一样的男人在电视里讨论着最想合作的女星是张亦嘉的片段，他的心有些紧：“那不是时不时跑来美国照顾我的女人吗？”

那种心慌的微微触痛感像是第一次感受到爱与嫉恨的男孩。

“张亦嘉是谁？”

姐姐比上一次还要迅速地跑过来问：“凡凡，你想起来了？”

“她不是一直照顾我的那个女孩子吗？”

“是啊，你们曾经是一对恋人。”

“为什么后来不是了？”

“傻弟弟，是你放走了她，不让人家爱你的，你不记得了？”

“不，我是说，她也是一个演员？那么红，还过来照顾我？”

“因为她爱你啊，我相信她现在依然还在爱你。”

李子凡对着电视说不出话来，眉间的那道疤也在发热。看着如同是自己 DNA 克隆出来的青春版的自己，口口声声地说着喜欢照顾自己的女人，李子凡的胸口疼了，这次是真的疼了。

118
我不得不拒绝你

张亦嘉因旅行题材的《寻找消失的地平线》获得了海内外一致的好评和肯定，又刚刚获得了业界认可的最佳女演员的头衔，所以各种片约纷纷而至，邀请络绎不绝。

一部有关《武陵记》结合着中国的世外桃源，史诗般讲述一段时空和现实里灵魂穿越的中韩合拍大戏，等待开拍。韩国方面提出唯一的要求就是要张亦嘉。韩方带着非她不可的真诚，一直都在坚持等她，等她，只等她。

推脱不掉的真诚，终于让这个女人回到公司翻看了剧本梗概。这是一部关于一个女人和记忆的戏，故事在最后讲了那个依然年轻貌美的女子从山洞口回了家，看着已经老态龙钟的儿子，说："对不起，妈妈错过了你的成长，妈妈没有好好陪伴你，没有照顾好你和爸爸。"后来，她又去了那个山洞口，山石却再也打不开，所有生活的记忆早已演化成了这山洞口的一草一木。山口前那个年轻貌美的女子，还是那么年轻貌美。

这个角色不就是现在的李子凡吗？

"这样的剧本大纲，是故意的吗？"

"那你演不演？他们真的很真诚，好几次约你谈你都不见，人家那边一直等信儿呢。"

"时间不短了，干吗还要等？"

“对，一直等，人家要的就是你。”

“我没说要接啊。”

“你别和逃荒似的，这个真的不能推，不是早告诉你今天来公司就是谈这部戏的吗？”

“哦，我忘了。”

“你当人家都是群众演员随叫随到呢？你也太大摊儿了。”

张亦嘉继续随手翻着文案，突然愣住了，她盯着吴子恒的照片，根本无心看他的名字，她以为他就是李子凡的二重身。

“演员定了？”

“定了啊，就差你，不然早就开拍了。”

“他们什么时候来？”张亦嘉说这话的时候，眼睛和手指从未从吴子恒的照片上离开过。

“约的是四点半，”经纪人说着头还朝张亦嘉这边探了过来，“怎么？看到小帅哥就等不及了？”

时间快速飞到了四点半，她慌了，但流露不出任何一丝一定要接，或者任何一丝一定不接的神情，只是她看到吴子恒和代表一起出现在接待室里，就开始有些激动。那个男孩子全身像是洒满了阳光一样礼貌地和张亦嘉打着招呼，一直带着微笑静静地看着张亦嘉，眼神真诚而热烈地发着光。

太像了，明明知道那不是李子凡，心里脑海里却全是李子凡，她根本记不住这个男孩子的名字，甚至不能把这个年轻的孩子作为一个独立的男人去看待。这让她觉得尴尬，开始全身发抖，目光涣散。她根本就不是一个稳定的状态，还能怎么去演绎好一个带着故事的角色呢？特别是当她看到了他。

如果一切能倒回，如果她未曾认识李子凡，怎么可能会对现在的吴子恒说不？可现在她的辨识能力差到了极点，她实在接受不了轮回里打乱顺序的重新发牌，明明只有一张桃心 A，可为什么一样的心形却是不一样的颜色？

她拒绝了，她说她做不到。

代表们还在看似是争吵的谈判，只有吴子恒一直很安静，他一直都看着张亦嘉。当他们眼神对视的时候，他便微笑着对她。

张亦嘉看着这个男孩，又能对他说什么呢？两个人就这样相互看着，一句话都不说，可看着看着，她的眼泪就流了下来。

吴子恒失落又无辜地说："姐姐，你是因为我的原因吗？"

"不不不，这是我自己的原因，和你没有关系。"

吴子恒不知道她的泪水代表着什么，但他相信她的拒绝一定有着无法诉说的痛。

邀约。

真诚的邀约。

拒绝。

拒绝真诚的邀约。

那天的会面时间不长，却像是经历了好几个钟头的煎熬。代理和经纪人都在气愤地责怪张亦嘉，张亦嘉一直都在说着对不起，是她自己的问题。

这样的借口听着真的很牵强。

119

哥，我是你的杨骁啊！

杨骁很快飞来美国，进屋直扑李子凡。

"哥，你还记得我吗？我是杨骁啊，我是你的杨骁！"

"杨骁。"

"哥！"杨骁一下子就抱着李子凡号啕大哭，"哥，我想你！我想死你了！哥！”这哪里还是罩住全场、震惊四座的金牌主持人？

杨骁不顾扭曲的五官，泪眼朦胧地看向李子凡。

李子凡抱着杨骁，修长而温暖的手扶住他几乎随时都要瘫软的身子，用带着爱的眼神望向他：“杨骁。”

“哥！你还记得我！”

此刻的李子凡很尴尬，他有模糊的印象，但是杨骁是谁，他确实没有清晰的记忆。自己怀里这个狂热的男人给他的信号应该是以前很好的兄弟，他哭成这么不可收拾的样子，说明他们之间的感情一定匪浅。

“哥，你是不是不记得我了？”

“我，我们是好朋友。”

“没关系，你就算不记得我，我也是你兄弟，是兄弟，不是朋友。”

随后杨骁拿出了很多的照片，都是他们在后台，在宿舍，在球场上岁月的痕迹。

“你是当时被封为天神的李子凡，你是我们的队长，我们是THE ONE，当时全亚洲最红的组合。”

李子凡看着照片上年轻的自己笑着说：“哇，真的是我吗？这么年轻，这么帅？”

“哥，你现在也很帅的！”

看到了照片上年轻时的张亦嘉，李子凡颤抖了一下，他眼神里出现了爱的笑容，这是他不曾有过的，他现在再也不把这个女人当成路人，当成一个和自己没有任何关系的女人了。有些小动心这样微小的细节，常人看不出什么，但放在李子凡的身上，这就是突飞猛进的大改变。

照片上张亦嘉在帮李子凡挤疙瘩，杨骁口述着当时的情景：“疼得你一直在闹，但是她就是想挤，我们也帮着她按住你。不知道你是过敏还是上火了，起了很大很大的大包，哈哈哈，在屁股上，哈哈哈，我们就是想把大疙瘩一起消灭掉，我就给你们照了，当时乐死我了！”杨骁一边拍着巴掌一边在李子凡的身边笑得前仰后合。

听着杨骁带着青岛口音的调调，李子凡也被感染得露出大白牙，虽然自己不清楚那时是什么状况，但还是跟着杨骁一起感受有点幼稚的快乐：“这么说，她还摸了我的屁股？”

“老大，她是你女朋友好吗？当时咱们一起都在成都演出，演完了她过来找咱们玩儿，然后你就去她屋儿了，行不行？”

“我？”

“我靠，哥，男人忘了什么也不能忘了这事儿吧？”

李子凡的脸红了。

他觉得自己还是个没有摸过女人，也没有被女人摸过的“小处男”。

杨骁在美国和李子凡腻了两周，他们一起逛街、打球、打游戏。明明三十岁的男人了，怎么还像二十岁两个人在韩国最初相识一样。

李子凡了解了杨骁现在的工作后，认真地拜托他一件事：“安排我和吴子恒见一面。”

“吴子恒？那个小孩？哥，你也知道他？”

“你不觉得他和我很像吗？”

“那都不叫像，他简直就是你，我们那边的传言都说他是你儿子。”

“嗯，没准真是吧。”

“得了吧，你跟张亦嘉怎么可能生出来这么大的儿子？”

“我怀疑他带着我的记忆在这个星球上活了下来。”

“哥，你科幻小说看多了？别逗了，人家加拿大长大的，他出生的时候你还没发育好呢。”

“那我也想见他一面，为什么我们长得那么像，他整容了？”

“哥，这事儿好办，你要和他见面的话，你至少要回亚洲的，或者在韩国，或者在中国。不然，你怎么才能见到你儿子？”

李子凡听到这里，有些沉默，眉头紧紧皱着。又到了人生选择的时刻，是否跑到地球遥远而陌生的另一端，令这个“十七岁的男孩”有些犹豫。

120
见面变成了打架

韩国，首尔。

在杨骁的安排下，两个长得很像的帅哥在小吃店见了面，几个人点了很多肉，也喝了很多酒。

“哥哥，我一直都想见到你，我终于见到 THE ONE 的队长了。”

“你早就认识我?”李子凡停下筷子，睁大眼睛看着吴子恒。

“对啊前辈，怎么可能不知道你呢，你们的舞蹈我们都要训练学习的。”

吴子恒说得越是真诚，就越能衬出李子凡嘴角边露出的一点点小骄傲。

“你知道我有多么多么羡慕你吗?”

“小朋友，不用羡慕我啊，你现在那么火。”李子凡一边说着，一边翻着烤肉。

“不是因为这个，是因为张亦嘉。”吴子恒的两只手握成了拳头，摆在胸前的桌子上。

“张亦嘉?”

“对，就是她，我喜欢她，可她只爱你一个人。”吴子恒郑重其事地说着，眉头有些紧皱，拳头也越握越紧。

“你怎么知道的?”杨骁歪倒在一边插嘴说道。

“全世界都知道，只有你自己不知道。”

李子凡不自觉地低下了头，他说什么呢？他语塞了。那个自己曾经对人家说“请你过好自己的生活”的女人现在全世界的人都在爱，只有他自己不珍惜，就算他现在看到她的身体会不自觉地产生“力比多”效应，可还怎么好意思再去追她回来呢？

“哥哥，如果你还心疼那个那么爱你的女人，你就像一个男人一样给她幸福，和她在一起。”

吴子恒深情地说着这些，但是眼睛里还在冒着绿色的火。

“你这是什么意思？”

“哥，你不喜欢她吗？还是你根本就没有爱过她？”

“不能，当初俩人好着呢。”杨骁在一旁依然瞥着白眼插着嘴。

“那你为什么一直都不接受她？”

“当时我还小吧，我……”

“哥，你怎么这么不像个男人？你那是什么借口？你不知道她对你多好吗！”

“我知道，她很好，对我也很好。”

“那你对得起她吗？你配接受她的爱吗？”

“我配不配，也轮不到你，小子，她是我的。”

李子凡眼睛里也充满了怒火，手里的酒杯都要被他捏碎。

雄性荷尔蒙从酝酿到爆发可能需要短短的几秒钟，场面越来越像雄性动物为了争夺雌性动物而引发的战争。

“喂，李子凡！就是因为我和你长得太像了，她才拒绝我！就是因为我和你长得像，她连工作都拒绝！这就是你造成的结果，你给她丢下那么大的烂摊子，现在自己逃了！”

面对吴子恒的指责，李子凡将本想砸过去的酒杯放下了，他决定不再像一个男孩一样鲁莽，他想快速变成一个男人，用一个男人成熟的态度来面对自己以后的生活，至少要表现得和二十岁的吴子恒不一样。

“小子，她是我的，以前是，现在是，以后也是！你就别想了！”李子凡几乎带着炫耀和挑衅的口气在和吴子恒示威。

“你知不知道你现在这样很欠揍！”吴子恒一把拽起李子凡的领口。

李子凡缓缓地站起来，高出吴子恒半个头，完全就是一副干架姿态。论打架，拖着三十岁身体的李子凡还是会有十七岁的火热，他很想用成熟的方式解决问题，但总是成熟不起来，继续带着傲慢挑衅的态度说：“小子，都说你是我儿子，你妈怎么能不跟你爸在一起就和儿子去约会呢？”

“Fuck！（脏话）”吴子恒一个重拳直接锤了下来。

两个人打成一团，杨骁想从中间拦着，根本就插不上手，没几下，两个人就鲜血直流。小酒馆的大叔、大婶、小哥们同时上来拉架，不然，两个长得很像的帅哥就差点在这间小酒馆里闹出人命来。

杨骁的脸也青了一块，上节目的时候只能靠化妆掩盖淤青，更别提那两个帅气的小伙子了。

可怜的吴子恒很长一段时间都被雪藏，或者只能戴着墨镜上台。

李子凡的脸也被打出了血，但他十分得意，在雄性斗争中加快了力比多的增长速度，让他快速恢复成一个充满血性的男人。

一切都要感谢雷锋吴子恒，是他非要客串成一个情敌的模样激发李子凡的斗志，让李子凡沾沾自喜，原来他还拥有令人羡慕的爱情。

如果这样能拯救张亦嘉那段被李子凡搁浅的爱情的话，作为张亦嘉的爱情救星，吴子恒也认了。

2 我回来了

121

最终北京还是那个北京

张亦嘉几乎成了一个隐士，身边的朋友推荐了很多有关佛教的书籍给她，但是她不认为自己是有慧根的弟子，她只是更关心她自己的内心而已。唯一的外出活动是她的高级瑜伽班，她在这里，闭着眼睛，做好自己，这样的生活过了很多年了。

爸爸、妈妈希望她能结婚生子的愿望，令她觉得亏欠，她没有找来理想的女婿，生出漂亮的外孙，却为家里带来了另一个绝好的男人，最佳的干儿子——小哥哥。爸爸、妈妈早已认定他是最佳男朋友、最佳女婿。他们暗中撮合张亦嘉和小哥哥，期待着他们两个能够开花结果。可小哥哥拒绝了，他不想给张亦嘉压力，只想让她顺从她的心意，哪怕她的心里没有自己。除非李子凡死掉，只要他还活着，张亦嘉就不会接受任何男人，不然她觉得就是背叛。

善良的人都知道，那样的爱，负担不起。就像李子凡本能地拒绝了张亦嘉一样，张亦嘉也不敢接受小哥哥义无反顾的爱。

小哥哥早已洞察出张亦嘉的忧虑："嘉嘉，你放心，我永远都是你的小哥哥。"

他做了她父母的义子，做了她的哥哥，在张亦嘉不在家的时间里，都是小哥哥时不时去家里探望她的爸爸、妈妈。

一切，只是因为他爱她。

122

老婆，我回来了

“哦，我的天啊，门口那个留着络腮胡子的男人是谁？”

“好帅啊，是哪个明星吗？没见过啊。”

“他也要来灵修吗？太好了。”

会员们都按捺不住评价起门口那个帅气的男人。

“这，真的，是，是李子凡吗？还是吴子恒？这到底是谁？”张亦嘉站起身来走向门口，她不敢上前问他。

络腮胡子摘下了大墨镜，趴在教室的玻璃墙上，向里张望着，那双大大的葡萄眼很快捕捉到还在疑惑不敢上前的张亦嘉。他对她微笑，向她招手，对她说：“出来啊！”

张亦嘉步履发飘地走到了门口，络腮胡子对着张亦嘉微笑着说：“我是李子凡，张亦嘉，我回来找你了。”

张亦嘉整个人都冰冻在那里，几乎无法呼吸。

“哥，我刚才问了，她应该就在这里上课，人家说最近她就没落过课。”杨骁带着他的青岛口音冲着李子凡大步走来，没有留意到身后的张亦嘉，“哥，你知道吗？他们说这几天还从印度请来个大法师，我都想报名了，说什么智慧什么的。”

李子凡没有留意杨骁的话，他注视着眼前的张亦嘉、在门口冰冻状的张亦嘉。那眼神是二十几岁的李子凡第一次约张亦嘉去弘大时见面的眼神，里面带着初恋的动心和一份久远的爱。

杨骁意识到大凡哥哥有些不对劲儿，转身发现了早已呆傻的张亦嘉：“嘉嘉，你看你看，我把谁给你带回来了！”

“他真的是李子凡吗？”

“是我，我是李子凡。”

“你记起我来了？”

“我从现在开始重新认识你，不可以吗？”

“赶紧说可以啊，人家都大老远跑过来了，在韩国的时候差点没跟人打架打死。”杨骁在旁边一边起哄，一边摇晃张亦嘉的胳膊：“快点啊！上去！该拥抱拥抱，该接吻接吻啊！你们俩过去秀恩爱那劲儿呢！”

杨骁像一个花媒婆一样左说说右说说，李子凡对着张亦嘉一直都在傻呵呵地笑着。

这个男人现在活了过来，也不说我不记得你了，还说我要和你重新开始，但张亦嘉为什么就直接傻在那里了呢？

“哥，上，上！”

李子凡害羞地瞥了眼杨骁。

“哥，拿出你男人的气魄来！”

李子凡鼓足了勇气大步向前，好像就是在首尔的初恋，带着羞涩想靠近又不敢的紧张，还是想去突破紧张去触碰羞涩的底线：“张亦嘉，我回来了。你不要再哭了。”他的大手在张亦嘉脸颊上拂过去的瞬间，张亦嘉直接将头扎在他的怀里，一直哭到脑缺氧。李子凡赶忙哄着：“不哭了，不哭了，我不会让你再哭了。”

那一瞬间，李子凡好像记得他这样恋爱过。

每晚李子凡都住在张亦嘉的家里，他说他不喜欢太孤单，觉得自己好似孤单了太久，甚至不敢自己一个人睡觉。

起初张亦嘉有些羞涩，他们分离的时间是在一起时间的好几倍，再次接受起来像是接受一个陌生人，那些阻碍在中间的隔阂，太深了。

他们聊天的内容不涉及过去，不畅想未来，有的时候就那么默默一起看电视，有的时候打游戏，有的时候看着彼此，有的时候她哭，他哄她，有的时候她笑，他陪她。

李子凡像是第一次经历恋爱那样，带着模糊的时有时无的记忆，不断会有少男的羞涩。张亦嘉的感觉完全就是和一个最熟悉的陌生人重新谈一场恋爱。

可他们的气场还是那么合，滋味虽新鲜，但味道更醇厚。

张亦嘉的爸爸、妈妈也很看好李子凡，更看好自己宝贝闺女的未来。妈妈直接就问道："什么时候要小孩？"

李子凡脸红了。

只有对待小哥哥的时候李子凡才会轻松，他拍着小哥哥的肩膀问他："你们是这么好的兄妹，为什么你不姓张？"

"我是半路捡来的。"

小哥哥也会反问他："你要是什么都不记得，你怎么会还认识张亦嘉？"

"其实我也不记得，只是我觉得她比所有的女孩都好，你知道的，美国有很多种女孩子，但是我一点感觉都没有。"

"啊，是啊，人种那么多。"

"不不不，我是指……有些不好意思，我在恢复期里，我不知道为什么会有那么多的金发芭比。"

"什么？你在哪儿恢复的？这都是什么恢复项目！"

"不是啦。我是说，她比任何女孩都要好，我喜欢她，真的喜欢。"

"那你有没有对不起我妹妹？和你的那些金发芭比！"

"没有没有！绝对没有！我和谁都没有。我自己放弃了那段治疗。"李子凡慌张地解释着，语速快得差点要咬到自己的舌头。

"你敢欺负她，我打不死你！"

"唉，哥哥，你也穿这个牌子？"李子凡看着小哥哥的衣服，有点好奇地问着。

"我有很多 Marc Jacobs 的衣服，都是我从美国买的，怎么你也喜欢？”

“我记得有一个亚洲模样的男人穿着和我同款的衣服，我当时还和他打了招呼，你知道，这个牌子这边很少有。”

“什么时候？你在中国的时候？”

“不，是我偷偷看了我的‘记忆报告’，上面记录着我看到一个和我穿同款 Marc Jacobs 的男人，可是我不记得我在哪里见过。”

小哥哥听不懂他在说什么，李子凡也想不起来那个穿 Marc Jacobs 的男人是自己在重庆的片场看到的男人。当时他在等戏，还在感慨有人和自己撞衫，还过去问候了一声，但没想到那个男人给了当时剧组的跟组编剧一大笔现金，并且在枪里放上了特殊子弹，还拿走了李子凡的手机，之后回到了大鳄叔叔的豪宅里。

当年拥有那件 Marc Jacobs 同款的男人有三个，李子凡、小哥哥和小哥哥叔叔的司机，那件衣服是叔侄一同去美国的时候买的，回国出机场的时候，小哥哥的粉丝还和 THE ONE 的粉丝发生了肢体冲突，那天机场混乱不堪。现在，同款三人组的一个早已人间蒸发，隐居埋名不再出现。另外两个，还在一起探讨着 Marc Jacobs 和记忆。

“你知道我是一个有记忆问题的人，哦，我真的想不起来为什么非要记得一个穿 Marc Jacobs 的男人，难道那个人是你？”

“我的天啊，我们见过吗？哦，对，见过，张亦嘉说你那会儿还想打我。”小哥哥本想说出来当时李子凡为什么满眼愤恨，又一想，算了，都已经是过去的文艺片了，没有必要再告诉一个“十七岁的少年”。

“没事儿，咱们那么好的兄弟。你好好爱我妹妹就行。”

“对啊，我这么乖，才不打架。”

“小样儿的。”

123 ➹ 潜意识不是神迹，是力量

会馆有幸从印度请来了法师，所有人都渴求得到法师的智慧恩赐，放空自己的灵魂。

那一天张亦嘉和李子凡去得比较晚，诵经的时间都过了，他们很尴尬地一起坐在角落。在正前方穿着黄袍的法师微笑着召唤着他们，示意他们两个坐在他旁边，这样接近法师的位置，是所有会员都渴望的。

“大法师?”

张亦嘉的兴奋和吃惊写满脸，她跑过去抱了抱慈祥的老爷爷，感激着他还能在这么多年之后记得她。

大法师微笑地看着两个人，给了他们无限的祝福，念诵了听不懂的梵语。张亦嘉用最标准的姿势坐好，像是聆听来自神灵的召唤，打开神圣心智之门，获得封藏多年爱和记忆的宝库一样虔诚美好地感受着。

李子凡带着好奇，欣喜地模仿张亦嘉。

大法师轻轻地亲吻了他们两个人的额头，眼睛看向李子凡：“你一直都在爱她，从未停歇。即使在你沉睡的时候，也是。”

张亦嘉听到这样的话，瞪大了眼睛看着大法师，看着李子凡。

那强大的爱在沉睡时一直都在吗？张亦嘉这么多年感受到的李子凡都是他在用燃尽生命的力量传递过来的爱吗？那些潜意识，那些解释不通的磁电波，都是来自李子凡的灵魂里的爱吗？李子凡一直没有死去也是因为彼此牵挂的那一份爱吗？两个人真的是在燃烧

彼此，照亮让爱回家的路吗？

课程结束的时候，大法师笑意满满地对着曾经相爱，现在重新定义爱的两个人说："你们所经历的一切都是神为你们做的最好的安排，请用爱坦然接受生活。"

没错，能够说服这个世界所有疑问的，只有爱。

李子凡残忍地让张亦嘉离开自己时，不是他残忍，也不是他绝情，更不是他冰冷，他不是不爱她，他爱她的唯一方式就是还她自由。那是当时只有"十七岁的男孩"唯一能做的。

十七岁，懵懂到不懂爱的年纪。

十七岁，面对爱不知所措的年纪。

十七岁，负担不起可以托付一生爱的年纪。

一切都是本能的反应，他的本能机体里只有张亦嘉。现在力比多的恢复，督促着他快速回归成一个男人重新面对生活，保护他的女人，给她一个男人应该给她的最温暖最安全的世界。

两人进入高级班，害羞地进行着双人瑜伽体位练习，额头顶着额头，四肢以及躯干都紧紧贴在一起，集中所有注意力在眉心，在肚脐，在会阴，可两个人巨大的身高体型差异，就算贴得再紧，还是对不齐。别的夫妻和情侣都能彼此十指相扣，他们的姿势永远都是李子凡的长臂支在那里，张亦嘉再努力也伸不到他的手心里。

这是双人瑜伽最经典的姿势，可两个人总是做不好。由于双方身高体型太悬殊，不好保持平衡，每一次到这个体位，张亦嘉总会被他扑倒在地。他们永远都是全方位压倒式的环抱，看上去有些滑稽。导师总说："李子凡你不能太用力。"

李子凡瞥了一眼导师，委屈地看着张亦嘉："你太小了，不然我就这么压着你，咱们在地上做吧。"

"好吧。"她的身体完全被从天而降的李子凡降伏住了。

"张亦嘉，我一直都在爱你，你信吗？"

"信啊，你不信吗？"